RABBIT PREDICTING DEATH

# 预测死亡的兔子

# 2

宇尘 著

江苏凤凰文艺出版社
JIANGSU PHOENIX LITERATURE AND ART PUBLISHING

**图书在版编目（CIP）数据**

预测死亡的兔子 . 2 / 宇尘著 . -- 南京：江苏凤凰文艺出版社，2021.11
ISBN 978-7-5594-5870-4

Ⅰ . ①预… Ⅱ . ①宇… Ⅲ . ①推理小说 – 中国 – 当代
Ⅳ . ① I247.5

中国版本图书馆 CIP 数据核字 (2021) 第 082055号

# 预测死亡的兔子 . 2

宇尘　著

责任编辑　白　涵
策划编辑　李　艳
特约编辑　连　慧
装帧设计　ABOOK–安柒然
责任印制　刘　巍
出版发行　江苏凤凰文艺出版社
　　　　　南京市中央路 165号，邮编：210009
网　　址　http://www.jswenyi.com
印　　刷　河北照利印刷有限公司
开　　本　690毫米 ×980毫米　1/16
印　　张　21
字　　数　300千字
版　　次　2021年 11月第 1 版
印　　次　2021年 11月第 1 次印刷
书　　号　ISBN 978-7-5594-5870-4
定　　价　55.00元

他才意识到，原来这家伙早就盯上自己了。

那么，他所惹上的麻烦远比他之前料想得更多。

他以为撕碎了合影就能掩盖自己的过去，

那简直是太天真的想法。

# 目录

# 第一章　笼子里的海盗

付雪晴接到吴凡的报警，半小时后赶到冒险乐园的地狱谷，在她身后还跟着卢广通及一队警员。

看这兴师动众的架势，刑警队肯定以为发生了什么大案子。

众人见到了吴凡和欧阳姗姗，除了他俩，地上还瘫坐着一个四十多岁的男人，穿着一套夸张的海盗船长的衣服。

“你说的预测死亡的兔子在哪儿？”付雪晴问吴凡。

吴凡瞧着这帮警察一个个如临大敌的模样，十分羞愧地从怀里掏出一个毛茸茸的兔子面具交给付雪晴，“就是它。”

“什么？”付雪晴瞧着两只耳朵都已经被压扁的面具，一时间没明白吴凡的意思。

卢广通面沉似水地走过来，撅着胡子，眉心拧成一个疙瘩，冷鹜地打量吴凡，“你什么意思，吴凡？你告诉我们割喉案凶手的同伙要在这里杀人，等我们兴师动众地赶过来，你却拿出这么一个破面具糊弄我们。我问你凶手呢，凶手到底在哪儿？”

吴凡十分清楚这个刑警队长对他很有成见，只好耐心地解释道：“卢队长，这件事其实是有点儿误会。我接到了一个自称‘预测死亡的兔子’的人给我的暗示，才找到这里的。之前发生的‘干尸案’也是他最早向我预示的，所以我不敢怠慢，就急忙赶过来了，到底会发生什么我也不知道。来了之后发现这个男人被困在了笼子里，我就把他救了。这个面具当时就挂在悬崖那边的蜡像头上，距离太远我也没看清是不是活人，就把蜡像当成预测死亡的兔子了。我当时打算给付雪晴打电话，让她带人过来支援，我这边先稳住那个人，可是没想到等我赶过去才发现，原来我被耍了。”

“你被耍了？”卢广通打个哈哈，冷笑道，“我怎么觉得是我们被耍了呢？预测死亡的兔子都已经落网了你不知道吗？你却突然说他又出现了，还说得有鼻子有眼的，把我也给诓过来了，结果只有一个面具。”

“你怀疑我在撒谎？”吴凡血液上涌，也有些怒了，指着瘫在地上的老男人，“那他怎么解释，我总不可能平白无故地变出一个被害人吧。”

“那就要问你吴记者了。你平时消息灵通，人脉又广，我怎么知道这是不是某个人别有用心的炒作呢？”

“你认为我和这个人一起串通好了，就为了炒作出名？”

卢广通瞥了一眼惊魂未定的老男人，信心十足地分析道：“那倒也未必，他可能真是被什么人囚禁在这里，或许是恶作剧，或许是出于报复，然后把消息透露给你这个知名的法制记者，不足为怪。而吴记者如果灵机一动，借着这个机会添油加醋做些手脚，给自己炒作一番，那效果可就大大不同了。”

“卢队长把我想得还真够无聊的，我重申一遍，我什么手脚都没做，你看到的都是预测死亡的兔子做的。我只是一个报道新闻的记者，侦破案子是你们的事情，但请不要不负责任地胡乱猜测。”

“你说我胡乱猜测？”卢广通的眉头立了起来，反诘道，“田应波已经全都招认了，他就是预测死亡的兔子，他也是割喉案凶手的同伙。事实再清楚不过。你现在凭空告诉我又冒出来一个预测死亡的兔子，你说我相信谁？”

吴凡沉默片刻，说出了心里话：“我怀疑田应波不是预测死亡的兔子，他在撒谎，自知死罪难逃，哗众取宠罢了。”

“你说他哗众取宠，那你又是什么呢？”卢广通充满怀疑地瞅着吴凡，“你口口声声说是预测死亡的兔子把你引到这里来的。他人呢？至少除了这个破面具之外，你得给我一个说得过去的证据吧。”

“他在宋伟林家的油画上留下了密码和日期，暗示我来这里的。”

“你是说，一个跟‘干尸案’没有任何关联的人跑到案发现场给你留下暗示，告诉你另外一起绑架案是吗？”

“看起来确实是这样。”

“哈哈，我还是头一次见到这么荒唐的罪犯呢。”卢广通哑然失笑，“你真是让我大开眼界啊吴记者，我觉得你不适合当记者，你干脆写小说去得了，还省得你整天费尽心思从我们这里挖消息……”

卢广通的冷嘲热讽让吴凡拳头紧握，他强压怒火道：“不管你卢队长是不是认为我在胡编，我说的都是事实，而且密码还是欧阳姗姗帮我破译的。”

欧阳姗姗跟邀功似的拔拔胸脯，“是呀，是呀，密码是用隐写术画的美杜莎头像，要不是我对密码学略知一二，还真破解不了呢。”

“是吗？”卢广通不以为然，“小姑娘，那你有亲眼见过预测死亡的兔子吗？”

欧阳姗姗摇摇头。

“那你又凭什么断定，是预测死亡的兔子给你们留下的密码呢？”

“这个……”欧阳姗姗被问住了，回头瞅着吴凡。

吴凡实在不想与卢广通继续争执下去，指了指瘫坐在地上的老男人，“这个人总不能是假的吧，他被预测死亡的兔子绑架后塞进了笼子，伪装成海盗基德的蜡像，你有什么话就问他吧。”

卢广通瞄了一眼瘫在地上的老男人，身上穿的衣服看着无比滑稽，五官相貌倒有几分派头，不像一般人，不过此时老男人神情恍惚，根本回答不了任何问题，倒像是受到了不小的惊吓。

江州市刑警队。

时间已经过了午夜，手头有案子的刑警还在忙碌。

吴凡靠着付雪晴的办公桌一边吸溜吸溜地吃着大碗面，一边拿着手机和白若琳视频聊天。

他这样做只是想确认女友是不是安全。

老男人传给他的话着实吓到他了。预测死亡的兔子这次只告诉了他三个字——白若琳。

他想不通是什么意思，以那个怪物的习惯，该不会是预测白若琳要遇害吧？

吴凡自知以自己的能力肯定斗不过那家伙，本打算求助刑警队来调查，可一看卢广通的态度，他的心就凉了半截。这个固执的刑警队长对自己成见太深，说多了反而加深他对自己的怀疑，这让吴凡感到十分为难。

他嘴巴里含着面，正跟白若琳东一句西一句地瞎扯呢，付雪晴就推门进来了。

“已经查清楚那个男人了……”付雪晴话说一半，看见吴凡手机里白若琳敷着面膜的大白脸，随口开句玩笑，“放心吧，很快结束，放你回家跟老婆团聚。”

手机那头的白若琳没看见付雪晴，却听见了声音，猜疑地问吴凡：“你不是说你在报社吗，身边怎么还有女人呀？”

吴凡本来是怕白若琳担心，随口胡编自己在报社加班，让付雪晴这一句话给弄穿帮了。他急忙解释：“是我一个加班的哥们儿看电影呢，不跟你说了，我先挂了啊，把门锁好，注意安全，我很快就回家。”

吴凡慌忙把视频关了，回头瞅了一眼付雪晴，“你查到什么了？”

“那个男人叫任忠诚，是白山公司的渠道经理。”

“他跟你们都说什么了？”吴凡想弄明白预测死亡的兔子为什么要把他当成目标。

“说出来还挺让人吃惊的，这家伙有个特别的嗜好，真是够禽兽的……”

“这是他亲口承认的？”吴凡吃惊地望着付雪晴，不禁想起刚把那老男人救下来时他对自己坦白的那些话。当时吴凡还将信将疑，没想到居然都是真的，更想不到这家伙会如此轻易就认罪。那个该死的兔子到底对他使了什么手段，把他吓成这样？

付雪晴说："他一开始并没有马上坦白。我们给他脱下那套海盗服，意外地发现他后背的衬衣上渗出了血迹，解开他的衣服才看见他后背上刻满了字，不知道是用刀还是用什么东西刻的，满后背都是。"

吴凡费力地吞咽了一下，"写的什么？"

"全都是人名和联系方式，我们按照上面的手机号码打过去，全都能打通，经过逐一核实，刻在任忠诚后背上的这些人名都是被他伤害过的人。现在已经有四个被害人的家属愿意指证任忠诚。这个老男人顶不住压力就认罪了。"

吴凡想了想，忽然觉得很可笑，"他不是没顶住压力，他要是能这么轻易就认罪，那他早就被告倒了，他是没想到会碰见一个比他还变态的家伙。你看看他身上的伤，再想想他的遭遇，那个绑架犯差不多快把他折磨得精神崩溃了。"

"你是说我们还得感谢那个绑架犯？"付雪晴白了他一眼。

"说实话，我比你还讨厌这个装神弄鬼的家伙。但不管怎样，任忠诚确实是他抓住的，案件的信息也是他提供给我们的。"吴凡说到这里停顿了一下，"不过话说回来，绑架他的人就是预测死亡的兔子没错吧？"

付雪晴瞧他那患得患失的样子，扑哧一乐，"你刚才当着卢广通的面，不还信誓旦旦地说绑架任忠诚的人就是预测死亡的兔子吗？"

"我只是这么怀疑，毕竟找不到什么证据。不过我对卢广通说的都是实话，不管他怎么想。我在宋伟林家里的油画上发现了一张羊皮纸的头像，很巧妙地贴在了油画背景里，不仔细看很难发现。那张羊皮纸头像现在还在欧阳姗姗家里。这小丫头确实很厉害，通过电脑分析，她找出了用隐写术隐藏在图案里的暗语，破译之后就是囚禁任忠诚的地点。我和欧阳姗姗赶到那里后就给你打电话了。这就是全部经过。"

"你没必要特意向我解释，我相信你的为人。"付雪晴平静地说，"虽然你这个人吧，做事有些任性，不计后果，但本质还不坏，有时候还挺有正义感的。卢队只是和你有些误会而已。”

“原来我本质还不坏。”吴凡尴尬地一笑，摸了摸后脑勺，“这算是你对我最高的评价了。”

他心想，要是付雪晴看到他和德古拉案的凶手一起喝酒的同框照片，不知会做何感想。

他忍不住追问付雪晴：“那任忠诚有没有交代其他什么，比如那个绑架他的人是不是预测死亡的兔子？”

“任忠诚已经把自己被绑架的经过全都说了。绑架他的人一直都戴着面具，就是你捡到的那个兔子面具，但是他没能提供更多信息，他也不知道绑架他的到底是什么人。我们把这个面具和德古拉案的凶手用过的面具放在一起比较过，一模一样。我们现在至少可以断定，这个戴兔子面具的绑架犯绝对是德古拉案的凶手的同伙，否则他不可能这么了解对方，当然也不能排除他就是德古拉案的凶手要找的那个同伙 Frank。不过，你之前猜测他俩是同一个人，这一点到现在也不矛盾。”

“什么意思，那田应波到底是不是预测死亡的兔子啊？”

“根据任忠诚的口供和我们掌握的情况来看，他是五天前失踪的，三天前被预测死亡的兔子囚禁在冒险乐园地狱谷的笼子里。田应波恰好是在三天前被捕的，那时候他正跟踪陈可萤去了她老家，不具备作案时间，因此，田应波的确是在撒谎，你又猜对了。”

吴凡终于松了口气，“这下卢队长不会再怀疑我了吧？”

“但我感觉他应该更讨厌你了。”

吴凡擦擦冷汗，“那我还是赶紧回家吧。”

他正收拾东西要走，付雪晴又说道：“但我还有个疑问想不明白。”

“什么疑问？”吴凡道。

“这个预测死亡的兔子到底想干什么？你不觉得他的犯罪目的很难理解

吗？”傅雪晴顿了顿，接着说，“德古拉案的凶手就是一个单纯的杀人犯，尽管手段凶残，还是比较好理解的。可是他这个同伙完全让人捉摸不透。‘预测死亡’是什么意思，假如不是亲历‘干尸案’，我都怀疑这是哪个精神病院的病人。好吧，就算他预测了‘干尸案’，不管他是通过什么手段了解到的信息，他确实是给你指出了一个被害人尸体。但是任忠诚这个案子，他直接参与了作案，又没有杀人，何来预测死亡一说？这家伙到底想干什么？”

“你问我，我都不知道该问谁呢。”吴凡愁眉苦脸，“我觉得这家伙就是一个精神病，谁能知道精神病脑子里到底想什么呢？”

“那你除了在案发现场发现了隐写术密码之外，还发现其他什么没有？”

吴凡神情一僵，看着付雪晴那双柔媚的眼睛凝视着他，仿佛能洞彻心底，不禁倒吸一口凉气。

他对付雪晴和刑警队的人多多少少都有些戒备。

对于这起案中案，他也没有对付雪晴说实话。任忠诚曾告诉他：预测死亡的兔子让他传话“白若琳”三个字给救他的人。

这三个字似乎是这个“兔子”的下一次预测。

不过吴凡想不明白为什么偏偏预测到了白若琳头上，是这家伙想要针对他，还是白若琳身上确实要发生什么事情。

正如付雪晴所说，假如不是亲历“干尸案”，他也会以为这个自称能预测死亡的家伙就是个精神病，但是想到郭超和王自力的下场，想到陈可萤一家老小的惨死，他哑口无言。

吴凡担心白若琳，但又不知该如何对付雪晴他们说。卢广通本来就对他有成见，他实在不想给自己惹麻烦。

付雪晴现在突然这么一问，他搞不懂她是明知故问地试探他，还是任忠诚没把那个“兔子”的话告诉他们。

吴凡吞吞吐吐的样子让付雪晴心生疑惑，不由得柳眉微颦，似乎觉察出了什么。

就在两个人互相猜疑的时候，办公室的敲门声打断了两人的沉默。

付雪晴一看来人，愣了一下。

吴凡回头看见的是一个五十多岁的老警官，灰白头发梳得整整齐齐，看着很有派头。

吴凡来刑警队这么多次，还从来没见过这个人，也不知道是什么来头。

就见老头上一眼下一眼，左一眼右一眼地打量他，好像是看见了什么奇珍异兽似的，搞得吴凡莫名其妙。

等老警官看够了，才开口对吴凡说话，语气还挺客气，“你好，我是这里的主管付局长，我叫付天明。”

说着还朝吴凡伸出手，要和他握手。

局长？卢广通的顶头上司？

吴凡有点儿受宠若惊，也没多想就和付天明握了握手，还冒出一个念头：万一跟这老头关系处好了，兴许还能治治卢广通的臭脾气。

就听付天明说：“小雪本来跟我说这周末要带你来见我，没想到咱们这么有缘分，现在就见到了。”

嗯？吴凡怎么听着这话这么奇怪呢。一时间信息量太大，他得理理。

这老头叫付天明，管付雪晴叫小雪，这不摆明了他是付雪晴的爹吗。

再看付雪晴闹个大红脸，从脑门一直红到了脖子根，恨不能找个地缝钻进去。吴凡下巴差点儿砸脚面上，不是吧，这丫头难道看上我了？

他毫无心理准备，满腹纠结，无以言表。

“爸你误会了……”

付雪晴急得直跺脚，想插嘴，付天明根本不给她说话的机会。

“我哪里误会了，不是你和我说，你跟人家处朋友了吗？我又没反对，你爸我可不是那种冥顽不化的老古董。只要你觉得好，我就支持。再说了，上次你抓犯罪嫌疑人从楼上掉下来，多亏了人家救你，你才没受伤，要不然还能这么欢势？就算你俩处朋友这事不谈，我也一直都想好好感谢一下人家呢。

今天一见陆医生，果然年轻有为，只不过……”

付天明又仔细打量吴凡，“听说陆医生不是腿摔瘸了吗，这么快就好了？一点儿都看不出来……”

“爸！”付雪晴忍无可忍，“你全搞错了，他不是我跟你说的那个陆医生，他叫吴凡，报社记者。”

付天明呆若木鸡，愣怔了好半晌，讷讷道：“你们俩躲在办公室里聊天，我还以为你跟他是那啥呢。”

“我们是在聊案子！”付雪晴脸红脖子粗，又羞又气。

场面顿时无比尴尬，付天明看看吴凡，吴凡看看付天明。

付天明急中生智，拍拍吴凡说：“对了，我也是来找吴记者的，你那个法制文章写得真好，调动大众一起参与破案，间接起到了很好的普法效果……”

吴凡连忙附和：“过奖过奖，我正想向您老讨教如何写文章，借机向全社会宣传一下我们奋斗在第一线的公安干警的英雄事迹。”

付雪晴翻了两个白眼，眼看着这一老一少，突然亲密无间地走出办公室。

刚一出门，还未等付天明开口，吴凡很识趣地说：“刚才我就是在和付队长聊案子，其余的什么都没听到，什么都没见到。”

付局长深感满意，意味深长地拍拍他肩膀，背着手走了。

剩下吴凡一个人，他也没心情再和付雪晴聊案子了，何况闹了这么一个大乌龙，两个人再见面得尴尬死。

干脆直接回家吧，毕竟他现在最担心的是白若琳。

上次因为欧阳姗姗捣蛋，让白若琳误会了吴凡，两个人冷战了一个多月，现在误会解除，吴凡搬回家里照常过日子。年轻人本来生活压力就大，又要考虑买房结婚，偶尔出现一些摩擦也在所难免。吴凡倒没怎么把这件事放在心上，他现在唯一担心的就是预测死亡兔子的下一个暗示——白若琳。

为什么是白若琳呢？

吴凡离开刑警队时已经是后半夜，地铁早停了。他好不容易才在街边招呼到一辆出租车回到家。

女友已经上床睡觉了，给他留着客厅的灯，还有一盘炸刀鱼和油焖尖椒，电饭煲里有保温的米饭。

吴凡的心里涌起一股家的温暖。

其实他早就清楚，自己注定要和这个女人共度一生。爱情是需要负责任的，没有责任的爱情都是做游戏。

他简单吃了口饭便上床睡觉了，一觉睡到天亮。白若琳已经起来梳洗化妆了。难得赶上一个空闲的星期六，白若琳提议要去商场买套新衣服。

吴凡犹豫了一下，说出去太麻烦，又不一定能挑中合适的，不如在网上选一件得了。

白若琳有点儿不太高兴，“网上选还有什么意思！好不容易能出去逛逛街，如果你不愿意陪我就算了，我自己去。你大可接着去和那个女警花聊案子。”

“你这话是什么意思？”吴凡脸色有些难看。

“那得问问你自己是什么意思了。”白若琳坐在床上，装作满不在意地说，“你昨天晚上跟我视频，说自己在报社加班，你其实是在刑警队吧？我都听见那个女警察的声音了……”

吴凡十分尴尬，赶紧解释：“我不是有意要骗你，确实是遇到案子了，我就是怕你多心才没说。”

“那个‘干尸案’不是都已经破了吗，你在报纸上的连载都结束了，还能有什么案子？”

吴凡发现越解释反而越不清楚了，就像自己真有什么见不得人的事情一样。

白若琳也不追问了，唏嘘一声，感慨道：“其实男人都一个样，我也不能过分要求你，不让你和其他女人见面不是？反正你记着管好自己就行了，我可是等着你娶我呢。”

这又挖苦又煽情的，搞得吴凡心里更难受，他只好说：“我昨天确实是遇到新案子了，可能还跟你有关呢。”

“跟我有关？有什么关系？”白若琳刚穿好丝袜，半信半疑地瞧着吴凡。

“这个一时也解释不清，总之你最近有没有遇到什么危险？”

“这是什么话，我很好啊。”

“那有没有什么可疑的人在你身边转悠？”

“没有啊，一切正常。”

“一切正常？难道连让你觉得可疑的事情都没有发生过？”

白若琳打量着他，扑哧一下笑了，“你还是省省吧。让我说心虚了，就编这么一个理由转移话题。行啊你，罪案连载真没白写，说得真像有那么回事似的。”

“我说的都是真的，琳琳，你最近一定要小心啊，万一遇到什么麻烦就跟我说。”吴凡恨不能把心掏出来让她看看。

“好吧，好吧，我会小心的。”白若琳走到门口穿上高跟鞋，站在穿衣镜前转了一圈，瞟了瞟吴凡，“不过你也要小心啊，亲爱的。万一啊，我是说万一……你真看上了别人，譬如说那个女警花，那就告诉我，姐姐我受得住。”

她伸出一根手指在吴凡脸上刮了一下，笑吟吟地走出门。

吴凡无奈地摇摇头，替她拎着包跟在后面。

他没想到白若琳对付雪晴的醋劲儿这么大，他和付雪晴怎么看都不像一对啊。再说了，人家付雪晴都有男朋友了，还是风度翩翩的陆恒。吴凡觉得白若琳这飞醋吃得太没道理。

逛街的时候，他还收到欧阳姗姗发来的一条微信，问他现在在干啥，估计是小丫头闲得无聊了，要找他出去玩。吴凡没敢回。

吴凡毕恭毕敬地陪着白若琳在购物步行街转了一整天，有点儿名气的女装品牌店都逛遍了。最后，白若琳在一家专卖店看中了一套黑色的蕾丝连衣裙。

白若琳在更衣室里换好裙子出来，搔首弄姿地在吴凡眼前摆了几个姿势。

价格虽然贵了点儿，为了讨女友欢心，吴凡咬咬牙，拿出大半个月的工资把裙子买下了。

两个人随后又找了家有点儿格调的餐厅吃了饭，白若琳这才多云转晴，高兴起来。路过宠物店时，她还饶有兴致地买了一个鱼缸，外加两条锦鲤，增添点生活乐趣。

回到家，吴凡看着她玩了两个小时的消消乐，熬得哈欠连连，只好先上床等她。

白若琳坐在沙发上玩着游戏，偷偷瞥了一眼直打瞌睡的吴凡，随手点开一个聊天软件。

“睡了吗？”她打出几个字。

过了一会儿，下面出现一行回复：“等了你两个小时，怎么那么久？”

“人家去洗澡了嘛。”

对方回了两个字：“嘿嘿。”

白若琳没看明白，问：“嘿嘿是什么意思？”

“两个小时，你老公身体不错啊。”

“瞎说什么呢，人家还是单身呢。”

“咱俩都要见面了，你又何必再糊弄我。就算没见到你人，我也知道，你肯定不是单身。”

白若琳手指悬停在触摸键盘上，一时间不知道该如何回复了。

她还没有见过这个男人长什么样，只通过几次电话，大部分时间是在网上聊天，这个人说话很有意思，乍一看肆无忌惮很放浪，其实十分有内涵，也很精明。她一直以一个年轻女性的身份与他交往，没想到早就被这家伙看穿了，将自己的身份猜得八九不离十。

现在该怎么办，马上就要见面了，她该不该说实话？

白若琳正踌躇不已，那个人又回复了：“你不用多心，我根本就不在乎这个……你是什么人，我是什么人，这些都无关紧要。我们就是两条平行线，你有你的生活，我有我的生活，网络给了我们一个虚拟的世界，我们就在这个世界里释放一下压抑的心灵，都是虚拟的，没什么大不了。你就把它当成一场梦。”

男人的话刺激着白若琳心中某个隐秘的角落，让她心潮激荡，难以平静。是不是每个人内心深处都隐藏着这样一个想要释放自我的角落？人们努力地活着，把自己打扮得无比完美，却在内心苦恼忧愁，不得排遣。

她望着床上昏昏沉沉的吴凡，有些许愧疚，但更多的是对明天的期待。

她与这个男人网恋也不过才一个月，最初就是因为和吴凡闹别扭把他赶出了家，没想到吴凡在欧阳姗姗那里住得乐不思蜀，白若琳一气之下，在网上随便找了一个男人谈恋爱，本来是想气气吴凡，可是没想到与这个人越聊越投缘，甚至连一些男女方面的私密话题都聊到了。她开始感觉这个人比吴凡更了解自己，也比吴凡更懂情趣，不禁萌生出和他见一面的想法，没想到对方也有此意，而且主动提出来，言辞之间还带着一些挑逗。

白若琳猜到了对方的意思，她犹豫一下还是答应了，同时安慰自己，不过就是一次幽会而已，只要她够谨慎，不会有人发现的。

看着吴凡傻乎乎的睡相，白若琳给那人回了几个字：“明天哪里见面？”

“天津路的华源超市你知道吧？”对方回道。

“不是太熟悉。”

“我不知道你家附近有没有地铁，坐地铁 3 号线在富岭东路站下车，换乘 326 路公交车到子弟小学站下车，马路斜对面就是。”

“这么麻烦啊……”白若琳回了一句，心想他不会是想让我去他家吧。

“也不麻烦，其实很容易找，到了之后有份惊喜等着你。”

“什么惊喜？”

“你进超市，到储物箱那里，找一个写着‘忍’字的箱子，小忍不是你的网名吗，就那个‘忍’字，密码是 0313。”

到超市里找一个储物箱？

这是搞什么鬼？

白若琳问：“这是你之前说的惊喜，龙哥？然后呢？”

“打开箱子你就知道了。相信不会让你失望的。早点睡吧，晚安，宝贝。”

白若琳望着那人最后的留言，感到有些无厘头。不过又有几分好奇。

难道龙哥真有什么惊喜给她？

第二天一早，白若琳像往常一样提早起床做早餐、收拾打扮，好像要去上班一样，其实她今天请了假，不用去公司。

毫不知情的吴凡随后也起了床，匆匆忙忙地洗漱吃饭，就赶去上班了。或许今后的十年，二十年，他都要过这样机械且平淡的生活。

吴凡走后，白若琳马上拿出了昨天新买的那条黑色蕾丝连衣裙穿上。这是她为了和那个龙哥见面特意买的。

她还不知道那个龙哥到底是个什么样的男人，希望不要让她失望。

她穿戴一新，在耳根和手腕上喷了一点儿香水，满怀期待地离开了家。

按照龙哥说的见面方式，她先乘地铁后乘公交，花了将近一个小时的时间找到了那家华源超市。

这家超市很大，几乎快赶上一个小商场了，1 层是自选购物区，上面两层是卖服装和家电的。

白若琳在 1 层的两台扶梯之间看到了一长排储物柜，这是给去自选超市的顾客存放东西用的。

她打量着那些柜子，目光逐一扫视了一圈，忽然停在了某个地方——右手边第二排第二个柜子上，有人用白色的细条双面胶贴出了一个“忍”字，不注意还不太容易发现。

她走到那个柜子前，回想着龙哥告诉她的密码，在密码锁上输入“0313”。

柜门开了。

她伸手往柜子里一掏，拽出了一个黑色的双肩包，拉开拉链，里面除了一部手机，再没有其他东西了。

"这是搞什么呀？"白若琳不满地嘟囔。

这就是那个男人给自己的惊喜？

莫不是在耍自己呢吧？

她想了想，在那部手机上随便按了一下，屏幕就亮了。原来手机一直开着。

她在手机里翻弄一会儿，没有看到任何通话记录，不过信息栏里有一条未读短信。

她点开短信，上面写着：

小忍，刺激的游戏才刚刚开始，想参加的话，就背上背包，出门换乘151路公交车，坐三站下车，那里有个白沙旅馆。到了之后给我发短信。

"呵。"白若琳觉得又气又好笑。

她回了一条信息："你这搞得像做贼一样是干什么呢？你觉得逗我玩很开心吗？"

龙哥很快就回复了："我这也是没有办法的办法。既然你都来了，我也不瞒你。我老婆是个很厉害的女人，看我看得特别严，不想点特殊办法，万一被发现就糟了。"

"哈哈，没想到你还是一个妻管严。"白若琳愉快地回道，"那你还敢背着她跟别的女人见面？"

"她看得越严，我反而越要这样做。"

白若琳还真被龙哥说得动心了。

她背上背包出了超市，按照龙哥说的找到151路公交车站，坐了三站下车，白沙宾馆就在路边。

她给龙哥发短信说："我到了，你在哪儿？"

“你上楼来找我。别走正门，绕到楼后能看见一个后门，那是防火通道。你就从楼梯上来。上到 3 层的时候，窗台上有一个塑料袋，把里面的东西装进背包里拿上来，保证你会喜欢，到了告诉我一声。”

“这家伙还真是会故弄玄虚，都到了这时候还要卖关子。”白若琳不禁讥笑。

她转到白沙宾馆楼后，果不其然，看见了一扇不太起眼的角门。

她走进角门，眼前是防火通道楼梯。

她上到 3 层的缓步台，果然看见窗台上放着一个鼓鼓囊囊的白色塑料袋。

她打开塑料袋往里一瞧，吓了一大跳，里面塞着满满的东西。

白若琳飞快地把那袋东西塞进了双肩包，然后拿出龙哥给她的手机发短信告诉他。

“这么快就到了，真是一个乖孩子。”龙哥及时地回复，“现在背好那些东西到 4 层，出了防火通道，右拐，走到一个岔路往左拐，你就能看到 427 房间，等你。”

折腾了大半天终于要见面了。

白若琳的情绪已经被完全调动了起来，这个喜欢玩捉迷藏的家伙终于要露面了，真不敢想象一会儿会发生什么。

她怀着忐忑又激动的心情爬到 4 层，按照龙哥的指示，不费吹灰之力就找到了 427 房间。

房门虚掩着。

门把手上挂着“请勿打扰”。

她轻轻推开门，走进房间。

电视开着，房间里没有人，浴室门虚掩，从里面传出淋浴的水声。

那家伙在洗澡吗？

白若琳仗着胆子说了一句：“您好！”

浴室里传出龙哥浑厚独特的声音：“我很快就好，你先坐下歇一会儿，看看电视，喝点饮料……”

白若琳走到沙发那儿坐下，把背包扔在脚边。茶几上放着几种饮料，还有一些小零食和口香糖。

看得出来，龙哥十分体贴周到，没准还是公司高管或者社会名流呢，要不然也不会如此小心翼翼地安排见面。

白若琳随便拿起桌上一瓶饮料喝了几口，她也得好好歇一会儿，恢复一下体力。

江州市中心医院精神科。

吴凡约好了今天和陆恒见面，特意向报社请了半天假。

他坐在一张很舒适的皮椅上等待陆恒的催眠治疗。

开始前，拄着双拐的陆恒还特意给自己倒了一杯咖啡，他拖着一条打着石膏的腿，端着咖啡杯步履蹒跚地走到自己的座位上坐下。

吴凡看着他费力地憋笑。

“你笑什么？”陆恒喝着咖啡，面无表情地问。

“我就是很好奇，凭你现在这副尊荣跑到付雪晴家见她父母，这形象分能给你打几分？”

“你连这都知道？”陆恒抬起头，惊讶地望着吴凡。

“那当然，我还认识付雪晴的父亲呢。要不要我替你美言两句？”

“用不着，她父母对我印象挺好。”陆恒又装模作样地继续喝咖啡。

“就凭你的身残志坚？”

陆恒把咖啡杯往桌上一顿，“你管我什么样，付雪晴看好我就行了。腿瘸了总比脑袋坏了强吧。你再这样唠叨没完，我今天就不给你治了。”

吴凡自讨没趣，“好好，算我多嘴，我脑袋坏掉了好吧。那我问个别的问题，你怎么忽然同意给我催眠治疗了，你之前不是说没有用吗？”

陆恒想了想，“毕竟你是我的患者，我什么都不做好像我没能力似的，我就是想试一试，死马当活马医，不过不确定有没有效果。”

“好吧，你就拿我这个死马随便医，现在就给我催眠吧。你打算怎么催？”

“你这样坐着就行。”

“这样就行？”吴凡将信将疑。

“是啊。你全身放松，闭上眼睛，让身体处于最舒适的位置，想象着大海、蓝天、礁石，你还能听见远处传来的汽笛声……”陆恒的声音逐渐舒缓，带着磁性。

# 第二章　兔子的预言

吴凡闭目养神，忽然想起一件事，“你不用摆锤吗，怀表也行啊？催眠师不都需要那个吗？”

“用不着，你放松就行，不要胡思乱想。”陆恒只能停下先给他解释，再继续催眠，“现在你要浑身放松，想象着大海、蓝天、礁石，你还能听见远处传来的汽笛声……”

“这个你刚才说过了。”吴凡忍不住提醒他。

“我知道。”陆恒压着火说，“听到汽笛声，你想着自己慢慢飘浮起来，身上没有一丝压力，你感觉到自己已经和天空融为一体了吗？”

“我感觉你还是用摆锤比较好催眠我。”

“我要你教！”陆恒火冒三丈，忘了自己腿瘸呼啦一下站起身，差点扑到吴凡身上。

吴凡急忙闭上嘴。

陆恒哭笑不得地坐回座位上，掏出一个摆锤，在吴凡眼前晃来晃去，也不知道是他技艺不精，还是吴凡免疫力特别强，费了九牛二虎之力，趁着吴凡困了，好不容易才把他催眠。陆恒脑门鼻尖上全冒汗了。

这时候，里间的房门被轻轻推开，一个窈窕身影悄无声息地出现在门口。

此时的付雪晴穿了一套紧身的便服，更凸显出姣好挺拔的身材。

她指了指吴凡，眼神询问似的望着陆恒，不知道吴凡有没有被彻底催眠。她现在对陆恒吹嘘得如何如何了不起的催眠术有点儿没信心。

陆恒朝她做出“没问题”的手势，示意她不要出声。

付雪晴微微点头，那妩媚得有点儿像狐狸的目光意味深长地落在了吴凡后背。

陆恒试探着询问吴凡车祸之前的记忆，从一些基础问题上循序渐进地问起，譬如吴凡在什么地方长大，求学经历等。

吴凡断断续续地基本也都能回忆起来，但是距离发生车祸的时间越接近，他的记忆越模糊，尤其是车祸发生之前的几年，他的记忆完全是空白的，喉咙里发出了类似哭泣般的呻吟。

陆恒朝付雪晴摇摇头，他早就给吴凡做过诊断，他是病理性失忆，主管记忆的海马体受损，是永久性的记忆缺失。

付雪晴不甘心，又让他继续往下问。

陆恒又尝试着问了几句话，可是谁都没有想到，当他问起车祸的经过时，吴凡突然出现了强烈的反应。

他双手握紧，紧闭的眼皮下，两颗眼珠飞快地转动着，仿佛在忍受着巨大的痛苦，“我感觉我控制不住那辆车了……我很害怕……它一直向前冲……突然就翻了……我浑身像是要被压碎了一样难受……我什么都不知道了……我以为我死了……我应该已经死了……”

“你现在已经得救了，不用担心，你现在很安全。”陆恒握住吴凡的手，发出指令，想要缓和他的情绪。

“可是阿成死了！”吴凡冷不丁喊出一声，把陆恒和站在后面的付雪晴都吓了一跳。

“阿成死了……死得太惨了……”吴凡无比激动，浑身哆嗦。

“阿成是谁？”陆恒问。

吴凡不回答，只是不停地重复：“阿成死了，阿成死了，死了……死了……”

他用力地摇晃着脑袋，像是要拼命躲避什么似的，精神濒临崩溃。

陆恒用力按住他两个肩膀，大声地发出暗示指令，好不容易才帮助他恢复了平静。

吴凡疲倦地从催眠中苏醒，他呆呆地盯着陆恒瞅了好半天才逐渐恢复了意识。

“我刚才怎么了？”吴凡问。

“你还能想起什么吗？”陆恒问。

吴凡仔细回忆了一下，捂着涨痛的脑袋摇摇头，“脑子里还是乱糟糟的。”

“我早就说过，你的记忆缺失是病理性损伤，没办法全部恢复。好在你只是失去了一段记忆，对你的生活并没有太大影响。”

“是这样啊……”吴凡显得有些失望。

“不过，你提到了一个名字。”陆恒说。

“名字？什么名字？”吴凡迫不及待地问。

“你提到了一个叫阿成的人，你认识这个人吗？”

“阿成？”吴凡认真地想了想，脑子里没有关于这个人的任何印象，“我还说过关于这个人什么事情吗？”

“这个人好像已经死了，不过你好像知道他是怎么死的。”

“什么？”吴凡惊愕地看着陆恒。

“你提到这个名字的时候十分激动。”

“那这个阿成到底是怎么死的呢？”

“这个你倒是没有想起来，而且你对这个人的回忆似乎也仅限于此，所以我就把你唤醒了。”

陆恒说着打开录音笔，把吴凡被催眠时说的那段话重放了一遍。

吴凡听后，双眼发直，愕然地坐在那里说不出话了。

陆恒劝他：“我觉得你根本没必要执着于失去的那段记忆，它对你的生活没有任何影响。就算你能回忆起来，搞不好还是关于车祸的，反而会给你带来更大压力。你还不如保持现状，不是很好吗，我一会儿再给你开些缓解焦虑的药，你按时服用就好了。”

吴凡苦笑了一下。

陆恒当然不懂他为什么非要找回那段记忆，因为他有着不可告人的苦衷。

他本来期盼着自己能回想起一些线索，弄清楚他和割喉杀人犯之间的关系。那张他和杀人犯的合影始终是一块抹不掉的心病。

陆恒又开导了他一会儿，吴凡根本没走心，他拿着陆恒开的药失魂落魄地离开了。

陆恒叹了口气，拿起桌上的咖啡尝了尝，已经冷掉了。

付雪晴推门从里间走出，陆恒困惑地问她："我始终都搞不明白，你为什么会突然让我给吴凡做催眠，这有什么用？难道你也对他的失忆感兴趣？"

付雪晴没回答。

陆恒瞧着她盈盈一握的纤腰在眼前来回晃动，忍不住一把搂住她，抱在了自己的腿上，笑着问她："咱俩都这个关系了，你还有什么可瞒我的？"

付雪晴又惊又臊，挣扎着从他身上站起来，还朝他脚上踩了一脚。

"哎哟哟……哎哟哟……"陆恒揉着脚连连抱怨，"不是吧你，抓流氓抓多了啊，怎么连我都打，我这条腿可是伤腿。"

"咱俩还没到那种程度呢。"付雪晴执拗地瞪了他一眼，"你要是再敢胡来，当心我把你另外一条腿打瘸。"

威胁完了，又感觉不妥，付雪晴口气柔和下来，她告诉陆恒："其实吴凡这个人并不像你表面上看见的这么简单。你想想，哪有一个记者能帮助警方破案的呢？他对杀人案的理解和分析简直赶上专业犯罪侧写师的水平了。"

"那不是好事吗？没准他就有破案天赋呢，就像名侦探柯南一样，还是个小孩子呢。"

"我没跟你开玩笑。现实不是小说，如果没有经过专业训练，或是特殊经历，普通人不可能有这方面的能力。其实我暗中调查过吴凡的背景，没有发现任何与刑侦沾边的经历……"

"不会吧，就因为你一个怀疑，就这么调查人家，这不是拿人家当犯罪嫌疑人了吗？"

付雪晴稍稍迟疑，"我调查他不单是一个原因，还有一些其他理由，我一时间也解释不清楚。总之，这个人有许多让人费解的疑点，跟他相处越久，越能感觉到他身上的那种神秘气息，虽然暂时看起来没有什么危害，但我总是有些担心……"

陆恒有点儿明白了，“你怀疑他的疑点和他失去的那段记忆有关？”

付雪晴点下头，“感觉他似乎经历过什么，而这段经历或许就能解释他现在的种种疑点。”

陆恒想了想，“我计算了一下时间，他的记忆能有四年多的空白，也就是说，什么都想不起来。这段时间大约就在发生车祸的前后。”

“四年多的空白……”付雪晴若有所思，“这么长的时间足够改变一个人了。不如就从车祸入手吧。你催眠他的时候，一提到车祸，他反应就那么激烈，而且还提到了一个叫阿成的人。我在想会不会这个人和吴凡当年的车祸有关呢？比如说，他俩当时都在车上……这个叫阿成的人倒是可以查一下。”

“你不是真要把人家当犯罪嫌疑人查吧？”

“那倒不会，我会私下里查一查，不会对外声张的。”付雪晴说到这里，心里已经有了主意。

不知过了多久，白若琳已经忘记了时间，就好像做梦一样，在经历过各种各样稀奇古怪的刺激，一波又一波浪潮翻涌跌宕之后，她卷入了无尽的漩涡中，她不想脱离。

直到最后，她还是清醒了过来，眼前一阵阵天旋地转，转得她直想呕吐。

她紧紧捂着头，煎熬过了一段时间，终于慢慢恢复了平静。

她睁开双眼，望着似曾相识的旅馆房间，意识逐渐恢复，回想起自己是来和一个叫龙哥的网友幽会的。

窗外还亮着天，她不知道他们在这个房间待了多少个小时，希望来得及回家，不能让吴凡发现破绽。

忽然，一丝异样的感觉钻入心中，房间怎么这么安静，龙哥在哪儿？

她从床上坐起，这才看见自己只穿着一件浴袍。她的手无意中碰到了身旁一个肉乎乎的东西，扭头一看，一个男人正躺在她身旁，肚子上还搭了一条浴巾。

白若琳现在脑子还迷迷糊糊的，想不起来自己都和龙哥做了什么。

她望着龙哥这副模样，加上一股腥臭的味道，忽然感觉很恶心，她抓起搭在龙哥肚子上的浴巾想把他的身体盖上。

当她拿起浴巾的一刹那，猝不及防地被眼前的一幕惊呆了。

龙哥的肚皮上被划开了一条巨大的伤口，一把刀子插在伤口上。

白若琳瞪着龙哥的尸体，惊骇地张大了嘴。

她吓得连声音都喊不出，整个人彻底瘫软在那里。

这种感觉就好像一觉醒来发现自己坠入了地狱一般。

她哆哆嗦嗦地抬起自己的双手，这才看见手上干涸发黏的血迹。

她伸手推了推龙哥，似乎还希望他能动一下，哪怕发出一两声呻吟也好。

可是龙哥的身体已经凉透了。

她从僵硬麻木中猛然被吓醒，从床上滚到了地上。

充满荷尔蒙气息的客房早已变成了血腥的屠宰场。

一场刺激的游戏换来了无法挽回的结果。

如果白若琳能有一次重新来过的机会，打死她都不会跑到这里见一个陌生的网友。

正在她不知所措、胡思乱想的时候，门铃忽然响起，随后门外传来一个女人的声音："您好，我是客房保洁，需要清理房间吗？"

白若琳像被什么咬了一口似的，一个激灵从地上跳起来。

她看着床上的死尸，捂着嘴不敢出声，只盼望着女保洁赶紧离开。

可是女保洁按照规定又开始敲门，等了一会儿听房间里没有动静，以为房客出去了，便掏出房卡刷开房门。

她刚一推门，突然有人在门后把房门死死顶住。

女保洁被吓了一跳，急忙说："不好意思，我还以为屋里没人呢。"

白若琳用身体顶着门，冷森森道："我这里不需要打扫。"

"哦，我明白了。"女保洁疑惑地离开了。

白若琳赶忙把门关上，靠在门板上大口喘着粗气，心脏几乎要跳出胸腔。

她知道这件事瞒不住，迟早会被人发现的，眼下唯一能做的就是赶紧离开这里。

她急忙从地上捡起衣服穿好，重新走到门边，悄悄地把房门拉开一条缝，小心谨慎地观察走廊里的情况。

走廊里没有人。

不过，斜对面的客房门开着，门口停着保洁推车，隐约能听见房间里传来的动静。

那个女保洁肯定在收拾其他房间，等她把所有房间都收拾完，不知道要等到什么时候。可是现在贸然出去，白若琳又怕和那个女保洁撞上。

她犹犹豫豫，最后一咬牙走出了房间。

她顺手把门关上，还把"请勿打扰"的牌子挂在了门把手上，然后以极快的速度穿过那间开着门的客房。

她还真看见了那个女保洁。

幸亏她正背对她，弯腰给垃圾桶换塑料袋。

白若琳没有找电梯，她来的时候走楼梯，逃的时候还是走楼梯。

她还留意着附近的监控摄像头，不过一路到防火通道，她都没有看见一个，这多少又让她感到一些庆幸。

她一口气跑下楼梯，逃出旅馆，又往前跑出很远，她总感觉身后有人在追赶她，丝毫不敢停下脚步。

直到她跑得筋疲力尽，回过头也只能看到旅馆模糊的轮廓了，也没有人追上来，她这才长长地松了一口气，不过仍然忐忑不安。

这件事能就这样结束吗？毕竟死了一个男人，旅馆方面一旦发现了尸体肯定会报案的。

警察会不会找到她呢？

万一找到她，她又该怎么办呢？

白若琳停下脚步，茫然地望着周围的街道，心乱如麻。那些来时见过的楼房和街边的门店怎么看都与之前不一样，好像那一扇扇窗户后都躲藏着一双眼睛，偷偷地窥视着她。

她心虚地躲在路边的柳树下，繁密的枝条犹如巨大的章鱼遮掩在头顶，她冷静了一会儿，回忆了一遍整件事的经过。她意外发现，自己从走进旅馆一直到离开旅馆的整个过程中，除了和龙哥一个人见过面之外，并没有第三个人看到，也没有被监控拍到。她甚至都没有在前台登记过。

一阵狂喜毫无征兆地涌入心中。也就是说，没有人知道她和龙哥幽会，只要她不声张，就没人会怀疑她。龙哥为了掩人耳目，处心积虑设计的见面方式到头来却帮白若琳洗脱了嫌疑，不得不说是个天大的讽刺。

她看了一眼手机时间，下午 5 点 23 分。

时间还来得及。

想通了这些环节，白若琳心神稍微安稳了一些。她在路边拦住一辆出租车，让司机载到住处附近，下车走了一段路回到家。

她掏出钥匙打开门，发现吴凡已经到家了，正在做饭。新买的鱼缸里，那两条锦鲤正优哉游哉地游来游去。一般来说，他俩谁下班先到家，谁就做晚饭，都已经形成了习惯。

“加班啦？”吴凡端着一盘菜从厨房出来，放在餐桌上，随口问道。

“哦，今天要给一个模特加一组照片，所以晚了。”白若琳进门前早已编好了说辞。

吴凡瞅了她一眼，歪歪嘴角开了句玩笑：“肯定是个男模吧，要不然怎么会穿新裙子。效果怎么样？”

白若琳脸色一僵，旋即变换成愠怒的表情，“你瞎说什么呢，我想穿就穿了，跟模特是男的还是女的有什么关系？”

吴凡自讨没趣，“我只不过开一句玩笑嘛，何必那么当真。快点洗手吃饭吧，最近我就顾着加班，都没时间展示手艺了。尝尝我做的蒜蓉开边虾，还有你最爱的油焖笋……”

吴凡今天其实心情很糟糕。在陆恒那里进行催眠治疗并没有治好他的失忆症，反而让他回忆起发生车祸的惨烈瞬间，而且还蹦出一个叫阿成的人。

他现在当着女友的面纯粹是强颜欢笑，却发现白若琳今天很反常，看到一桌子菜没什么反应，扭头进了里间，过了一会儿换了套衣服，冷着脸回到客厅。

刚刚经历了那么可怕的事情，白若琳哪还有胃口吃饭，吴凡让她尝尝菜，她勉强拿起筷子要去夹盘子里的虾，看着一只只大虾被刨成两半，洒在上面的蒜泥散发出诱人的鲜香，她不由自主地想起被剖开肚子的龙哥，筷子刚一碰到虾又缩了回去。

“放心吧，我收拾得很干净，虾线都一根根挑干净了。”

吴凡话音刚落，白若琳丢下筷子捂着嘴逃开，跑进卫生间，趴在马桶上一阵狂吐。

“你没事吧？”吴凡来到卫生间门口，关切地看着她。

“我没事，就是有点儿不太舒服。”白若琳打开水龙头漱口，龙哥那开膛破肚的惨相在她脑海中挥之不去。

“你是不是遇到什么事了，可以跟我说说啊……”吴凡说。

白若琳正掬起一捧水凑到嘴边，动作突然停止，水从指缝间流走。

她不知道是不是吴凡觉察出了什么，故意用话试探她。

“我很好啊，就是胃里有点儿不舒服。”她慌乱地回答，匆匆洗了把脸。

吴凡站在门口没动，眼神中流露出担忧，“如果真发生了什么事，你一定要告诉我。我一定会帮你的，千万不要自己硬撑着……”

“知道了，知道了，放心吧什么事都没有……”白若琳拿起毛巾擦擦脸，装作若无其事地走出卫生间，“我头有点儿晕，想先躺一会儿，你先吃吧。”

白若琳也不给吴凡说话的机会，她逃跑似的钻进卧室，连衣服也没脱，直接躺在了床上，背对着门口，她现在不想和吴凡有任何交流。今天发生的事情她不可能告诉任何人，连吴凡都不能。

她望着空白的墙壁，恐惧让她异常清醒。

她的心思全都在旅馆那边，她很想知道那边现在究竟是什么情况。

她不清楚龙哥订的是小时房还是全天的。如果是小时房，或许尸体已经被发现，警察现在应该已经赶到了。如果订的是全天的，有可能到明天中午

12 点退房的时候，才能发现尸体。

她真希望时间能快点过去，让这提心吊胆的日子早点结束。

这一晚，她彻底失眠了。

她辗转反侧地躺在床上，总担心门铃突然响起，总觉得走廊里隐约有脚步声。她更不确定警察会不会来，什么时候来。

第二天一早，她装作若无其事起来做早餐，照常上班。

一连三天，她都在提心吊胆中度过。

不过一直都没有警察来找她，就好像什么事情都没有发生过一样。

她紧绷的那根神经开始慢慢放松，似乎这一次老天爷真的开眼了。

吴凡正在报社里开会，忽然接到了付雪晴的电话，让他马上到刑警队。

他感觉莫名其妙，猜想是不是又有什么案子了。

会议结束后，他赶到了刑警队，付雪晴正在办公室里等他。

“又有新案子了？”吴凡从桌上的水果盘里抓起几个圣女果，抛起一个扔进嘴里。他现在和付雪晴很熟悉了，做事说话也比较随意，“什么案子快说吧，我看看有没有登报的必要，顺便再帮你侧写一把。”

“算了吧，用不着你侧写。”付雪晴说，“找你来是想问你件事。你有没有听说过一个叫阿成的人？”

“阿成？”吴凡微微一怔，紧跟着脸色就有点儿不自然，“你怎么知道这个人的？谁告诉你的，陆恒？”

既然付雪晴都这样问了，就没打算隐瞒，不过她没说是自己怀疑吴凡，而是换了一种委婉的说法，“陆恒只是告诉我，他最近给你做了催眠治疗。我有些好奇便追问了他两句，他才告诉我的。”

“这家伙嘴巴还真够快的。真是重色轻友，随随便便就把我卖了。”吴凡嘴上对陆恒抱怨，心里却暗暗庆幸，幸亏自己在被催眠时没把那张照片的事说出来，要不然让付雪晴知道就麻烦了。

“我听陆恒说，你对自己的失忆症很苦恼，我想着如果可能，我也可以帮帮你。”付雪晴尽量把话说得漂亮一些，“你想起来的那个阿成或许是你曾经认识的人，你对这个人还有印象吗？”

吴凡苦恼地晃了晃脑袋，“这些天，我也翻来覆去地回想这个人，可惜什么都没想起来。听陆恒说，我是在催眠时，被问到车祸的时候，突然说出这个名字的，似乎是我亲眼看见了这个人的死亡。所以我有些怀疑……他是不是和我的车祸有关……”

“这话怎么说？”

话说到这个程度，吴凡索性说出自己的想法：“我这几天想来想去，想到了一种可能。会不会这个叫阿成的人在出车祸的时候，与我同坐一辆车呢？”

“你真这么认为？”

“我也不确定，只是忽然有了这样一个想法，要不然你帮我查查这个人？”

付雪晴意味深长地看了吴凡一眼，“碰巧，我们想到一处去了，我还真帮你查了这个人。”

“你查过了？”吴凡吓了一跳。

“是啊，我从交通队那里查到你当年的车祸信息。发生车祸的地点在江州西南边的一条郊区公路上，是一条临山的弯道。你当时驾驶的是一辆租来的大众速腾，在拐弯时发生了翻车，你知道你的车速是多少吗？”

“根据事后交通队对路面车辙的测量来推算，你翻车时候的车速达到了二百，这是你驾驶的那辆车能达到的最高时速。在那种路况下，你把车子飙到那种速度几乎就是在找死。当时到底是什么情况啊，你还能想起来什么吗？”

吴凡叹气道：“一丁点印象都没有了。陆恒给我催眠时，我只能回忆起当时一些零零散散的感受，究竟发生了什么其实我自己也不是很清楚，会不会……”他说到这里咽了咽唾沫，有点儿难于启齿。他怀疑自己是不是因为酒驾出的车祸，不过从来没有人跟他提过这件事。

付雪晴仿佛看出了吴凡的心思，“我去医院查过你的病例，当时的血液化验结果显示，你并没有酒驾。当然，也没有毒驾。你的精神状态应该很正常。”

付雪晴查到的消息让吴凡对当年的车祸更加疑惑，但同时也后怕不已。

他实在佩服这个女人。这还没怎么着就把他查个底儿掉。这要真是自己和德古拉案的凶手有什么关系，还不早就露馅了。

“那我到底是因为什么发生的车祸呢？”吴凡追问付雪晴。

“事后交通队检查车辆时发现，你租的那辆车其实是一辆二手翻修车，有一些更新的零部件存在安全隐患，所以租车公司承担主要责任，帮你垫付了医疗费，以及一些赔偿。但最主要的原因还是你车速太快。至于当时为什么开得那么快就只有你自己知道了。”

“应该说是脑袋坏掉之前的我知道。”吴凡敲了敲自己脑壳，“那么你查到那个阿成的消息了吗？他是谁，我和他认识吗？”

付雪晴的神色变得有些怪异，“我查了，当时在车里只有你一个人，并没有其他人……”

“什么？”这可真的让吴凡震惊了。

他在被催眠的时候，明明喊的是阿成死得太惨，似乎他亲眼所见。既然不是死在车祸里，这个人又是死在了哪里呢？

付雪晴凝视着吴凡，“你好好想想，你是不是看见过什么人遇害了，也许跟车祸没关系……”

“你找我过来就是想问我这个？”吴凡晃晃脑袋，“抱歉，我实在是想不起来。”

吴凡看付雪晴一副刨根问底的模样，实在是头疼，解释道：“话又说回来，假如我当初真看见了有人遇害，我肯定要报警啊。所以你也用不着操那份闲心了……”

他伸了一个懒腰道：“咱们还是聊点轻松愉快的话题吧，别每次见面聊得不是凶案就是凶手。哎，我问你，你爸对陆恒满意不？”

“什么？”付雪晴刚才还严肃端庄的表情瞬间变成了窘相，“你，你在说什么呢？”

“你忘了上次我来，你爸错把我当成了陆恒，让我上你家去？”

付雪晴咽了口唾沫，拿起桌上的杯子喝口水，勉强道：“还行。我爸对他印象不错。”

“那你们打算什么时候领证呢？”

付雪晴一口水喷出老远。

“少安毋躁，少安毋躁，我就是作为朋友表示一下关心。放心吧，到时候我肯定给你们包一个大红包。”

一问到这个问题，付雪晴就慌了神，也不知道该拿吴凡如何是好。

吴凡笑道：“其实你用不着每天总绷着一张脸，好像别人欠你多少钱似的。像现在这样，估计追你的人得老多了。”

付雪晴尴尬得真想打他两下。

办公室的门这时候被推开，一个人迈步走进，边走边说：“看你们红光满面的样子，看来两位聊得不错啊。”

吴凡一看来人是刑警队长卢广通，脸上的笑容顿时就不见了。

吴凡牵了牵嘴角，做出一个皮笑肉不笑的表情，“怎么样啊，卢队长，这两天调查任忠诚，查出什么结果没有？他有没有说是我绑架的他啊？”

卢广通神情有些难堪，“这件事暂时跟你无关。他的罪名已经坐实了。”

“这样啊，那预测死亡的兔子也认罪了吧？”

“预测死亡的兔子？”

“就是田应波啊。”吴凡哪壶不开提哪壶，“你不是审问出来他就是预测死亡的兔子吗？这可是头功一件啊。有空了我还想请卢队长好好给我讲讲经过，付局长跟我说过，想以咱们江州公安系统的警员为模板，让我找一个有代表性的模范人物进行宣传，我看现在没有人比你卢队长更适合了，我干脆就报道宣传你了。”

卢广通知道吴凡在消遣他，气得脸色一阵红一阵白，想发火又无处发，想露出微笑比哭还难看，“不用你费心了，吴记者，这都是我应该做的，咳咳……其实是我让付雪晴把你找来的。”

“你？”吴凡收敛了戏谑的神情，疑惑地瞧了瞧卢广通，又转头瞧瞧付雪晴。

付雪晴说：“把你找过来，其实还有一件事……”

“我又惹什么麻烦了？”

“怎么说呢，和你本人没有关系。”

“什么意思？”

付雪晴欲言又止，犹豫了一下，“你还是亲自看一下吧。”

吴凡看付雪晴和卢广通都有点儿讳莫如深的样子，更觉得奇怪，他跟着两人来到物证科。

付雪晴让赵楠先给吴凡播放了一段录像。

吴凡稀里糊涂地坐在椅子上，看见赵楠把笔记本电脑放在他面前，点开一个视频文件。

视频里的景象好像是在一处建筑物楼下，由于画面范围有限，很难看清楚到底是在什么地方，画面里偶尔会出现一两个经过的人。

“你们给我看这个做什么？”吴凡忍不住回头问付雪晴。

“我们想让你看看这个人。”付雪晴忽然指着电脑屏幕说。

吴凡回过头，正好看见视频画面里出现了一个身穿黑色裙子的女子。从她走进画面到走出画面，前后不过几秒钟，吴凡只看见了一个背影。

“这个人是谁呀，她只有一个背影，你们让我看什么？”吴凡说。

“你再仔细瞧瞧，觉得眼熟吗？”

“一个后背我能看出什么……”吴凡的笑容冻结在脸上。

他盯着视频画面里女人匆匆走过的背影，那走路的姿势，尤其是那条黑色的连衣裙，怎么看着那么眼熟呢？

“想起来了没有？”卢广通凑过来问。

吴凡没吭声。

卢广通对赵楠说："你把露脸的那段视频再给他看看。"

赵楠用鼠标又点开了另外一个视频文件，依然是相同的场景，静止的画面持续了没多一会儿，那个身穿黑色连衣裙的女子从相反方向进入到画面中，这次她的脸是正面出现在画面里的，尽管有些角度问题，但吴凡还是一眼就把她认出来了。

"现在看清楚了吧，吴记者，你到底认不认识视频里这个女人？"卢广通迫不及待地追问。

吴凡当然认出来了，画面里的女人分明就是白若琳。

她身上穿的那套连衣裙还是前几天自己陪她去店里买的呢。

"这到底是在搞什么，你们从哪里弄来的这段视频？"吴凡问。

付雪晴解释道："这是河西区一家叫白沙旅馆里的监控摄像头拍到的。"

"白沙旅馆？"吴凡一头雾水，"白沙旅馆怎么了，我从来没听说过这个地方。"

"白沙旅馆刚刚发生了一起凶杀案……"

吴凡脑子里"嗡"了一声，猛然间想起预测死亡的兔子留给他的死亡预示。

他呼啦一下从座位上站起，不等付雪晴往下说，急忙问："白若琳是不是出什么意外了？"

付雪晴没有马上回答，看了看卢广通。吴凡觉察到他们的神情都有些奇怪。

"到底是怎么回事，能不能先跟我说清楚！"吴凡有些急了。

"白若琳没什么危险，死的是一个男人。"付雪晴说。

"可是……这跟白若琳有什么关系？"吴凡更加困惑。

"被害的男人叫邱晓杰，是一个酒吧歌手，6 月 16 日早上我们接到报案，赶到白沙旅馆时，邱晓杰已经在客房里遇害了。经过法医鉴定，他的遇害时间是在前一天。凶手用刀剖开了他的肚子，手段十分残忍。接到案子后，我们最先调查了房间的入住登记，发现是被害人邱晓杰开的房间。我们推测，他是打算与什么人见面，而这个人极有可能就是凶手。我们最开始两天，把案发房间附近走廊里的监控摄像头，电梯监控以及能找的监控全都找遍了，做了详细排查，结果只看见了被害人邱晓杰一个人在前台登记，一个人乘电梯进入旅馆的视频，并没有发现犯罪嫌疑人的身影。”

“那旅馆里还有没有其他进出口呢，凶手很有可能是故意避开监控的。”吴凡说道。

“我们想过这种可能。而且在白沙旅馆里找到了一条防火通道，平时极少有人使用，防火通道里并没有安装任何监控设施。我们在防火通道的入口和发生命案的客房之间走了无数个来回，模拟凶手的行动轨迹，后来确实发现了一条恰好可以完全避开监控进出旅馆的线路。因此我们认为这是一起有预谋的作案。凶手动机目前还不明确……”

吴凡忍不住打断道：“但我还是不太明白，你说的这些和白若琳到底有什么关系？”

付雪晴耐人寻味地望着他，停顿了一下，继续道：“虽说凶手行事十分周密隐蔽，但是经过我们侦查员的努力，在防火通道门外一个不显眼的地方还是找到了一处监控摄像头。内容就是刚才给你看的那段视频……”

吴凡激灵灵打个寒噤，瞬间明白了付雪晴的意思，“你们是怀疑白若琳？这怎么可能呢？”

卢广通接过话，“我们可从来没有说过那个女人是谁，是你自己叫她白若琳的。”

吴凡一下子被噎住了。

“我们根据命案发生的时间段，把所有出现在那个监控里的人都记录下来，逐一核对。在邱晓杰遇害前后的八个小时之内，只有三个人进出过防火通道，到目前为止，我们已经找出了其中两个人，他们都有不在场证明，唯有另外一个女人没有。不过，我们的付队长觉得这个女人很眼熟，很像你的女朋友白若琳，所以专门把你找过来问一下。看你的反应，这个女人应该就是白若琳了。”

吴凡没想到付雪晴把自己找过来还有这种用意，总感觉自己又被诓了一回。

付雪晴看出他心有怨念，向他解释道：“抱歉，我不是有意想找你麻烦的，但是这种人命关天的事情，我不敢儿戏。”

事已至此吴凡也不好再说什么。

只是他心里在暗自犯嘀咕。

他想起预测死亡的兔子那个只有“白若琳”三个字的诡异预测，让他始终百思不得其解，他一度担心白若琳会有危险，但怎么也想不到，这次是白若琳成了杀人犯。这难道就是又一次的死亡预测？

吴凡心乱如麻，嘴上还要替女友辩解：“好吧，就算视频里那个女人真是白若琳，就算她是从防火通道里进旅馆的，也不能断定就是她杀的人吧？既然你们发现了走廊监控有死角，那么那个男人遇害时，在旅馆里的所有人都同样有杀人嫌疑啊。”

“吴记者还真是思维敏捷，连一点漏洞都不放过。”卢广通的话貌似夸赞，可是语气里却透着揶揄之意。

他从桌上拿过一叠卷宗，翻开一页给吴凡看。

映入吴凡眼帘的是一个躺在床上的男尸。

难以入眼的是男人肚子上裂开的那条醒目的伤口。而凶器就放在死者身旁，是一把细长的尖刀。

卢广通说：“我也了解过邱晓杰的私生活，他经常和一些女人约会。那天他跑到白沙旅馆开房也就不足为奇了。但是万万没想到，这个女人却利用这个机会把他残忍地杀害了，而且差一点就躲开了所有监控，真是狡猾的女人……”

“你什么意思？”吴凡如何听不出卢广通话里的暗讽。

“我只不过是在为你陈述案情，吴记者。”卢广通平静的表情中隐藏着讥笑。

“卢广通！你对我有成见也就罢了，现在竟拿我女朋友消遣我，你真当我好欺负是不是！”吴凡就算涵养再好也压不住火了。

卢广通这一次没有和他针锋相对，反而不急不躁地说：“吴记者还是先冷静冷静，听我说完吧。我知道谁遇到这种事心里肯定都不好受，但我们总得面对现实。没有证据的话，我怎么会把你找来呢。”

“好啊，证据呢，证据拿给我看！”吴凡打算跟卢广通死磕到底了。

“其实证据刚才都给你看过了，就是那段监控视频。”

“那说明不了什么问题，顶多能证明白若琳去过白沙宾馆。”

“那是你没有仔细看。”卢广通重新点开电脑上的视频文件，“你再好好看看，看看你女朋友身上都有什么。”

吴凡尽管心中有火，还是把目光落在电脑屏幕上，那个黑色连衣裙女人又在画面中出现了一遍，经过短短几秒钟的再次确认，他知道这个人就是白若琳无疑。

啪——

卢广通突然敲下空格键，暂停了视频。

“看清楚了吗？”他问吴凡。

吴凡疑惑地望着画面中定格的白若琳。

“看到她身上背的黑色双肩包了吧，你再看看你手里的照片……”

吴凡低头瞅了一眼卷宗翻开那一页上的照片，他刚才只留意到被害人那具夸张的尸体，经卢广通这一提醒，便扫了眼其他照片，目光突然一颤。

其中一张照片上，他竟然又看见了黑色的双肩包，就放在床边的地毯上。

他仔细观察了一会儿，那个双肩包的款式以及外形与白若琳背的双肩包完全一致。

吴凡的额头鬓角已经全是冷汗了，脸上青筋隐隐，牙齿咬得咯咯直响。

连他自己都不知道他现在究竟是震惊，还是暴怒。

无论哪个男人遇到这种情况都很难不失控。

卢广通似乎还怕吴凡反驳，继续往下说：“我们通过监控视频可以确定，邱晓杰在走进旅馆时，手里没有拿任何东西。那么他房间里的那些东西又是从哪里来的呢，是谁带进来的呢，吴记者这么愿意动脑子的人不妨好好想想……”

哐——

吴凡两个拳头用力捶在办公桌上，卢广通句句戳心，再听他说下去，吴凡真能发疯。

小女警吓得一咧嘴，不知所措地瞅着付雪晴。

付雪晴叹口气，劝吴凡：“我也不希望这种事情发生，甚至我希望是我看错了。但不管怎样，我们必须得面对现实。”

她拍了拍吴凡肩头以示安慰，却被吴凡粗暴地把她的手拨开。

吴凡冷淡地瞧了她一眼，又瞧了瞧卢广通，自嘲似的冷笑道：“既然你们都认定了我女朋友是凶手，为什么非要把我找来呢，直接去抓她不就好了吗？你们把我找来说了这么一大通，难不成还想让我帮忙把她抓起来送给你们？”

付雪晴咬着嘴唇没吭声。

她能深切地感受到吴凡的痛苦和沮丧。那是一种背叛的感觉，被自己所忠诚的人深深伤害的感觉。

此刻的吴凡仿佛就是四年前的自己，那个彷徨无助、欲哭无泪的少女。那时的她还没有现在这样坚强。

哀莫大于心死，从那时到现在，她整整花了四年时光才忘掉了那个男人，才有勇气接受一段新感情。没人知道她是如何熬过这四年的，外人只看见她逞强好胜，与那些男刑警一样摸爬滚打，永远去追那些最棘手最危险的案子，把自己打扮成一个难以接近的“钢铁侠”。他们并不清楚，只有这样她才能麻痹自己，才能让自己从痛苦中重新振作起来。

卢广通倒显得不以为然，他对吴凡说："我们是本着负责任的原则，把吴记者找来确认犯罪嫌疑人到底是不是你女朋友。另外一方面嘛，吴记者一向都是主动与我们合作，就算我们不找你，你也总会不请自来，我们把你找来不也正好遂了你的心愿吗？"

这句话无异于火上浇油。

眼看着吴凡就要发作，付雪晴急忙调和："这件事还需要从长计议，毕竟犯罪嫌疑人距离监控摄像头有一定距离，再加上角度问题，也有可能看错。当务之急还是进一步调查。吴凡，如果你愿意的话，能不能谈一谈白若琳这几天的日常情况。或者你不认为她是凶手，你也可以给我们提供一些证据。"

吴凡的心情稍微平静了一些，无力地坐在椅子上，回忆了片刻，摇摇头，"她很正常，我没有看出有什么问题。"

卢广通在旁边冷笑一声，没说话。

"那么6月15日呢，也就大前天，你知道她一天的情况吗？"

案发当天就是6月15日。在前一天吴凡陪白若琳逛商场买了那条黑色的连衣裙，没想到她居然穿着去和别的男人幽会。

"那天她照常上班，她在模特公司做摄影师，平时工作时间很灵活，接到活了就去上班，忙的时候，一连几天都不休息。"吴凡据实回答，情绪有些低落。

"那么你能确定她那天去公司了吗？"

吴凡摇摇头。

"好吧，那你之后是什么时候见到她的？"

"晚上六七点，比正常下班时间晚点，不过她也经常这样。"

"她一切都正常吗？"

"她……"吴凡脑海中不由自主地回想起那天晚上的情景。

白若琳穿着那条漂亮的连衣裙，光鲜亮丽地回到家，却不怎么爱搭理吴凡。吴凡亲自下厨做了她最爱吃的菜，没想到她只看了一眼，就跑到卫生间一通呕吐，搞得很扫兴。吴凡问她怎么了她也不说，之后就上床睡觉了。

吴凡当时虽然没说什么，但如今回想起那晚的情景，却似乎别有深意。

他见付雪晴和卢广通都目不转睛地瞅着他，露出一丝解嘲的神情，“怎么说呢，她看起来和往常也差不多。至少是没告诉过我她杀了人。”

“你这话等于没说。”卢广通不满道，“哪有杀人犯杀完人会随随便便承认的？”

“可是如果你们非要问我，我从来不觉得我女朋友会杀人，她要是真能做出那种事，我还怎么敢和她在一起？或者退一万步讲，就算她是杀人犯，总应该有个杀人的理由吧，她得恨到什么程度，或者变态到什么程度，才能用这么残忍的手段把人杀了？卢队长这么确定她是凶手，不妨趁这个机会给我好好讲讲，也让我这个榆木脑袋开开窍。”

“算你能说。”卢广通被问得无法回答，鼻子哼了哼，“不管怎样白若琳仍然是嫌疑最大的人，我们必须找到这个女人。”

“你们要去抓她？”吴凡问。

“叫你来的时候，我们已经派人去了，说不定现在马上要带回来了。”

吴凡脸色微变，但事已至此，他也改变不了什么。

又过了十几分钟，卢广通的手机响了，他拿起手机接了一通电话，听着听着两道浓眉就拧到了一起，嘴角上那抹小胡子也拱了起来。

放下手机，他寒着脸问吴凡：“你知道白若琳现在在哪儿吗？”

“她不是应该在公司吗，她这两天都有任务。”吴凡说。

“哼，她今天根本就没去公司。给她打电话，她也不接。”

“怎么会这样？”吴凡显得很惊讶。

卢广通瞥了吴凡一眼，眼神有些古怪，“也许她今天一直都在家呢。我们要马上去你家，你给开门吧。”

事到如今，吴凡也无法拒绝。他稀里糊涂地跟着卢广通等一干警察，乘坐警车赶回了家。

小区门卫看到这排场，没敢多问就把门禁道闸打开了。

他带着卢广通他们上电梯，来到自己家门外，在众目睽睽之下，吴凡掏出钥匙打开了防盗门。

卢广通做了个手势，身边两个刑警马上掏出了手枪，这阵仗就跟要面对什么穷凶极恶的歹徒似的。

吴凡前脚刚一迈进房间，就被身后冲进来的警察们挤到墙上，一共才一室一厅一卫的房间瞬间被荷枪实弹的警察站满了。

可是，白若琳并不在家。

卢广通让吴凡拨打白若琳手机，还要求打开扬声器，吴凡掏出手机拨打之后，传来了语音回复，“对不起，您所拨打的用户已关机，请稍后再拨……”

警员们看着卢广通，卢广通看着吴凡。

吴凡朝卢广通摇摇头，“我也不知道她现在到底在哪儿？”

卢广通的眼神耐人寻味，“你是真的什么都不知道吗，吴记者？”

“难不成，你还怀疑是我给白若琳通风报信？”吴凡哑然失笑，“我才刚从你们那里知道发生了命案，白若琳是早上就失踪了。卢队长你怎么怀疑，也不应该怀疑到我头上来吧？”

卢广通沉着脸没再说什么，挥下手，带着一行人离开了，把吴凡一个人丢在了房间。

只剩下自己一个人了，吴凡坐在椅子上发了好半天呆，他重新回想，恐慌这才慢慢袭上心头。

他直到现在都感觉像是做了一场噩梦。

白若琳的背叛，白若琳的杀人，白若琳的失踪，所有不可思议的事情突然之间全部都发生了。

只有一件事是在意料之中，那便是来自预测死亡的兔子的预言。

这个可怕的家伙难道真的具有某种预测未来的能力吗？

吴凡已经不敢否定，因为事实就在眼前。

而这一次的困境把他也牵扯进来了，他却束手无策，他感觉那个隐藏在暗处的家伙似乎正在看他的笑话，说不定他已然预见到了最后的结果。他却偏偏保持沉默，耐心地看着吴凡如何挣扎求生。

该死的！

吴凡十分不爽这种被人当成实验对象的感觉。

他真希望能把那个浑蛋抓在手里痛扁一顿，但他随后又只剩下长吁短叹。这件事说起来还是白若琳自己惹出的麻烦，又能怪得了谁呢？

吴凡魂不守舍地待了一下午，脑子里混混沌沌什么都想，又什么都没想。脑子里一会儿冒出了白若琳和另一个男人在一起不堪入目的画面；一会儿又仿佛看见德古拉案的凶手蘸着在镜子上写下“Hi,Frank,my brother.”。

他从里怀掏出那张足以要他命的照片默默端详。也只有在他独自一人的时候，才敢把照片拿出来看。

照片上德古拉案的凶手那张苍白消瘦的窄脸显得异常刺眼。他手拿酒杯似笑非笑地瞅着镜头的方向。而他就坐在凶手对面，也是喝得面憨耳热，气氛十分融洽。

每次看到这张照片，吴凡都心惊肉跳。

说他和凶手不认识，他们不是朋友，打死都不会有人相信。可是在他的记忆里，却对这个人没有丝毫印象，也包括照片里的其他人。

这也就是说，这些人都是在他失去的那段记忆里认识的。

他是如何认识这些人的，又和他们做过什么，这就不得而知了。最令他担心的，是他看到德古拉案的凶手的手段之后，确信他是一个连环罪犯，那么他拍照时知不知道这件事呢，如果知道，他怎么还会和这样的杀人恶魔做朋友？

叮咚——叮咚——

毫无征兆的门铃声把吴凡从恍惚中惊醒。

是谁？

白若琳吗？

还是付雪晴？

还是卢广通？

在他脑子里瞬间冒出了各种人物。

门铃声依然在响，似乎门外的人一心想进来。

吴凡满怀疑虑地起身去开门，当房门打开，他一下愣住了。

门外站着一位穿着黑色蓬蓬裙的卷发少女，雪肤大眼樱桃嘴，乍一看还以为是从动漫里走出来的美少女呢。

不过，吴凡现在对黑裙子比较敏感，恍惚间一眼错看成白若琳，气得一把揪住她厉声问："你跟那个该死的男人到底是怎么回事！"

女孩惊愕地瞅着吴凡，讷讷道："爹地？"

吴凡揉揉眼睛，再一看原来是欧阳姗姗。这都哪跟哪呀，全乱套了。

他可不想花时间给这个干女儿讲什么杀人事件，他急中生智岔开话题："你今天怎么来了？"

# 第三章　白若琳的坦白

“想爹地了呗，自从回到自己家就不跟我联系了，连个电话都不打，哪有这么对待自己女儿的。”欧阳姗姗理直气壮地数落起吴凡。

吴凡急忙把女孩拽进屋里。

欧阳姗姗一进屋就背着手东瞧西看，跟进自己家一样，“怎么，你女朋友白若琳没在家吗？现在这个时间她应该已经回家了吧？”

真是哪壶不开提哪壶，吴凡实在是懒得解释，随口编瞎话说她去外地出差了。

“真的吗？”欧阳姗姗十分惊喜，“那我可不可以在你这里住几天呀？要不然我还寻思整天和你女友低头不见抬头见的，谁瞅谁都别扭，让爹地你多为难啊。”

“你要住我家？”吴凡一脑门子黑线。

怎么每一次碰见这小丫头，他就那么没有安全感呢。

他现在可没有心情哄孩子，心里想着赶紧找个借口把她撵走，“姗姗，其实吧我今天也打算出差，我……”

“咦，这是什么，还有一张照片？”那边欧阳姗姗根本就没听他说什么，眼睛忽然瞄到了吴凡刚才随手放在桌上的照片，伸手就去拿。

吴凡心脏病好悬没吓出来。

他急忙扑过去，一把从欧阳姗姗手里夺过照片，给欧阳姗姗吓了一大跳，“干什么啊？”

“没什么，少儿不宜。”吴凡冷冷地回答着，把照片塞进了里怀。

“少儿不宜？没有吧？”

“你都看到什么了？”吴凡不放心地问。

“就看见你和几个人在那儿喝饮料啊，还没看清楚就让你给抢走了。”

吴凡稍稍松口气，幸亏这丫头没认出德古拉案的凶手，要不然还麻烦了。

“不对啊！”

欧阳姗姗忽然又一声叫唤把吴凡放下的心又揪了起来，“哪不对？”

欧阳姗姗眯起大眼睛，狐疑地打量着吴凡，“肯定不对，你一定是有什么事情瞒着我。”

“哪有什么事情，别乱猜。我就是和几个朋友在酒吧聚一聚，喝点儿啤酒而已。”吴凡尽量轻描淡写地说。

“喝啤酒？你逗我呢吧，江州还有卖这玩意儿的地方吗？”

“你等等，那是什么东西？”吴凡疑惑地问。

“你自己喝过都忘了？就是一种酸奶啊。”

“酸奶？”吴凡忍不住问，“你是怎么知道的？”

“这玩意儿是用一种植物混合酸奶制作成的一种饮料。”

吴凡还真没想到这小丫头连这么奇怪的东西都知道，他心头忽然一动，问道：“那这种酸奶都什么地方有啊？”

“这我就不太清楚了。反正国内一定没有。”

欧阳姗姗的话一下提醒了吴凡，他不禁想，难道这张照片是在外国拍的吗？我还出过国不成？

欧阳姗姗瞧他的样子越发觉得奇怪，揪着他衣服追问：“你肯定是有情况，快把照片拿出来让我看看，我就想知道是怎么一回事，我有强迫症，想知道的不告诉我，我马上就犯病。”

“哎呀，什么情况也没有。”吴凡被她搞得心烦意乱，只好就坡下驴地往下编，“其实我是和几个朋友去了一趟酒吧。”

“这酒吧在哪儿啊？”

“离江州不远的其他城市。”

“那不对呀，咱们这儿没有这种饮料。”

吴凡暗暗叫苦，没想到自己一不小心说岔道了，让这小人精一下抓住了漏洞。

他一时间还真不知道该如何圆谎，正在头疼呢，忽然门铃又响了。

不管来人是谁，倒是替吴凡解了围。

“谁呀，是你女朋友回来了？”欧阳姗姗问，那架势还想去开门。

吴凡当然不相信白若琳还敢回来，但他也猜不透这种非常时期谁还会来敲他家门。

他把欧阳姗姗推进里屋，关上门，正准备要去开大门，大门自己开了。

一个穿着黑色连衣裙的女人闪身进门，与吴凡打了一个照面。

两个人四目相对，一时间全都僵住了。

是白若琳。

吴凡怎么也想不到进来的竟然真是白若琳。

就在今天之前，这还是最普通不过的情景，可如今却是最不可思议的事情。

吴凡望着面前这个一天前还小鸟依人地靠在自己怀中的女人，脑海中想到的却是她和那个男人在一起有说有笑的画面，他腮帮子上顿时绷起根根肉筋，不自觉地捏紧了两个拳头。

白若琳默然看着他的反应，低声道：“看来你都知道了。”

“那你还回来干什么？”吴凡冷冰冰地回道。

“我想再见你一面。”

“来见我？”吴凡冷笑，“你是觉得耍我耍得还不够痛快吗？我现在才发现，我是真的看错你了。”

白若琳神色黯淡，脸上写满了愧疚和无奈。

她沉默了很久才艰难地张开嘴：“我知道我对不起你，你怎么恨我都是应该的，你甚至可以现在打电话报警把我抓起来……”

“跟我演苦情戏吗，你以为我不敢？”吴凡不为所动，真的掏出了手机作势要报警。

“我只有一句话要说。”白若琳急忙道，“我没有杀那个男的。”

“是吗？”吴凡戏谑地瞧着白若琳，“我给你三次机会说实话。否则我就报警。”

“我真的没有杀人。”

“这是第一次机会。”吴凡点开手机。

“请你相信我。”

“这是第二次机会。”吴凡找到付雪晴的电话，准备按下呼叫键。

眼泪已经布满白若琳的脸颊，她可怜兮兮地望着吴凡，“我向你发誓，我这一次说的是真话。”

“第三次机会你已经用完了。”吴凡按下呼叫键。

他以为会把白若琳吓跑，可她却呆呆地站在自己面前一动不动。

手机那头付雪晴接了电话：“什么事啊，吴凡？喂？”

吴凡望着白若琳，忽然把电话挂断了。

“把门关上，我就给你五分钟解释。如果你不能说服我，你我之前的恩怨一笔勾销，从此就是路人。要么你自己离开，要么我报警抓你。你以后的生活都与我无关。”

白若琳强忍着难过，转身关上了防盗门。

吴凡坐在餐桌边的椅子上，看了白若琳一眼，“现在开始说吧。”

白若琳镇定镇定心情，开口道：“我那天确实是打算和一个男人见面，他叫龙哥。”

“他不叫龙哥，他叫邱晓杰。”

“邱晓杰？”白若琳茫然地摇摇头，“我不知道他真名叫什么，我们是在网上认识的，他的网名就叫龙哥。”

“你背着我和这个人交往多久了？”吴凡本来不想问，但还是忍不住多问了一句。

“大概一个月吧。去旅馆那天是我们第一次见面。”

吴凡顿感全身血液逆流，直冲进脑子里。

但是暴怒之后冷静下来，吴凡对白若琳的话又产生了怀疑，他不动声色地瞧着自己的女朋友，“你说和他才第一次见面？”

“是的，我之前从来没有见过他，只是在网上聊过天。”

“如果真像你说的这样，你又怎么会处心积虑地想要杀了他呢？”

白若琳一脸茫然地望着吴凡，“我不明白你这话是什么意思？”

“你真不明白？”吴凡的语气中不无嘲笑之意，“房间里的东西，还有杀人的刀子都是你带进旅馆的，没错吧？”

“是我，只是……”

“而且，你在走进白沙旅馆的时候，不走正门和电梯，而是走防火通道，这也没错吧？正常人谁会这么做？”

“你这样做的目的只能有一个——为了隐藏自己，避免被酒店里的任何人看到，或是被监控摄像头拍到。你用这种方式神不知鬼不觉地找到客房，与邱晓杰见面。除了你们两个人之外，没有第三个人知道房间里发生的事情。你把那个男人杀害，作案后你沿着之前进入旅馆的安全路线逃走，即便之后有人发现了邱晓杰的尸体，也不会怀疑到你头上。邱晓杰这个人的私生活本来就很混乱，他和你这样的女人联系也不用自己常用的手机，这些因素无形之中都成为你的掩护，应该也是在你计划杀人时的考虑之内吧？你到现在还对我讲你和这个人刚刚认识，刚第一次见面，这真是一个拙劣的笑话。你还不如老老实实告诉我，为什么会发生矛盾，产生了杀机，或许我还会觉得你够坦诚……”

白若琳凄然垂泪道：“我知道我现在说什么你都不会相信，但我确实和这个男人认识才一个月。那时候你住到别的女人那里不回家，我也很生气，就在网上随便认识了一个人，原本只是想气气你。但是没想到聊来聊去还很投缘，我就打算和他见一面。这就是全部经过。”

一个月前正是两个人闹矛盾的时候，由于一些误会，白若琳怀疑吴凡在外面有女人便把他赶出了家，吴凡没办法搬到欧阳姗姗家住了几天。

吴凡重新打量白若琳，看着这个曾经让他感受到温暖的女人，冷笑中透着无奈，“怀疑不是用来背叛爱情的借口，如果仅仅因为一个误会就能让你用这种方式报复我，那只能说你根本就不在乎我。”

白若琳身子晃了晃，眼泪汪汪的，还想说些什么。吴凡挥挥手，“咱们现在还是就聊案子吧。我不妨告诉你警察是怎么发现你的。”

“虽说你计划得很周密，可惜还是百密一疏，你没有发现在旅馆的防火通道门外还隐藏着一个摄像头，把你进出旅馆的时间，以及你装着作案工具的双肩包全都拍下来了。有了这些铁证在手，警察当然要抓你了。好了，我该说的已经全都说完了，该你说了。到现在为止，你并没有让我相信你没杀人。”

“但我真的没有杀他。我真没有。”白若琳急得流出了眼泪。

吴凡摆摆手，示意她不用演戏，“我刚从刑警队回来，我也看见了杀人现场的照片，我都知道发生了什么事情，我也知道那个男人是怎么死的。至于杀人证据就更明显了，那些东西包括那把杀人的刀子也是你用双肩包背进旅馆房间的，这些监控都已经拍到了，警察抓你一点都不冤枉。事到如今，你还有什么可解释的？”

白若琳瘫软地靠在墙上，“我当时迷迷糊糊的，不知道自己都干了什么，清醒过来的时候，那个男人就死了。但是我觉得我没有杀他，那些东西和双肩包本来也不是我要带去的，是那个男人交给我的……”

“你说什么？”吴凡微微一滞，随即又感觉白若琳的话有矛盾，不屑道，“你刚才不是还说，你和那个男人在旅馆见面才是第一次吗？这么快就改口说是他把东西交给你的？”

“东西是他给我的，可是我们没有见过面。”

“没见过面他怎么给你？”

“他让我去天津路一家叫华源超市的地方，他把双肩包放在了1层超市外的储物柜里，在柜子外贴上了一个‘忍’字让我找，还告诉了我密码。我在打开柜子前，其实并不知道里面放的究竟是什么，也不知道他打算如何和我见面。是他通过手机告诉我如何乘坐公交车去白沙旅馆，让我到地方后跟他联系……”

“一个未曾谋面的人提出这么古怪的要求，你也能轻易相信？”吴凡对白若琳的话并不太相信。

“他和我说他老婆管得很严，他怕被发现，所以才这么小心……”看见吴凡脸都发青了，白若琳不敢往下说了。

“接着说，你到了白沙旅馆后又怎样了？”吴凡压着火催促。

“我给他发短信，他告诉我楼后有一个防火通道，让我从那里进去。他在3层又给我留了东西。我爬到3层，发现了一个塑料袋，里面装的就是那些东西。”

吴凡眉头微微搐动，“你是说你背了一个空双肩包跑到白沙旅馆，那个人在防火通道的3层放了那些东西，还有那把刀？”

“嗯，我刚拿到双肩包的时候，里面并没有那些东西，东西是我进到防火通道后装进去的。”

吴凡越发疑惑地看着白若琳，“然后呢？”

“我又和那个人用手机联系，他告诉我如何上楼去找房间，我就按照他说的……”

“你等一下，”吴凡打断，“你是说，你人都进旅馆了，连去哪个房间都不知道？”

“不知道，我每一步都是按照那个人告诉我去做的。所以我说，我根本就没想过要杀那个人，我根本都不认识他，为什么要杀他？退一万步讲，就算我要杀他，也不可能用他给我准备的东西杀他吧？我怎么知道他会给我准备什么？”白若琳煞有介事地喊冤，听上去似乎也有些道理。

“把你手机拿出来。”吴凡忽然对白若琳说。

白若琳一时间没明白吴凡的意思，掏出手机递给了吴凡。

吴凡打开她的手机扫了一眼，“要想证明你讲的这些到底是不是真话很容易。你只要把你和那个男人的聊天记录交给警察不就一目了然了。你和他是通过什么方式联络的，短信、微信，还是QQ？记录在哪儿？”

白若琳神情有些僵硬，“我没用这个手机和那个人联系。”

“那你用哪个手机？”

“我刚才忘说了一句。我和那个人联系的手机也是他给我的，就放在双肩包里，他往那个手机里给我发短信告诉我如何做。”

“什么，那个手机在哪儿？”

“手机……我也不知道手机在哪儿？”白若琳看见吴凡露出不信的表情，急忙解释，“我当时拿着手机走进房间后，好像是把手机放在茶几上了。后来我就没太注意那个手机，再后来……我发现那个男的死了，我当时十分害怕，只顾着逃跑了，那个手机应该还留在房间里。”

吴凡冷笑一声，“如果真像你说的那样，警方应该早就发现那部手机了，也早应该看见你们的联络短信了，这么重要的线索我却从未听他们提过，你让我如何相信你？”

白若琳颤声道：“你认为我说这些都是在骗你？”

“你已经欺骗过我一次，我怎么知道你不会骗我第二次，我现在相信的只有证据。”

白若琳无力地靠着墙，眼神充满了绝望。

她在走投无路时只能求助于吴凡，然而吴凡的态度表明：他们之间已经出现了不可挽回的裂痕。

人在一生中会不停地犯错，但有些错误连一次改正的机会都没有。

吴凡看了看手机时间，“我给了你五分钟解释，你用了三十分钟还没有说服我相信你说的是真话。还是我刚才那句话，你现在有两个选择，要么离开，要么我现在报警。”

白若琳见吴凡语气坚决，已然没有丝毫回旋的余地了，没有再多说什么，黯然地转过身要开门离开。

偏偏就在这时候，门铃突然又响了。

白若琳惊疑地把眼睛凑到门镜上去看，紧接着，她脸色变成惨白。

“怎么了？”吴凡不解地问。

“是……是一个警察……”白若琳吓得几乎要瘫在地上。

吴凡走过去拨开她，往门外看了一眼，不由得一怔。站在门外的竟是刑警队长卢广通。他此时穿了一身便衣，像个门神一样挡在门口。

他怎么又回来了？

难道他根本就没离开？

吴凡没有马上开门，他问白若琳，“你怎么认识这个人的？”

白若琳支支吾吾：“今天早上他带着几个人去公司找我……我幸亏有事去晚了……还没进公司大门就看见他们了，我预感到不妙就逃了……没想到现在他又追到家了……我该怎么办啊？”

“他就是江州市刑警队的队长。你正好开门跟他走。这样不是很省事吗？”

“我不要，我不想被他们抓住。求求你帮帮我！”白若琳惊恐地抓着吴凡胳膊，事到如今，她也只有哀求吴凡了。

吴凡无奈地摇摇头，“我又能怎么办呢，就算我不开门，他一会儿也能想办法进来，这里是 25 层，你觉得你还有逃跑的可能吗？与其垂死挣扎，还不如主动自首认罪，没准还能争取个坦白从宽。”

“不，我不要被抓！就算跳楼摔死我也不要被抓！”白若琳毅然决然地撂下狠话，转身跑进卧室，把门从里面插上。

吴凡知道她不会真的跳楼，她没有那个胆子。

他忽然发现这个女人又可恨，又可怜，又愚蠢。

天作孽犹可恕，自作孽不可活。

这时候已经不是门铃在响，而是改成砸门了，从门外还传来了卢广通充满警告意味的大喊：“我知道里面有人，不用再躲了，快开门！”

吴凡终于打开了防盗门。

卢广通看见开门的是吴凡，脸上闪过一丝猜疑，“怎么这么半天才开门？”

“我要知道是您卢队长大驾光临，我早就开门了。”吴凡做了个皮笑肉不笑的表情，把卢广通请进来。

卢广通一进门便问：“就你一个人在家吗？”

“卢队长刚才不是来过了吗，还不清楚？”

卢广通瞅着他，“我是问你，我离开之后还有人进来吗？”

“有啊。”

“谁？”

“您啊。”

卢广通让吴凡消遣得心头直冒火，“除我之外呢？”

“反正我一进来就坐这儿休息了，没看见什么人进来，如果您不放心，您就再搜查一遍。”

“你什么意思？”

“因为卢队长你十分严谨，我和你打交道不得不小心翼翼。谁也不敢保证万一我家里什么时候爬进来一只老鼠什么的，到时候卢队长较真起来，我就说不清了。”

卢广通耐人寻味地瞅了吴凡一眼，似乎在琢磨他话里的含义。

他扫了一眼周围，吴凡的家不大，不过才一室一厅一卫，一眼看下来，卢广通的目光最后落在了紧闭的卧室门上。

他走过去正要推门，吴凡忽然叫住他：“我有件事想问问卢队长。”

“什么事？”

“你们在邱晓杰遇害的客房里有发现手机吗？”

“你是指邱晓杰的手机？”

“除了他的手机之外，有没有其他人的手机？”

卢广通疑惑地看了看吴凡，“没有。只有邱晓杰的手机。”

“好吧，他的手机也行，你们有没有检查过，在他手机里是否发现了一些奇怪的短信？”

“奇怪的短信？”

“就是和白若琳相互联系的短信？”

“没有。邱晓杰这个人虽然私生活比较混乱，但是从来不用自己的手机与那些女人联系。”

“有什么特殊原因吗，让他这么谨慎？”

“他有一个很有钱的女朋友，也是他对外公开的正式女朋友。这个女人对他看管得比较严，他如此谨慎怕也是担心被发现。”

“原来是这样啊。”吴凡自言自语，“如此一来，谁也证明不了她的话究竟是真是假。”

“你说什么？”卢广通问。

“没什么。”吴凡并不想过多解释。

卢广通走到卧室门口，推了一下门，发现门锁着，眼眉马上就立起来了，厉声问吴凡，“屋里怎么有人？”

“有人？我不知道啊，我都说了我一回家就坐在客厅里休息，都没进过卧室，刚才不是你们搜查过了吗？”

卢广通这才反应过来，自己刚进门时这小子说的那番话分明是给自己藏了退身步。还真够狡猾！

他现在没工夫跟吴凡计较，“实话告诉你，我们已经锁定了白若琳的手机信号。我是根据信号找到这里的。她现在人肯定在这个小区里。外面全是我的人，她插翅难飞。我呢，就顺便上来看看你……”

吴凡能品出卢广通的弦外之音，他平静地说道：“多谢卢队长一直都惦记我。一切悉听尊便。”言外之意，他抓不抓白若琳与自己没有关系。

“你有开门的钥匙吗？”卢广通问。

吴凡摇摇头，建议他：“你可以把门踹开。”

卢广通还真去踹门了，两脚就把门锁踹断，迈步走进卧室。

吴凡站在那里没动。

这件事白若琳捅的娄子太大，也伤透了吴凡，他不想管，也管不了。

忽然卢广通一声喊喝：“出来吧，别躲了。”

就听一个稚气的声音说：“别开枪，别开枪，我出来！”

吴凡一听这声音，猛然想起来欧阳姗姗还在房间里呢，居然把她给忘了。

他急忙进屋，看见欧阳姗姗正吃力地从衣柜里往外爬。

卢广通万万没想到屋子里还藏着一个小女孩，看了看觉得很眼熟，忽然想起来前些天在冒险乐园恐怖谷见过她，当时她就是和吴凡在一起的。

他沉着脸问吴凡：“她是谁，怎么会藏在你这儿？”

“他是我朋友的孩子，上我家来玩。”

“你朋友的孩子会躲进衣柜里？”卢广通根本不相信他说的话，目光中尽显严酷，“吴记者你可是法制专栏的记者，应该是懂法的，把这么一个小女孩藏在家里可是有犯罪的嫌疑啊……”

他正想辩解呢，欧阳姗姗对卢广通说：“警察伯伯，他刚才确实对你撒谎了。其实我根本就不是他朋友的女儿。”

吴凡一听脑袋就大了三圈，本来就够乱了，这熊孩子可别没深没浅再胡说八道。

“那你告诉我你到底是谁，怎么被他弄到这里来的，有我在你大胆说，别怕！”卢广通双眼发光。

“我其实是他女儿，他是我爹地呀，我们正在玩躲猫猫呢。”欧阳姗姗愉快地回答。

卢广通满头群鸦乱飞，他怎么有种被这孩子耍了的感觉呢。

吴凡抽空看了一眼房间，还真没看出白若琳躲在哪了，他没忘了顺便揶揄一下卢广通，“卢队长现在满意了吧，你把我门也踹坏了，女儿也吓出来了。现在没有疑问了吧？”

他话音刚落，就听欧阳姗姗又说：“不过爹地，我发现咱们屋里闹鬼，刚才我躲在衣柜里的时候，就听见屋里有动静，我透过柜门，还看见一道黑影在眼前晃来晃去呢。”

她话音刚落，卢广通眼眉又立了起来，大声问欧阳姗姗：“那不是鬼，那是杀人犯，她躲哪里去了？”

欧阳姗姗耸了耸窄窄的肩膀，笑眯眯道：“就这么大的屋子，警察伯伯你还找不到一个大活人吗，还用问我？”

卢广通碰了一鼻子灰，多一句话都不想跟这个孩子说，他转身去找白若琳。

十几平方米的屋子，一个大活人还能藏在哪儿？

卢广通弯腰往床底下瞅瞅，没人。他的目光随后落在了拉得严严实实的窗帘上。

他走到窗前，一把扯开窗帘。露出了敞开的窗户。

他探头往窗外瞅了瞅，看见窗户下面的外墙上有一条白色的水泥凸出，只是用来装饰，大约有两个脚掌的宽度。而紧邻卧室窗户不到两米远的地方还有一扇窗，那扇窗户此时也开着。

“隔壁那扇窗户通向哪里？”他回头问吴凡。

吴凡想了想说：“好像是走廊电梯间那边，逃生通道也在那儿……”

“不好，肯定是翻窗户逃走了。”

他扔下吴凡和欧阳姗姗，跑出房间去追白若琳了。

“我刚才和白若琳说的话你也都听到了吧？”吴凡问欧阳姗姗。

“也没听到多少，就知道她杀了人，走投无路跑回来向你求救。爹地放心吧，我不会告诉别人的。”

吴凡叹口气，“你说我该不该帮她？”

“这样无药可救的女人你还有必要帮她吗，让她自生自灭好啦。”

吴凡瞥了她一眼，“那你也没有必要这么高兴吧？”

“当然高兴啦，因为她很快就要被抓住了嘛。”欧阳姗姗很开心地说，“那样就没人跟我抢爹地了。我的东西谁跟我抢，我就跟谁急。”

吴凡擦擦冷汗。

就在这时候，吴凡似乎听到外面传来一声惨叫。

因为里里外外的门都开着，这叫声好像是从走廊里传过来的。

他问欧阳姗姗：“你听到有人叫了吗？”

“没太注意，好像是有吧。”

“你在家里别动，我出去看看。”

吴凡说完跑出家门，顺势把门关上。

他在走廊里转了一圈，等他走到电梯间那儿，一眼就看见卢广通躺在地上，满头是血，场面十分恐怖。在他身旁散落着花盆的碎片。

吴凡大吃一惊，他不知道这是不是白若琳干的。

他已经来不及多想刚才发生了什么，跑到卢广通身边，拿起碎花盆看了一眼，扔在地上，伸手试试卢广通的呼吸和脉搏，看看他还活着没。

就在此时，他余光间看到一条黑影正贴着墙根悄无声息地逼近自己。

他激灵灵打个寒战。

还没等他完全明白过来，那条黑影已然迅速靠到近前，猛然间扑了上来。

吴凡急忙转身，就看见一个面目狰狞的男子冲到眼前，眼看着就要撞到他身上。他根本来不及思考，伸出双手抓住男人一条胳膊，借着男人的冲势，用肩膀一扛他身体，把男人从头顶抛出了一丈开外。

他惊愕地望着摔在地上的男人，刚喘一口气，脖子上就挨了一记重击，把他打跪在地。

他眼前阵阵发黑，晕晕乎乎地看见身后还有一个人。

他不知道这两个人是干什么的，是不是杀卢广通的人，但他不能就这样稀里糊涂地被他们干掉。

偷袭他的人得势猛攻，按住他的头，发狠似的用膝盖猛撞他。吴凡只能用胳膊护住头部。

惊恐到极点也激发了吴凡一股狠劲，他用力挺起身子，双手架开了对方压住自己的胳膊，顺势用双肘左右开弓，连续击打在对方脖子上，那人顿时被打蒙了。

在吴凡和这个人肉搏的时候，先前那个被吴凡摔在地上的男人努力从地上爬起，伸手从腰间拔出一支手枪往吴凡身上瞄准。

吴凡已经打疯了。平地里发出一声低吼，猛地扛起被自己打晕的男人，借着一冲之力把肩膀上的人抛向举枪的男人。

哐——

两个人撞在一起，手枪落地。

那个男人刚站起来，吴凡两步追到眼前。上身一伏，手掌撑地，顺势撩起一腿扫中那人脑袋。这一次那个人彻底躺在地上不动了。

整个搏斗的过程也不过才半分钟，等吴凡清醒过来，看见躺在自己脚前的两个男人，还没太想明白刚才都发生了什么。

“到底出什么事了？”

一个熟悉的声音把吴凡从恍惚中唤醒，他转回身，看见了付雪晴和一干警员正从电梯里跑出来。

大家最先看见躺在地上的卢广通，急忙上前抢救，有人打电话叫救护车。

吴凡对付雪晴说：“我们遭到袭击了。”

“谁袭击的你们？白若琳？”

“我没看见白若琳，但是我看见了两个陌生人，有一个手里还有枪。”吴凡指了指躺在墙角发出呻吟的两个人。

等付雪晴走到跟前一看，脸上露出了惊诧的表情，“你是说他们袭击的你们？”

“是啊。”

“这怎么可能，他是便衣警察啊，跟卢广通一起来抓白若琳的……”

“什么？”吴凡忽然有种不妙的感觉。

这时候，已经有其他警察跑过来了，吴凡本来想承认是自己打伤了两名便衣，可是他费力地咽了口唾沫，还是没敢多嘴。

两天后，几名警察来到江州报社，点名要找吴凡。

主编郭大头殷勤地凑上来套近乎，顺便问问是不是又有什么新案子了。

侯小亮翻楞眼睛瞧着他，“当然有新案子了，要不然来找吴凡干什么？”

“不知道是什么案子，连环吗？口味重不重？”

“口味重，能不重吗，都连环袭警了。”

“什么，连环袭警？”

郭大头还在对这句话反复琢磨，侯小亮眼尖，一眼看见了刚刚从卫生间回来的吴凡，大喝一声：“来呀，把他抓起来！”

郭大头眼看着两个警察不容分说就按住吴凡，给他铐上手铐，瞬间不知所措。

这什么情况？

袭警的难道是吴凡？

吴凡心知肚明是怎么一回事，也没做过多解释，老老实实被带到了刑警队。这次来可与往常不一样，认识他的警察一个个瞅见他，要么跟看见怪物似的躲得远远的，要么怒目而视。

他被侯小亮押进审讯室，看见审问他的是付雪晴时，他多少松了口气，毕竟他和付雪晴也算有点儿交情，何况她马上要成为他哥们儿陆恒的媳妇了，这不相当于嫂子吗？

吴凡没等付雪晴说话，自己先拉过椅子坐在她对面，把两手一伸，“拜托先把我手铐解了吧，这么说话不方便，搞得像审犯人似的，顺便给我来点茶水压压惊。”

付雪晴刚要说话，看了看站在门口还没走的侯小亮，他可是卢广通的徒弟，正虎视眈眈地瞅着吴凡。

付雪晴顿时柳眉倒竖，朝吴凡一拍桌子，“你和谁说话这么随便呢？你现在就是犯罪嫌疑人的身份懂吗？”

吴凡有点儿发蒙，这女人翻脸怎么比翻书还快，以后还能不能愉快地相处了？

“不是，这件事是有点儿误会。”吴凡只好耐心解释，“我知道打警察不对，可是我之前根本没见过那两个警察，他们又没穿警服，突然冲出来就扑向我，还掏枪，我也只能自卫了。”

还没等付雪晴说话，侯小亮噌地蹿到吴凡眼前，怒喝一声：“你少装糊涂了。他俩为什么要抓你你自己心里不清楚吗？还敢在这里狡辩！”

“我当然清楚了，我唯一不清楚的就是突然有不明身份的人袭击我，我为什么就不能反击，难道我要站着等死吗？”吴凡毫不示弱地反驳。自从在报社里让这个侯小亮不容分说地铐来，他心里就赌着气，当然不能随便让他给自己乱扣帽子了。

“哼，证据确凿你还敢胡搅蛮缠，如果不是你袭击卢队长，放跑了白若琳，他们怎么会抓你？”

吴凡一下被说愣住了，看侯小亮凛严的表情，他终于意识到事情的严重性，急忙道：“你可别胡说啊，侯警官，你们谁看到是我放走白若琳的？你们又有谁看见是我袭击的卢广通？没有证据可不能乱说。”

他话音刚落，门外一个声音道：“谁说没有证据，我就是证据。”

说话间，这个人已经大步走进了审讯室。

吴凡回过身，吓了一跳。

进来的不是别人，正是卢广通。

眼前的卢广通看起来与平时相差不多，除了头上包了好几层厚厚的纱布，下面依然是五官突出的一张古铜色脸庞，眉毛胡子依然极具辨识度。

“原来你没死。”吴凡吁了口气，也不知道是庆幸还是惋惜。

“托你的福我还活得好好的。要不然谁来指证你呢。”

“喂喂，卢队长，话可不能乱说，您不会是因为头部受伤也像我一样失忆了吧？你还能不能记得那天都发生了什么？”

“我当然记得清清楚楚。”卢广通瞪着他大声道。

“那你应该记得，你从我家里跑出去追赶白若琳去了。然后我听到有人惨叫，就跑出去看，结果就看见你躺在地上了。我没看见你是如何被袭击的。当时周围也没有其他人，我不知道你死活，想用手试试你还喘不喘气……”

“你可真会浑水摸鱼呀，吴记者。”卢广通生硬地打断吴凡，“跟我一起来的两个警察当时赶到楼上，他们亲眼看见了你袭击我。他们想要阻止你，才和你发生了搏斗。”

“那绝不可能！”吴凡说，“他们赶到时，你已经晕倒了。他们只是胡乱猜测。”

“好，咱们暂且不论他们到底有没有看清楚，我就问你，你说谁在那个时候最有可能袭击我？”

“这个我怎么知道？”吴凡想了想，“也许是白若琳？”

“绝对不可能是她。”卢广通很肯定地说，“我当时追到走廊里看见了她，她正想乘电梯逃走呢，看见我以后就往逃生通道方向跑了。我随后紧追，就是在那个时候遭人背后偷袭，袭击我的肯定另有其人。”

“但你并没有亲眼看见是我袭击的你，你也只是猜测。”

“这是最合理的推测，在当时那个环境下，只有你最有动机，也最有条件做这种事情。当然，仅凭推测你肯定还不服气，我们手头上还有证据。”

“什么证据？”见卢广通信心十足，吴凡不禁有些忐忑。

“袭击我的凶器就是放在楼道里的花盆，偷袭我的人在得手后没来得及清理，现在花盆的碎片已经被带到刑警队做了化验，在上面发现了袭击者的指纹。就是你吴凡。”

“我？”

吴凡依稀记得，自己那天晚上看见卢广通晕倒在地，似乎无意中碰过地上的花盆碎片，不过他不知道卢广通是怎么肯定就是他的指纹的？

“你怎么能确定那就是我的指纹？”吴凡问。

“因为我们的指纹库里恰好有你的指纹。你忘了，你之前在我们这里录过指纹。”

吴凡这才想起，自己之前被当成犯罪嫌疑人审讯过，自然也录过指纹。当时只是一场误会，他也没太当回事，没想到现在却给自己找了麻烦。

# 第四章　心理障碍者的冒险

“我当时看见你的时候，那个碎花盆就放在你旁边，我顺手拿起一个碎片看了一眼……随便你怎么想吧，袭击你的人不是我。这就是一场彻头彻尾的误会。”吴凡也懒得和卢广通争辩了，往椅子上一靠，摆出一副无所谓的态度。

付雪晴这时候劝卢广通：“卢队长有伤在身，现在应该好好休息。这件事我会调查清楚的，肯定给卢队长一个交代。”

卢广通的反应有些复杂，“听付队长这意思，似乎不太相信吴凡会干出这种事……”

“我相不相信不重要，主要是还有一些细节上的事情需要核实。”

“细节上的事情？”

“在您被袭击的地方发现了监控摄像头，我已经让赵楠去调监控了，很快就能有结果。不如您先回去歇着，我这边有了结果立马就告诉您。”

“不必了，我就在这里等。我看看这一次他还能说什么。”

卢广通固执起来，九头牛都拉不回，付雪晴也不好说什么。

审讯室一时间变得落针可闻。卢广通和侯小亮铁青着脸不说话，付雪晴一声不吭，也看不透心里在想什么。众人把戴手铐的吴凡晾在了那里，就跟审判似的，压抑得喘不上气。

终于，赵楠夹着笔记本电脑走进了审讯室，对付雪晴说：“我找到袭击卢队长的那个人了。”

吴凡就跟打了鸡血似的扑棱一下站起来，把赵楠吓了一跳，“肯定不是我对吧？”

赵楠没说什么，神色有些古怪，本来信心十足的吴凡心里反而有点儿没底。

赵楠打开笔记本电脑，点开了她截取的那段监控视频。这个摄像头位置在电梯间附近，正好能拍到电梯间和远处的逃生通道。

一个身穿黑色连衣裙的女人突然出现在了监控画面里。

从背影看正是白若琳。

她急匆匆地走到电梯那儿狂按按钮，似乎想要乘电梯离开。就在这时候，她扭头看了一眼，似乎发现了什么，转身就往逃生通道那里跑，随后卢广通出现在了画面里。但是卢广通没跑几步，一个黑色的影子犹如幽灵一般出现在他身后。

那人披着黑色的斗篷，头上戴着一个形状奇特的面具，两只又白又长的耳朵格外刺眼。

“预测死亡的兔子！”吴凡脱口而出，他比谁都吃惊。

其他人也都面露惊愕，他们盯着视频里的兔子人，眼看着他轻快迅速地跑到卢广通背后，扬起手里的花盆对准了卢广通的脑袋，卢广通丝毫没有觉察到。

“兔子人”把卢广通打倒后，沿着来路迅速离开，消失在监控外。过了一会儿，吴凡就出现在了监控画面里，跑向卢广通……

付雪晴这时飞快地敲打倒退键，把画面退到卢广通要挨砸的那一瞬间，敲下空格键，把这个画面定格了。

卢广通有点儿不高兴，这副糗样怎么还需要专门辨认一下吗？

“果然不是吴凡动的手。”付雪晴说。

“就凭这个人戴着兔子面具，看着像预测死亡的兔子？”卢广通马上要翻脸了。

“当然不是。理论上任何人都可以假扮预测死亡的兔子，这个道理大家都明白。”付雪晴平静地解释，“不过，你们好好看看这个人的手。他在袭击卢队长的时候是戴手套的，目的自然就是为了避免留下指纹。如果这个人真是吴凡的话，他不会蠢到之后再留下自己的指纹吧？”

卢广通一下被问得无言以对。

付雪晴继续说："而且我注意到，那栋楼的求生通道有两个。这个'兔子人'袭击了卢队之后沿原路返回，在监控外刚好就有另外一个通道入口，他应该是从那里逃走了。吴凡和两个便衣警察随后赶到，看到卢队被打倒，都误以为对方是袭击者，由于误会导致了冲突。也难说主要责任在谁，万一我们的便衣当时开枪打中了吴凡，也许后果更严重。"

卢广通又重新播放了一遍视频，与她的推断十分吻合。

卢广通已经不想再往下看了，气呼呼地拂袖而去。

付雪晴找来钥匙给吴凡解开手铐。

吴凡说："这次多亏你帮忙，要不然我还真说不清了。不过看你一直这么淡定，你是不是一开始就知道袭击卢广通的人不是我？"

"我也不确定，但我觉得你不像能做那种事情的人。不过你有没有包庇白若琳，帮助她逃跑我就不知道了，卢广通带着那么多人都没能抓住她……"付雪晴平淡地回答。

"我对天发誓，我什么都没做。袭击卢广通的是预测死亡的兔子，又不是我，你也都看见了。"

"但是预测死亡的兔子为什么要帮白若琳逃走呢？他们之间难道还有什么联系？"付雪晴百思不得其解。

"其实有件事，我没来得及告诉你。"

"什么事？"

"你还记得头些天我通过预测死亡的兔子留下的讯息，在地狱谷救的那个男人任忠诚吧？"

"他和这件事有什么关系？"

"其实预测死亡的兔子让他给我捎了一个口信，就三个字——白若琳。"

付雪晴突然瞪大眼睛，怒道："这种事你怎么才说？"

"你先消消气，听我给你解释。"吴凡赶紧稳住付雪晴，现在她就是自己的靠山呐，"我当时也不明白这三个字是什么意思，贸然说出来又怕生出什么不必要的麻烦。我一开始担心白若琳会有危险，观察了她几天，没发现有什么异常情况。我这才刚松了一口气，她就摊上案子了。”

付雪晴难以置信地看着他，“你是说预测死亡的兔子早就知道白若琳要杀人？这简直……简直太荒唐了吧……”

“我知道这很不可思议，但我没骗你，你现在就可以去问任忠诚，看看我说的是不是实话。”

吴凡如此坚定，付雪晴也不禁有些动摇，“那这个人究竟是如何预测到还未发生的事情呢？”

“不知道，我也想不明白这件事。也许他利用了某种我们还不知道的神秘手段。如果对他进行犯罪侧写的话，其实他的行为模式倒很清晰，符合控制欲极强的有组织力犯罪的特征。”

“那他的犯罪目的呢？”

吴凡斟酌了一下，“我倒是想到了一种相对合适的描述——观察者。”

“观察者？如何解释？”

“我们可以先分析一下这个人出现的时机，早在之前的‘干尸案’中，这个人就准确预测到了干尸隐藏的地方，但是在整个案件的发展和侦破过程中，他又完全没有参与，而且案子的真相也似乎与他没有任何关系，他完全保持着一种冷眼旁观的姿态。当‘干尸案’结束之后，他又预测了白若琳会有麻烦，随后她就卷入杀人案。但我感觉，他在这个案子里依然扮演着观察者的角色。”

“观察者……”付雪晴咀嚼着这个生僻的词语，“他这么做有什么意义呢？他从中又能得到什么？”

吴凡望着付雪晴身后的墙壁，仿佛在虚空中寻找着什么，他似有所悟地吐出两个字：“敬畏。”

“敬畏？”付雪晴没有马上理解吴凡的意思。

“他渴望证明自己超凡的能力，所以把自己置身于最极端的境地，像上帝一样洞察人世间最黑暗，最不为人知的罪恶。他不同于普通的高智商罪犯，喜欢通过不断地作案来炫耀自己的犯罪技巧，或者是醉心于挑战警方；他不同，他要凌驾于所有人之上，他把自己当成了神，因此才要施展‘神通’，他的神通就是预测凶案，然后安静地观看凶手如何挣扎、警察如何侦破。为了证明自己的存在，他还会悄然潜入犯罪现场，在里面设置暗示，来预测下一起凶案。”

“但是不对啊，你说他只是观察者的身份，但是他亲自囚禁了任忠诚，他这不是已经介入了案子吗？”

“他虽然囚禁了任忠诚，但是查案和判决还是靠警察，他并没有实际干预。而且，我觉得他根本没有瞧得上任忠诚，只是把他当作一个传话筒而已，通过他的口来预测白若琳会卷入凶杀案，囚禁任忠诚只是一个小把戏，在他眼中白若琳的案子才算得上一道有趣的难题。”

付雪晴震惊得几乎说不出话，好半晌才说道：“那我们该如何抓住这家伙？”

“不知道。”吴凡叹了口气，“但我觉得，你们现在最好还是先把这个预测死亡的兔子放一放，把全部精力放在白若琳这个案子上。”

“可是他毕竟参与了这个案子，而且为了帮助白若琳逃跑，打伤了卢广通。会不会他才是背后主谋，暗中引导白若琳杀人？”

“你想太远了，我可以向你保证，白若琳和预测死亡的兔子没有任何联系，不管怎么说我和她住在一起，她的情况我还是了解的。她杀人单纯是一起她和被害人之间的矛盾。而预测死亡的兔子就像我刚才分析的那样，他依然是以观察者的身份出现。之所以介入案子阻止卢广通，我想他未必单纯为了帮白若琳，大概白若琳在这个案子里还有某种用处。”

“用处？”

“有可能会引出一些隐藏更深的线索也为未可知，如果她过早被捕了，反而有可能会干扰我们调查。”

付雪晴看他一副如临大敌的模样，忽然憋不住笑了，“看你说得煞有介事的，越说越玄了。谁知道呢，也许这个预测死亡的兔子根本没有你形容得那么夸张。只是因为他和德古拉案的凶手是同伙，德古拉案的凶手的落网刺激到他，他才开始作案的。”

“我一开始也这么想过，不过我现在又不太确定了。”吴凡依然很认真地说，“也许他和德古拉案的凶手并不认识，他仅仅是通过某种渠道了解了对方，就像他了解假郭超一样。他或许只是觉得德古拉案的凶手的兔子面具和密码设计很有趣，就拿过来用了，仅此而已。”

“假如真像你说的那样，那他就不可能是德古拉案的凶手的朋友 Frank 了，那么 Frank 又是谁呢？”

付雪晴眨着好看的眼睛看着吴凡，稍稍眯起的眼角媚态横生，透着几分调笑之意。

不过吴凡可没心情消受这份美景，付雪晴抓着他话语的漏洞随口一句玩笑，却把吴凡惊得不轻。

他一直都怀疑自己就是 Frank。

假如他猜测得没错，那他对预测死亡的兔子的侧写不正好暴露了自己吗。

“嗨，你怎么了？”付雪晴见他忽然发苶，伸手在他眼前挥了挥。

“没什么，我报社里还有事，如果没有别的事情，那我就回去了。”吴凡打个马虎眼，想趁早离开。

“慢着，我找你还有其他事。”

还有事？

吴凡费解地望着付雪晴，“还有什么事？”

付雪晴看赵楠还在旁边，找个借口把她支走了，这才对吴凡说：“我一直有个问题想问你。韩东魁和李琛到底是怎么受伤的？”

“他们是谁，我不认识啊。”

“就是在你家电梯间被你打伤的那两个便衣。当时到底发生了什么？”

吴凡心说，你不是都清楚吗，怎么还问我？

他小心翼翼地解释：“这个啊，其实是有点儿误会，刚才卢广通在的时候，我都解释过了。当时我发现了晕倒在地的卢广通，正在查看他呢，那两个人就突然扑上来。他们也没穿警服，也没说自己的身份，我还把他们当成了袭击卢广通的人，稀里糊涂地就打在一起了。”

“这我都明白，监控视频里显示得清清楚楚。”付雪晴敲了敲笔记本电脑，“不过我很纳闷的是，你是怎么把两个警察都打倒的？”

“这个啊……”吴凡回忆了一会儿，“当时的具体过程我都记不住了。事出突然，我就记得我怕得要死，还以为自己要死了呢，就稀里糊涂地和他们打起来了。可能是靠着一时莽劲儿，占了点儿便宜。”

“你这是占了点儿便宜？”付雪晴白了他一眼，“他们现在还住院呢。”

“纯属侥幸，侥幸。”

“侥幸？”付雪晴把电脑推到吴凡眼前，“你好好看看你当时的样子。”

在重新播放的视频中，吴凡终于清晰地看到了自己和那两个警察搏斗的经过，那激烈凶猛的场面把他完全看傻了。

“这两个便衣都是我们的刑警。可都是经过专业格斗训练的，以一敌二不在话下。你却在眨眼工夫把他俩全打倒了。看看你自己的动作招式，流畅猛锐，十分专业，甚至能看出泰拳的底子，你是专门练过吗？”

吴凡十分惊讶，连连摇手，“你开什么玩笑，我怎么可能会泰拳！我就是个小记者而已。”

“那这个视频怎么解释？”

“这我哪知道，我也没有必要骗你啊。不相信你可以去查查看。我从来都没去过那些搏击俱乐部。”

付雪晴若有所思，“那有没有可能是你以前练过，因为车祸你忘记了呢？”

“这个啊……”吴凡想了想，倒不是没有这种可能。

不过他对自己曾经的经历越发感到怀疑，他失忆的那几年到底都干过什么呢？

他正在胡思乱想，赵楠忽然回来了，神色有些慌张，“付队，那个女人又来闹了，非要我们给她一个说法。”

付雪晴皱了皱眉，“你们没给她解释过吗，我们已经锁定了凶手，正在全力抓捕，很快就能给她一个结果，让她耐心等两天就好了。”

“我都向她解释过了，可是她不满意，认为我们在敷衍她，她不相信白若琳杀了他男人。”

吴凡本来想趁这个机会走，听赵楠忽然提到了白若琳，忍不住问：“你说的那个女人是谁？”

“就是被害人邱晓杰的女朋友，看着挺大岁数了，都快赶上邱晓杰他妈了。”赵楠撇了撇嘴。

付雪晴有些生气，“我们抓人看的是证据，不是她相不相信。证据显示白若琳就是凶手。”她说着还看了一眼吴凡，似乎这话也是说给吴凡听的。

“这些我们也都说了，可是她就是不相信。她非要我们找领导。”

“卢队呢？”

“卢队不愿意出面，所以，我只好找……”赵楠难为情地看了看付雪晴。

这种时候也只好付雪晴出马了，吴凡趁机跟她在后面也想看看究竟。

他们一起走到办公大厅，就看见门口椅子上坐着一个穿金戴银的老女人，正在那儿咧着嘴似哭非哭，大声嚷嚷道：“你们就这么糊弄我吗？随随便便拿一个人顶包就想糊弄过去，可怜我男人死得那么惨呐……”

吴凡看她哭得抑扬顿挫，那张努力用白粉盖住皱纹的大方脸配合着晃来晃去，嘴唇眼影闪闪发光，就跟唱京剧似的拖腔带调。

毕竟人家是被害人家属，警员们也都拿她没办法，付雪晴压压火，走到富婆那儿，客客气气地说：“您好，我是警队的副队长，有什么不明白的地方您可以问我，我负责向您解释。”

富婆停住哭声，抬头瞅瞅她，撇着大嘴，一脸不屑道：“你们警队没人了吗？拿个二十多岁的黄毛丫头就想打发我，没门！找你们领导来。”

“我就是领导！”付雪晴指了指自己的肩章，“两杠三花，一级警督。不相信你拿手机自己去查一下。”

“好。那我就找你说。”富婆跟斗鸡似的扑棱一下站起来，“你说，杀害我男人的凶手到底什么时候能抓到？”

“我们正在全力抓捕她，相信很快就能有结果。”

“别跟我打马虎眼。”富婆用万紫千红的长指甲指着付雪晴，“我要你们抓的是真正的凶手，别随便拿一个女人搪塞我。”

“那个女人就是凶手。她和邱晓杰在旅馆约会的时候，把他杀了。”

“不可能！”富婆的调门抬高了八度，“晓杰绝对不可能背着我和别的女人去旅馆约会。他对我可是死心塌地的！”

“我们已经找到了证据。”

“那算什么狗屁证据，最多只能证明他去过旅馆。他肯定是去见外地过来的朋友，不可能是跟人约会，他可不是随便的男人。”

富婆一张大白脸霎时青紫，张牙舞爪似乎要抓付雪晴的脸，“你们就是在污蔑他。”

碰到这样胡搅蛮缠的主，谁都没辙，付雪晴气得颤抖，要不是可怜她死了男人，早把她轰出去了。

正在双方僵持不下时，一个人悄然走来，轻飘飘地说道：“其实你心里比谁都清楚自己男人是个什么货色。”

富婆的脸上就像被扇了一巴掌，火冒三丈地寻找说风凉话的人。

她一转身，就看见一位面白如玉，斯斯文文的男子笑呵呵地站在她身后。

“你是什么人，敢在这里造谣！”富婆破口大骂。

男子一点儿不恼，淡然一笑，“难怪邱晓杰到处拈花惹草，拖拖拉拉不和你结婚。估计他是有点儿怕你。”

富婆瞬间僵在了那里，刚才还无比嚣张的气焰突然之间就消失了，她呆呆地瞅着陆恒，神情中充满了惊愕和痛苦。

“不好意思，我不是有意要伤害您。”陆恒友善地解释，“我不是警察，是一个心理医生。我知道您其实很难过，但是故意装作强硬和蛮横是帮不了您的。如果有需要的话，我可以为您做一些心理辅导，张萍女士。”

富婆被说中心结，一屁股坐在了椅子上，带着哭腔叹了口气，“我就想不明白，我为了他花了那么多钱，对他掏心掏肺，他怎么还能拿着我的钱，背着我找别的女人？他良心让狗吃了吗？”

“对您男友的为人我不好评价。毕竟他现在遇害了，我们只有心怀谅解。警方的目的是要尽早抓住凶手，但是您刚才那些话其实是天大的误会。因为这起案子情况比较特殊，所以警方非常谨慎地对待。把我找来也是想通过心理分析，了解犯罪嫌疑人白若琳的杀人动机。我知道，这也是让您困惑的地方。”

“是，我就是想不明白，那个女人为什么要杀我男人，就算她真和我男人约会，也犯不上杀人吧？”

付雪晴说：“我们现在怀疑最大的可能性，是邱晓杰与白若琳发生了矛盾，但是具体是什么矛盾，我们还不知道。”

不等张萍答话，站在付雪晴身后的吴凡脱口道：“他们应该没什么矛盾，因为他们才刚刚见面。”

付雪晴狐疑地瞧了瞧吴凡，吴凡没多话，他总不能说自己和白若琳见过面，这是白若琳亲口告诉他的吧。

张萍终于承认：“我知道邱晓杰认识一些女人，但是从来没听说过白若琳这个名字，也没听说他最近和什么人有矛盾，一般情况，他要是真惹了什么麻烦，肯定会来求我摆平的。”

大家你一句我一句说得差不多了，陆恒才不紧不慢地说道：“站在常人的角度，遇到杀人案时，首先会想到的就是凶手和被害人之间是否有矛盾，或者进一步说，会不会是某个心理变态的凶手纯粹为了杀人而杀人。我只是一个心理医生，并不了解白若琳的为人，也不知道她和死者是不是有矛盾，尽管证据显示她就是凶手。我完全是从心理学的角度来看待这件事，我认为还有另外一种可能，白若琳就算没有杀害邱晓杰的动机，也一样会杀人。”

“我听不大明白你这话什么意思，没动机她为什么要杀了我男人？”张萍很不解。

其实其他人也没太听懂。

陆恒不愧是著名心理医生，一通专业分析让张萍的态度也不像之前那么强硬了。

她神情复杂，眼中喷射着怨毒，“这么说，邱晓杰就是被那个姓白的女人杀死的？”

“你这么说也可以。”

“这样一个变态透顶的女人你们要是抓住了她，是不是要判她死刑？”

“具体情况还要等到她落网之后，警方进一步调查才能确定她的具体罪名。”

“凭什么？”刚刚平静了一些的张萍腾地一下又站起来，虎视眈眈地瞪着陆恒，“杀人偿命，欠债还钱，她这么残忍地杀死了邱晓杰，难道还能判她不死？”

“关于这个问题我现在也没有发言权。”陆恒平静地回答，“不过我刚从物证科那里听说，在案发现场发现了几瓶饮料，这些饮料里全都含有迷药成分，明显是有人注射到饮料里的。

“这种物质具有致幻的作用。虽然在邱晓杰的血液里检测出了迷药含量，不过在饮料瓶上也发现了另外一个人的唾液，那个人应该就是白若琳。也就是说，两个人都直接或间接地服用了迷药。所以我才说，这个事件或许只有杀人的结果，却没有杀人的动机。当然啦，即使如此，她杀人的事实是不能改变的，还是要承担法律责任的。”

“但还有一个问题我搞不太明白。”付雪晴插话道，“照你这么说，白若琳去旅馆时并未打算加害邱晓杰，那为什么她看上去似乎在刻意隐蔽自己的行踪呢？她走的是防火通道，而且有意避开了监控摄像头，怎么都感觉有一股预谋的味道。”

陆恒想了想，说：“对于这个问题，我也不敢轻易断言。毕竟我不是警察，我也没有经过你们那么周密的调查。不过呢，就我个人看法，我觉得也许白若琳只是太好脸面，所以才如此谨慎，生怕被其他人看到。她也没有故意去躲避那些摄像头，毕竟她也没有全部躲开，还是被拍到了。”

吴凡在一旁默不作声地听着，刑警队方面倾向于谋杀，而陆恒站在心理医生的角度倾向于意外杀人，解释起来似乎也合情合理。

但是吴凡的脑子里却不经意地想到了预测死亡的兔子。由于他阻止了卢广通抓捕白若琳，让这个案子变得有些扑朔迷离。不管是警方还是陆恒，他们对案子的分析都很简单直接，如果事实真是如此，那么预测死亡的兔子介入案子的意义又是什么呢？

他心里充满疑惑，却没法说出来。

这时候付雪晴说："陆医生的分析很有道理，不管白若琳究竟是出于什么原因，她都杀了人，这一点毋庸置疑。关键是要先确定那些掺药的饮料究竟是谁带进旅馆的。如果是邱晓杰带的，那么白若琳或许真是在误服后过失杀人。量刑上会有些区别。"

吴凡脱口而出："那些饮料应该不是白若琳带进旅馆的，她并没有向我提过。"

付雪晴疑惑地望着他，"你怎么知道的，难道你见过白若琳？"

"当然没有啦，我是猜的。"吴凡当然不敢当着这么多人的面承认。

张萍那边又不干了，大声嚷嚷："怎么可能是邱晓杰带的，明明就是白若琳带进去的，她就是个女变态，什么事情都干得出来，就算她和邱晓杰没有矛盾，她也是杀害我男人的凶手！一定要将她绳之以法！"

尽管这个富婆有点儿不依不饶的架势，但不管怎样，她还是被陆恒说服，相信白若琳就是凶手，不再胡搅蛮缠了，又唠叨了两句就被送走了。

陆恒这次又帮付雪晴解了围，这家伙好像命中注定要当付雪晴的护花使者，不是为她断腿，就是为她挡枪，再加上一副好皮囊和灵动的性格，想不招女人喜欢都难，就连难以攻克的付雪晴都缴械投降了。吴凡明显感觉到，付雪晴对陆恒和对其他人说话的语气都完全不一样，知道温柔，也知道忸怩。

看他俩你侬我侬的样子，吴凡心里就犯堵。他转身离开了刑警队，根本都没有人注意他。

吴凡茫然地走在大街上，离下班时间还早，他也没有心思回报社了，稀里糊涂往家走。

等他走到家门口，抬头望着高得有些吓人的住宅楼，没有一丝温暖的感觉。

还买房子结婚呢，他连白若琳现在在哪都不知道，没准下一次见面是自己去监狱里探监。

反正现在白若琳的杀人罪是板上钉钉了，事出因何都已经不重要了，他又能做什么，还不如替自己考虑考虑。

他摸了摸胸口，隐约能感觉到怀里那张硬硬的照片。

经过陆恒的催眠以及欧阳姗姗不经意间的提示，他已经隐隐地在照片上发现了一丝线索，如果不是因为白若琳出事，他已经开始暗中调查了。

他走进楼门，乘电梯升到楼上，掏出钥匙打开防盗门，走进了冷冷清清的家。孤独感悄然占据了他的心。

他独自在这个城市打拼，失忆症和不可告人的秘密让他备感无助，他一直把白若琳当作唯一的亲人，如今她也走了，只剩他一个人，还有两条鱼。

一股焦煳的味道冲进鼻孔。

吴凡从患得患失中惊醒，再看看一直往外冒烟的厨房，家里难道失火了？

吴凡不由得感叹这倒霉事怎么都扎堆了，真是太衰了。

就在这个时候，眼前人影一晃，欧阳姗姗穿着大围裙从烟气弥漫中走出，手里端着一个烤盘。

她朝呆呆看着自己的吴凡露出一嘴小白牙，“你回来得正是时候，爹地，我特意给你做了美式烤肉。”

烤盘放在餐桌上，吴凡就看见满满一盘子黑不溜秋的东西，愣是没猜出是什么。

“这是美式烤肉吗？”他问欧阳姗姗。

“当然啦，新奥尔良烤肉，尝尝看。”

吴凡无话可讲，他背着手端详着那盘“碳棒”，不知道该从哪里下嘴。

“放心吧，这是最权威的秘制配方。保证和店里卖的一个味儿。”

吴凡给自己打了几次气，最后还是决定换个话题，他问欧阳姗姗：“你怎么来了？”

“我来爹地家不是天经地义吗？”

“不是，我是说，你是怎么进门的？”

“上回来的时候，碰上了你女朋友。我躲在衣柜里看见她翻窗逃走的，她当时不小心把钥匙掉了。”

“这样啊。”提到白若琳，吴凡有些失落，看着那盘烧焦的鸡翅膀，心里更不好受。

“爹地你没事吧。”欧阳姗姗关心地瞅着他。

“我很好啊，能有什么事？”

“那你女朋友呢？”

“她也很好，上次是有点儿误会，现在已经没事了。”

欧阳姗姗沉默了一会儿，“其实爹地你不用瞒我，我知道她犯事杀了人，警察都在抓她，你心里一定很难过吧。”

“你怎么知道的？”吴凡无比吃惊。

“她已经被列为在逃人员了……”

她又用小手拍拍吴凡肩膀，安慰道：“我知道爹地你受委屈了，现在很受伤。想哭就哭吧，我可以陪你流泪到天明。然后，你就开始新的一天，擦亮眼睛找一个好女人。”

吴凡现在真想哭了。

“反正不管怎么样，我一定会坚定地站在爹地这一边。来，你先吃个奥尔良烤翅。我还炖了个鲤鱼汤给你补补，我去加点十三香。”

鲤鱼汤？

吴凡一时困惑，随即冒出不祥的预感，“你不会是把我那两条锦鲤炖了吧？”

看着小丫头忙前忙后一脸烟灰，吴凡有火也发不出，不知不觉中，心底生出了莫名的感动。

在他最孤独的时候，有一个人愿意陪伴他，哪怕仅仅一副稚弱的肩膀，也足以为他撑起一片天空。

汤炖好了，两条锦鲤散发着鲜香，和炭黑的奥尔良烤翅完美搭配。

吃饭的时候，吴凡忽然想起来一件事。

他问欧阳姗姗："你还记得你上次来我家，和我聊过的酸奶吗？"

欧阳姗姗用筷子抠出一只鱼眼睛放进嘴巴里，"怎么了？"

"这种酸奶只有印度卖吗？"

"那倒不一定，虽然原产地是印度，其实南亚的很多国家都有卖。"

吴凡原先猜测，他和德古拉案的凶手合影的地方说不定是在印度，现在看来还不一定。但有一点可以断定，他当初肯定去过南亚国家，他的泰拳功夫没准就是在那时候学的。

想到这，他心头一震。

难怪付雪晴查不出德古拉案的凶手的身份，他曾经做过的案子警方也没有任何记录，因为他之前根本就不在国内，会不会他一直都生活在南亚的某个国家呢？

那他为什么要来国内？

难道就是为他而来吗？

这个惊人的发现让吴凡的心情更加沉重，这就意味着，德古拉案的凶手要找的 Frank 应该就是他。他把吴凡当成了兄弟和同伙。

他绑架吴凡并不是为了伤害他，而是为了帮他唤醒记忆，兄弟相认。

这就是他不远万里从南亚跑到这里的目的吗？还是说他有其他目的，难道是想要与自己合作……

吴凡捂着头，实在不敢继续往下想了。不管他愿不愿意承认，这是目前最合理的推测。

"爹地，你不舒服吗？"欧阳姗姗睁着一对天真的大眼睛望着吴凡。

吴凡勉强把头抬起一点，发出微弱的声音："你觉得我是好人吗？"

欧阳姗姗被问得愣住了，困惑地看了吴凡一会儿，"爹地你当然是好人啦，要不然我哪敢跟你在一起呀。”

“是啊。”吴凡使劲儿搓搓脸，“希望我一直都是好人。”

欧阳姗姗瞧他失魂落魄的样子，忽然咯咯笑了，“你还是应该对自己有信心嘛，不能因为一个女人就否定自己。白若琳背叛你又不是你的错，是她有眼无珠，像爹地你这样又帅气、又很有男人味的爷们儿还愁找不着好女人啊。”

吴凡知道她误解了自己，他正好将错就错，自嘲道：“我就一个普普通通的小记者，哪有什么男人味，汗脚味还差不多。”

“你也用不着这么谦虚，其实你破案抓坏蛋的时候就特有男人味，越是危难的时候，你就越勇敢，你忘了你是怎么把那个兔子脸的杀人犯给打趴下的，那个时候爹地你太帅了！我将来长大了找男朋友，就要找这样的纯爷们儿。”欧阳姗姗一本正经，说得还挺真诚。

吴凡心里稍觉安慰，喝着锦鲤汤，啃着奥尔良“碳棒”跟干女儿有一句没一句地闲聊，恍惚间又回到了曾经和白若琳在一起的时光。

如果可以的话，他真希望时间能倒流，他说什么也会拦住白若琳，不让她去和那个男人见面。

“你女朋友的密码是多少呀？”欧阳姗姗拿出手机摆弄，随口问。

“什么密码？”吴凡没听明白。

欧阳姗姗晃了晃手机，吴凡这才发现她拿的居然是白若琳的手机。

“你怎么会有她的手机？”吴凡惊讶地问。

“我不是说了吗，她翻窗逃跑的那天掉了东西，就是钥匙和手机……”

吴凡想了想，伸手把手机拿过来。

他平时从来不碰白若琳的手机，现在回头想想，这些天她确实不经意地流露出一些反常的举动，喜欢做的事情也不愿意做了，经常偷偷摸摸地鼓弄手机，她那个时候应该就是在和邱晓杰聊天吧。

白若琳设置的是数字密码，吴凡试了几个她常用的，一下就解开了屏锁。

也不知道是出于一种什么心态，他很想知道白若琳究竟和那个男人是如何交往的。

他记得白若琳说过，邱晓杰的网名叫龙哥，他从微信到QQ检查了一遍，并没有发现龙哥的称呼。

他又到应用程序里找，忽然看见了一个叫“佳缘珍恋”的软件，他点开程序，白若琳设置的是自动登录。他直接进入了她的交友平台。

白若琳同时和两个男人聊天，其中一个就是龙哥。

吴凡点开了她和龙哥的聊天记录，他们的聊天都是短信息，大概是从一个多月前开始交往的，和白若琳告诉他的时间差不多。

白若琳还找借口说，因为嫉妒吴凡住到别的女人家，她才想到找个男人报复他，听着好像责任还在吴凡身上似的。

吴凡没忍住，从头到尾看了一遍那些聊天记录，开始的时候，白若琳和龙哥聊得还算正经，可是越到后面就越放肆了，甚至开始彼此挑逗，一些白若琳和他平时都不好意思说的话，居然和一个陌生男人说。

她落到今天这个下场纯粹是她自作自受吧。

“爹地，你没事吧？”欧阳姗姗关切地问。

吴凡这才回过神来，发现自己攥着手机气得全身直哆嗦，差点就要把手机捏碎了。

他把白若琳的手机扔在桌上，冷静了一会儿，让自己消消气，然后又重新拿起手机看了一眼两个人最后一次的聊天记录，时间就在一周前的晚上，也就是吴凡陪白若琳逛街买衣服的那天。

那时候白若琳已经和龙哥约好了要见面，两个人最后的留言写着——

“明天到哪里见面？”

“天津路的华源超市你知道吧？”

“不是太熟悉。”

“我不知道你家附近有没有地铁，坐地铁在3号线富岭东路站下车，换乘326路公交车到子弟小学站下车，马路斜对面就是。”

“这么麻烦啊……”

“也不麻烦，其实很容易找，到了之后有份惊喜等着你。”

“什么惊喜？”

“你进超市，到储物箱那里，找一个写着‘忍’字的箱子，小忍不是你的网名吗，就那个‘忍’字，密码是0313。”

“这就是你说的惊喜，龙哥？然后呢？”

“打开箱子你就知道了。相信不会让你失望的。早点儿睡吧，晚安，宝贝。”

吴凡琢磨着这段话，看话面的意思，这次约会是邱晓杰安排的。白若琳事先并不知情。

邱晓杰安排的约会地点也很有意思，并没有直接让白若琳去白沙旅馆，而是先让她去天津路的华源超市，并且在储物箱里给白若琳留了东西。

这些话上次见面时，白若琳也对吴凡讲过，吴凡当时并不相信，认为都是白若琳胡编乱造的。直到看见了他们的聊天记录，吴凡的想法才有些动摇。

假如白若琳说的是真的，她在储物箱里找到的是一个装手机的双肩包。龙哥通过这部手机与白若琳短信联系，指引她找到白沙旅馆。然后让她从少有人出入的防火通道进入旅馆。在3层的通道拿上那把最后变成凶器的刀子，直到白若琳拿到这些东西后，他才告诉白若琳客房号码，而且给白若琳指出的路径恰好避开了走廊里的监控摄像头。

关于这个无比反常的见面方式，白若琳说她也问过龙哥原因。邱晓杰的解释是，为了提防被他女友发现。

吴凡刚刚见过邱晓杰的女友张萍，一个大他将近二十岁的富婆，这女人属实是只母老虎，能想象到她肯定整天像看猎物一样看着邱晓杰。不过仅仅因为这个原因，就让邱晓杰设计了那么复杂的见面过程实在有点儿牵强。退一万步讲，邱晓杰只是想玩一个解谜游戏，那么在白若琳杀了他之后，他设计的游戏反而直接帮助了白若琳脱逃。这又该如何解释？

难道这一切只是一个巧合？

还有预测死亡的兔子，他打晕卢广通帮助白若琳逃走，这个举动很不符合他一贯扮演的观察者身份。吴凡有种直觉，白若琳的案子远远没有看上去的那么简单。

吴凡心绪纷乱，拿着白若琳的手机，出神地望着远处，一动不动地坐了很久。

欧阳姗姗见他一反常态，好奇地问："爹地，你想什么呢？不是又被那个女人刺激到了吧。"

吴凡似乎根本没听到她说话，喃喃道："你说会不会有人想要处心积虑地让别人杀死自己呢？"

"处心积虑地让别人杀死自己？"欧阳姗姗琢磨着这个生僻的形容，"何必处心积虑，直接自杀不就得了？多简单呐。"

"是啊，他没有自杀，反而想借别人的手杀了自己，但是又不想被人知道自己的真实意图，这就必须设计一种不太常见的办法，让别人看上去觉得他是被杀害的。"

"你不会是觉得白若琳是被人下套了吧？"那天白若琳和吴凡的对话，欧阳姗姗躲在卧室的衣柜里模模糊糊地也听了个大概，她一直以为是白若琳在胡说八道，没想到吴凡会信以为真，"我觉得吧，像白若琳那种女人根本就不值得你费心，她能逃得了就逃，逃不了就被抓住判刑。这一切都跟你无关。"

"话是那么说，不过你就不觉得这个案子有些蹊跷吗？"吴凡说着把白若琳的手机递给欧阳姗姗，让她看邱晓杰和白若琳最后的聊天记录。

吴凡说："我一开始也不相信白若琳，但是从他们的交谈来看，白若琳倒未必全是撒谎，至少的确是邱晓杰把她引到了一家超市，并在储物箱里藏了东西。你不觉他这个举动很反常吗？"

"反常？"

"我们换一个思路，假如白若琳那天对我说的都是实话，她所做的这一切真的全部都是邱晓杰指使的，那么这些见面前的步骤就十分可疑了，尤其是白若琳进入旅馆的路径，完全是为了隐藏自己，躲避监控。如果不是因为漏掉了一个摄像头，警察根本不可能怀疑到她的。”

“你等等，我不太明白。”欧阳姗姗一百七十的智商一下子也没转过弯，“难道你的意思是，那个和你女友约会的男人是想帮助她逃脱警方的怀疑？”

“看起来是这样的。他并不想别人发现是白若琳杀死的自己，所以他需要布一个比较周密的局。那他首先要做的就是想办法消除案发当天他和白若琳的交流信息。他当然不能用自己的手机和白若琳的手机联络，否则很容易引起警方的怀疑。所以才在储物箱里放了一部临时的黑卡手机留给白若琳。我猜测，他自己肯定也弄了一部黑卡手机，利用这两个手机与白若琳保持联系，指引她找到白沙旅馆，再一步步引着她躲避监控、拿凶器、找房间，然后杀死自己，再按照进来的路线逃走……”

吴凡的推测也勾起了欧阳姗姗的兴趣，“好吧，就按照你的假设，白若琳进了房间，和邱晓杰见面了。然后呢，邱晓杰怎么能确定白若琳一定会杀他？就算他能帮助白若琳全身而退，白若琳也不会轻易答应吧。就算杀人不犯法，正常人也不会干的。”

“是啊，他不确定，所以他在饮料瓶子里放了迷药，那种东西有致幻的作用。白若琳一旦服用了这种东西，就会让她丧失理智，如果邱晓杰继续引诱她的话，很有可能让她俯首帖耳，直到杀死自己。当然这是我猜的……”

“那么邱晓杰为什么要这么干？”

“这个我暂时还没有想到原因。”

“好吧，那就不说原因，那么手机呢？你不是说他和白若琳用黑卡手机联络的吗，那警察有在案发现场找到那两部手机吗？应该是没有找到吧，要不然你也不用这么纠结了。或者换句话说，如果警察没找到手机，白若琳对你说的那些话就是撒谎。”

“她为什么要撒谎？”

“这还不简单？她就是想告诉你她是被冤枉的，她不是杀人犯，所以才编造出这么一大通谎言出来。但她也只能对你说，让你想办法帮她。”欧阳姗姗之前除了和吴凡一起追踪过犯罪嫌疑人，并没有直接参与过案情分析。这一串分析说得还头头是道，蛮像个专业的小女警。

吴凡被欧阳姗姗说得呆愣了一阵，纠结起来，白若琳究竟有多大可能欺骗自己呢？

这个问题没人能回答。

吴凡让自己冷静了一下，说道："警方确实没有在案发现场找到那两部黑卡手机。而邱晓杰常用的手机里什么可疑记录都没有。"

"你看我就说吧，这种女人不可信。"

"但也不是没有解决方法，假设邱晓杰真想要给白若琳下套，那么手机就是他必须解决的问题。他不可能想不到。"

"他如何解决？"

"其实也很简单，可以等白若琳药性发作后，迅速出去扔掉两个手机，然后返回客房指引已经神志不清的白若琳杀死自己。"

吴凡的推测让欧阳姗姗简直无言以对，即便是一百七十的智商面对这个违反常理的假设脑子也有点儿短路。

欧阳姗姗直截了当地说："可是爹地你这话听上去也太离谱了，不能为了给自己女朋友洗脱嫌疑，就生猜硬靠吧。"

"我不是故意要帮她，我只是客观地说出我的推断。"

"那好吧，我就问你一个问题。如果你的假设是对的，那也就是说，邱晓杰费了老大的劲设计了这么一个大圈套，为的就是让所有人都以为是他杀而不是自杀。那你又该怎么解释他这个荒唐的目的呢？"

小丫头简单直接的反问一下子把吴凡问没词了。

这确实是一个再荒唐不过的假设。

不管是警方判断的谋杀，还是陆恒解释的心理疾病，白若琳都逃脱不了杀人的事实。

而邱晓杰被人杀害这件事没有任何人会产生异议，哪怕他的计划百密一疏，结果也只是白若琳被抓，没人会怀疑到他头上。如果这真是邱晓杰的阴谋，那他的确达到了目的。

但问题是，他的动机又是什么？

吴凡不禁想到了预测死亡的兔子。

难道他那天阻止卢广通的目的就在于此？他要让侦破的人看到这个荒唐的命题？

吴凡琢磨了一下，站起身从衣架上拿过外套穿上，问欧阳姗姗："我要出去一趟，你在家里等我，还是跟我一起去？"

"是要办案了吗？"欧阳姗姗迫不及待地问。

吴凡点点头。

# 第五章　荒唐

吴凡根据白若琳和邱晓杰的聊天记录，找到了天津路那家华源超市。一下公交车就能看见，规模比其他商场小不少，但比一般超市又大很多。

吴凡还是第一次来这个地方，看了看手机时间正好是下午 4 点 27 分。

他和欧阳姗姗走进大门，没太费劲就找到了那排储物柜，正好位于一楼日用食杂超市的旁边。

吴凡还特意去找了聊天记录里提到的那个贴“忍”字的柜子。

乍看上去，储物柜已经被清理过，没有贴字的柜子。

吴凡细心观察发现，在倒数第二排最左边的柜门上能看见没有清理干净的胶质残留，依稀就是一个“忍”字。

他迫不及待地打开柜门往里面瞅了一眼，空空如也。

“不会吧，爹地，你带我过来就是为了确认这件事？”欧阳姗姗泄气地说，“我还以为有多刺激呢。”

“我希望先确定白若琳到底有没有来过这里。”吴凡抬头四处眺望，正巧看见附近天花板上有一个半圆形的摄像头。

他大喜，拿着记者证找到超市经理，编了一个理由，想要调取监控录像。超市经理有些不太情愿，但还是答应了。

不过，等到查录像的时候，吴凡大失所望。因为超市里的监控录像最多只能保持一周时间，白若琳那天的视频录像早就被之后的录像覆盖了。

欧阳姗姗劝吴凡道：“这下你可以死心了吧，爹地。现在没有任何证据能证明白若琳是清白的，但所有证据都能证明她就是杀人犯。所以你就不要再操没用的心了。”

吴凡沉默了一会儿，“还有一个办法没有试。”

“你还不死心啊，什么办法？”

“你电脑技术是不是很好？”

“还凑合，也就是个顶级黑客水平。你问这个干什么？”

吴凡掏出白若琳的手机，“你能不能通过聊天平台找出龙哥的信息。龙哥是邱晓杰的网名。”

“能倒是能，不过你找他的信息有什么用啊？”

“我也说不好，就是觉得这个人有些奇怪，我想深入地了解他。”

“那你为什么不直接去找认识他的人打听呢？”

“我从警方那里打听过了，他就是一个酒吧歌手，小有名气，性格洒脱，朋友多，男女关系上有些混乱。人缘还可以，能说会道，很会交际。就是这样一个看起来也没什么出奇的人，居然会设计这样一个圈套，你不觉得很奇怪吗？”

“他未必设计了圈套害白若琳，那只是你的猜测。”

“好吧，就算是我猜的。咱们就先假设是这样。你又能想到什么解释？”

“也许他突然遇到了什么麻烦，一时想不开？”欧阳姗姗猜。

“从他女友的口中，没听说他有什么麻烦。就算他想自杀，又何必要嫁祸一个素未谋面的女人呢？我实在想不出他有什么理由要诬陷白若琳。除非是某种我还不知道的原因，所以，我想进一步了解这个人，看看他身上还有没有我们没注意到的东西。”

两个人离开超市，去了欧阳姗姗家，欧阳姗姗把白若琳的手机连接在电脑上，登录了“佳缘珍恋”网。欧阳姗姗没太费事就进入了龙哥的后台。

不过，龙哥的个人信息栏只填写了一些基本信息，甚至连身份证号码都没填。而上面写的信息也与邱晓杰的真实信息存在很大差别。这也难怪，很多来这个网站的游客都是奔着艳遇来的，当然不可能把自己的真实信息都填上。

这当然不是吴凡想要的东西，他希望欧阳姗姗能查出一些他还不了解的信息。

“爹地你这就太强人所难了吧。”欧阳姗姗抱怨起来，“就给我这么一个交友论坛的账户名，你还想了解多少？就算我有些电脑技术，最多也就能黑进管理员后台，了解到的信息也不过如此。再就是对方的上网IP信息。不过他都已经死了，你知道也没啥大用，咦？等等……”

欧阳姗姗无意中往电脑屏幕上扫了一眼，不知看到了什么，扑棱一下从懒洋洋的姿态坐了起来，瞪大眼睛在瞅着什么。

“怎么了？”吴凡纳闷。

欧阳姗姗指着一串IP数字说：“这个是登录IP，应该是Wi-Fi路由器的IP，后面显示的时间是这个IP最后一次登录的时间，但是你看看这个时间居然是在今天上午。”

“今天上午？”吴凡微微一震，仔细观察那个IP的登录时间，显示的是今天上午11点23分。当时他正在刑警队和付雪晴、陆恒他们探讨案情呢。

更离谱的是，这个时间距离邱晓杰遇害已经过去一周了，那么是谁登录的这个账户呢？

吴凡想了想，问欧阳姗姗：“你能不能找出这个IP所在的位置？”

欧阳姗姗一咧嘴，“拜托，我还是一个中学生好不好。你对我的要求是不是太高了，爹地？”

“算了，那我明天去找付雪晴吧。”

“就是嘛，趁机和她套套近乎，把她扶上正位。”

吴凡给了她一个白眼，“当着她面不许胡说啊，人家都要结婚了。”

“跟谁呀，是跟你吗？”

欧阳姗姗八卦心泛滥，瞬间就把破案的事抛到脑后了，追着吴凡问个没完，把吴凡烦得不行，迫于无奈只好告诉她。

欧阳姗姗听后大失所望，忽然咬牙切齿道：“放心吧，爹地，就算那个心理医生比你帅，比你有钱也无所谓，我保证帮你把小老婆抢回来！”

“喂，你可别给我捣乱啊。”吴凡瞅欧阳姗姗斗志昂扬的架势，就有种不好的预感，他本来麻烦就够多了，就剩付雪晴和陆恒这两条友谊的小船了，别再让这熊孩子都给踹翻了。

第二天中午。

心事重重的吴凡趁着付雪晴午休的时间来找她，让她帮忙查一下邱晓杰在佳缘珍恋网登录的 IP 地址。因为这件事涉及白若琳，还有一些不太好解释的原因，吴凡不好明说，只是把 IP 地址给了付雪晴，让她查一查用户所在的位置。

“为什么要查它，这个 IP 地址有什么问题吗？”付雪晴拿着写着 IP 地址的纸条问吴凡。

“哦，也没什么大问题，你帮我查查就好了。”

付雪晴摇了摇头，“抱歉，这个我帮不了你。”

“这不是举手之劳的事情吗？”吴凡以为凭他俩的关系，很容易就能解决呢。

“这不是容易不容易的问题，这是原则问题，涉及别人的隐私。除非你能告诉我原因。”

吴凡没想到这女人这么教条，随口编了一个瞎话，说他单位的同事和一个外地女孩网恋了，他想去找人家，当面求爱，制造一个惊喜，便想通过 IP 地址查到人家的住处，听说吴凡认识公安局的朋友，就求到他头上了。

“瞧你这弯子绕的，就这么点事，还要惊动刑警队。”

“这么说你答应了？”

“当然更不能了。对方女孩和你同事彼此都不太了解，这种情况下，你同事的行为都涉嫌违法了。万一人家女孩知道后报警，都有可能行政拘留他。我劝你还是少操点别人的心吧。”

吴凡真是无言以对了，这家伙除了有一个漂亮的躯壳，怎么里面包了一根木头桩子呢。

他真有点儿替陆恒担心，将来一旦娶了这么一个硬邦邦的女人，他那好玩好动的性格能忍受多少年。

“你俩聊什么呢？”一个轻快的声音刚好在吴凡身后响起，陆恒其人就翩然而至，顺势一搂付雪晴肩膀，满面春光。

付雪晴脸一红，慌忙推开陆恒，“注意点影响好不好。”

陆恒笑嘻嘻地搓搓手，“自然界的任何动物在追求配偶的时候，都会用身体摩擦来增进亲密度。灵长类动物还会梳理毛发。”

他说着还要伸手摸摸付雪晴的头，付雪晴吓得赶紧退后一步，软绵绵丢下一句，“讨厌。”

陆恒一脸幸福地看着付雪晴跑没影，才问吴凡：“你又来找我女人干什么？”

“我吃饱了撑的，找她消消食。”吴凡没好气地回答。

他正要走，陆恒叫住了他：“你有什么事不妨告诉我，说不定我能帮你呢。”

“你？ IP 地址你能查到吗？”吴凡随口问。

“我试试看。”

陆恒没去找付雪晴，而是找了赵楠，都没怎么解释，赵楠就爽快地答应了，没费多少力气就把吴凡要查的 IP 地址找到了。

吴凡惊讶不已，偷偷问陆恒：“你这又是什么招数哇？怎么她这么听你的？”

陆恒高深莫测地瞅了吴凡一眼，“这你还没看懂？她哪是听我话，他这是看在我是领导家属的面子上啊。”

吴凡恍然大悟，顺便还想起了一个疑问，他问陆恒：“你上次说，饮料里的物质可以导致精神亢奋，产生幻觉，甚至杀人对吧？”

“对啊，怎么了？”

“那你说，在他精神恍惚时，其他人有没有可能趁机控制他的行为呢？”

“这个啊。”陆恒想了想，“我不能简单地说有可能或者没可能，这要看具体情况。”

“看来是有可能了。”吴凡自言自语。

“什么有可能？”陆恒不解地望着吴凡，“不会是和你要查的这个 IP 地址有关吧。”

“嗯……或许有关吧。”吴凡现在不想多说。

陆恒也没多问，他关心更有意义的事情，他征求吴凡意见：“你说七夕马上就要到了，我打算送雪晴礼物，送什么好哇，你帮我出出主意，最好是别出心裁的。”

“我觉得干脆送她一个沙袋好了。这样你将来能安全点。”

“清源街东庄桥南 38 号 7 单元 7 层 14 号”。

吴凡把这个地址清晰地记在了脑子里，这是邱晓杰最后一次登录交友网站与白若琳联系时，使用的 IP 地址。虽然吴凡不知道自己找到这个地址能有什么用，但眼下也只能从邱晓杰身上查，还没办法求助任何人，因为没有人愿意相信他。

吴凡出了刑警队，拦住一辆出租车把他拉到指定的地方。

东庄桥是一座横跨河道的立交桥，距离江州商学院不远，南面五百米有个农贸市场。司机把车停在农贸市场路口，吴凡要找的 38 号楼就在市场路边，是一排矮楼其中的一栋。

吴凡找到了 7 单元，爬楼梯来到 7 层 14 号，望着贴着福字和对联的大门，心想，这就是歌手邱晓杰住的地方吗？看着也不怎么样啊。

想想富婆张萍的做派，怎么会甘心和邱晓杰住在这种地方？

他心里正犯着嘀咕，没想到门忽然开了。

从里面走出一个年轻漂亮的女孩，多说也就二十岁，穿着短裤半袖衫。

她正低着头，拎着一个小背包往外走，没看见吴凡，差点撞到他身上。

吴凡往后退了一步，女孩这才抬头看见他，吓一大跳，警惕地盯着他。

吴凡解释道：“你别误会，我想向你打听一个人。”

“打听谁？”女孩对他仍然带着几分怀疑。

“邱晓杰是住在这里吧？”

女孩愣了一下，冷冰冰地回道：“我不认识这个人，你找错了。”

她回手想把门关上，吴凡伸手把门挡住。

“你要干什么？”女孩脸色惊变。

“据我了解，邱晓杰就住在这里，昨天早上还在，你怎么说他不在呢？”

“我不知道你是从哪里听来的。”女孩清秀的窄脸露出很不耐烦的表情，

“我都说了，这里根本就没有什么邱晓杰，只有我一个人住，你听明白了吗？”

吴凡抓着门，并没有松手的意思，他决定唬一下女孩，便板着脸说：“实话告诉你，我是清源街派出所的。我们想找邱晓杰了解一些情况，但是找不到他人，听说他就住在这里。希望你配合我们工作，这件事本来跟你无关，请不要给自己找麻烦。”

瞧吴凡那神情口气，女孩还真有点儿让他唬住了，犹豫了一下说：“你是不是找错人了，我真不认识邱晓杰，这个房子就是我租的，没骗你，不相信的话，你自己进去看看。”

吴凡求之不得，他没说什么，板着脸走进门。女孩对他保持了几分戒备，站在门口看着他。

屋里一室一厅，比吴凡租的房子还要小一些，布置得也比较简单。

吴凡屋里屋外看了一圈，连地上的拖鞋都留意过了，只看见女孩一个人的物品，没发现任何男人的东西。

他不禁有些疑惑，难道这里真的只住着这个女孩？

不过，在客厅的墙角，吴凡发现了一台笔记本电脑，在电脑桌上还放着Wi-Fi路由器，几个指示灯微微闪烁。

吴凡看见电脑正处于休眠状态，下意识地伸出手想按一下鼠标。

“那是我写论文的电脑。”女孩忽然提醒他。

吴凡缩回手，回头看见女孩已经站在了他身后，眼神有些紧张，也有些复杂。

“你是学生？”吴凡随口问。

“嗯，我在江州商学院上学。”

“那你怎么不住宿舍呢，一个女孩子自己找房子住，不太安全吧？”

女孩露出反感的表情，呛了吴凡一句：“我不爱和那么多人挤在一起住可以吗？警察叔叔。”

“当然。”

吴凡不以为意地笑笑，他的目光在女孩身上游走了一圈，看得女孩越发不舒服。

吴凡没再多说什么，见好就收，离开了女孩家。

走到街上，他下意识地回头往楼上瞧了一眼，发现 7 层的一户阳台上正站着一个人似乎在看他，等他想瞧仔细，那个人影忽然退进了屋里。

吴凡不知道是不是刚才那个女孩，他也没那个心思去查这件事。

老实说，这次瞒着付雪晴独自查案并没有发现什么有价值的线索，他只是没想到会遇到那个女孩。

尽管女孩口口声声说她不认识邱晓杰，但是吴凡总感觉她的神情举止不太正常，似乎在掩饰什么。

种种疑点确实值得吴凡怀疑，但也仅仅是怀疑而已，毕竟邱晓杰风流成性，就算认识这个女人也说明不了什么问题。吴凡更别打算通过她来了解邱晓杰，这女孩看着很倔，打死也不会说的。

眼下唯一的路也堵死了，吴凡空有满腹推理，却无计可施，就仿佛面对一团浓雾，明明想要的东西就在那里，自己却抓不住，也摸不到。

假如这起杀人案真是邱晓杰一手策划的，那他确实制造了一起完美的杀人案。当然代价是他自己的命。

他为什么要让所有人都认为自己是被人杀害的呢？

难道是为了欺骗谁？

欺骗富婆女友张萍，还是什么人？

吴凡想到了各种可能，始终没法解释邱晓杰这种怪诞的动机，或许这永远都是一个谜。

吴凡疲倦地回到报社，坐在自己的椅子上两眼发直。同事都以为他又去刑警队采访新案子去了，并没有过问太多。只有吴凡自己知道有多烦闷。

白若琳的事情还没有传到报社里，暂时他还能消停两天，可谁又能保证今后大家会不会知道，会怎么看他，同情他？还是幸灾乐祸？

吴凡胡思乱想着打起了瞌睡，就感觉有人摇晃他，还在他耳边叽叽喳喳道：“爹地，爹地！快醒醒！”

“你不好好上学，又跑到我这里来干什么？”吴凡迷迷糊糊地回答。

他一睁眼睛，发现周围除了欧阳姗姗之外都没人了，原来早就下班了。

“要不是因为今天要月考，我就请假跟你去查案子了。”欧阳姗姗饶有兴致地问，“怎么样啊，查到那个 IP 地址在哪没有。”

吴凡点点头，又摇摇头。

“啥意思？”

“查是查到了，可是没什么用。”吴凡伸了一个懒腰，准备回家。

“怎么会没有用呢。被害人都死了一个星期了，他的账号怎么还会有人用？想想就很可疑。”

“那也不奇怪，账号要是设置成了开机自动登录，那么任何用他电脑的人就能自动登录，而使用者可能并不知道。”

“你不要解释得这么无聊好不好？万一邱晓杰没死呢，这剧情听上去是不是更反转？”

“你以为这是拍电影呢。”吴凡没心思逗孩子玩。

正在这时，吴凡的手机响了。

他看了一眼来电显示，居然是付雪晴打来的。

这段时间付雪晴和陆恒感情急速升温，连带着都不怎么跟吴凡联系了，尤其是下班以后。

吴凡疑惑地接听了手机：“有事吗，付队长？”

“你今天去查的那个 IP 地址，查到什么结果了吗？”

付雪晴冷不防一句把吴凡问愣了，随即想到肯定是陆恒泄密。

“没查到什么。”吴凡说。

“我猜这个 IP 地址肯定和邱晓杰有关吧？你不用想太多，我就是想了解一下情况。”

“确实没查到什么。那个地方就是一个普通居民楼。我怀疑邱晓杰应该是在那里住过，是用了那里的 Wi-Fi 路由器上网和白若琳聊天的。”

“你是指清源街东庄桥南 38 号那个房子？”付雪晴疑惑道，“那不对呀，据我们了解，张萍用邱晓杰的名字买了三套房子，但都不在那儿。”

“这个并不意外，因为那个房子里现在还有人住，是一个女大学生。”

“女大学生？”付雪晴稍稍一愣，随即明白了吴凡的意思，“你是说这个女人跟邱晓杰的关系不一般？”

“也有可能是只是短期的情侣关系。我想邱晓杰花言巧语哄人的本事肯定不差。这个男人另一边还跟白若琳网恋着，精力真是够充沛，不过……”吴凡说到这里犹豫了一下，索性把心里话说出来，“我觉得实际情况也许未必像你们之前说的那么简单，我虽然不确定，但是白若琳杀人的背后很有可能隐藏着一个阴谋。”

吴凡说出这句话后，就等着付雪晴进行激烈地反驳。

出乎意料的是，付雪晴反应很平静，她说：“我想和你见一面，你觉得在哪里方便？”

吴凡被搞得有点儿摸不着头脑，一时没琢磨明白这女人是什么意思。

这可把站在他旁边抻着耳朵偷听的欧阳姗姗急坏了，捏鼻子捂嘴，学着吴凡的声音瓮声瓮气地说：“来我家吧，我把地址发给你啊。”

付雪晴稍稍迟疑了一下，“那好吧，一会儿我就过去。”

欧阳姗姗忙说：“不是我之前住的那个出租屋，是我自己家的地址。”

“你在江州还有自己家？”

“当然有，我先挂了，把地址发给你。”说完抢过吴凡手机就挂断了。

“你搞什么?”吴凡直皱眉。

“我这是在帮你打造全新高富帅的形象啊，得先提升你在付雪晴眼中的价值。比颜值你肯定是比不过陆恒了，那就只能比财富了。”欧阳姗姗说着把自己家的地址用短信发给了付雪晴。

“你胡说什么呢，别瞎捣乱啊。”

“你以为我想插手啊，实在是你的对手太强大了，我再不出手，你连半点儿胜算都没有。”欧阳姗姗绷着小脸，一副如临大敌的模样。

吴凡撇了撇嘴，“不是，我和付雪晴如何先放一边。你说的那个对手不就是陆恒吗，什么叫我连半点胜算都没有？他比我强在哪儿？”

“就凭人家有张明星脸！那颜值连我看了都浮想联翩。”

“别恶心人了，好像你见过他似的。”

“我听说他是江州第一人民医院的心理医生，特意去江州医院的官网上把他照片找到了，绝对是女生心中的男神，我还特意把他照片下载保存了。”

“行了，行了，别说了。反正一会儿你看见付雪晴不许胡闹。”

“放心吧，我保证乖乖的，给我未来的‘小妈’留一个好印象。”欧阳姗姗满脸诡诈地向吴凡保证。

吴凡现在根本没心思陪她胡闹，两人离开报社打车来到了欧阳姗姗的别墅。

说心里话，吴凡其实并不太想回自己家，那里处处都是白若琳的影子，他看着就堵心。

欧阳姗姗一到家就开始忙活，给吴凡找了一套她爸穿过的衣服，虽然吴凡穿上有点儿小，但是一看就是高档货。欧阳姗姗还找了一家附近的酒店订餐，搞得真像那么回事似的。

吴凡坐在沙发上安静地等付雪晴来，满脑子想的都是她找自己要谈什么。

过了能有半个多小时，手机终于响了，付雪晴已经开车来到别墅门口。

欧阳姗姗像打了鸡血似的，拽着吴凡到大门口迎接。

付雪晴下了车，看见吴凡身后的千万豪宅，惊讶得直咂舌，“这是你的房子？”

“其实是……”吴凡正想解释。

欧阳姗姗急忙从他身后溜出来道：“其实是我爹地的父母留给他的房子，他父母现在都生活在加拿大，因为公司业务忙，平时都没有时间回国。”

吴凡回头狠狠瞪她，气呼呼地低声说：“我父母都去世了。”

欧阳姗姗掩着嘴小声道："哎呀，你将来再告诉她，你父母在加拿大遭遇空难了不就圆上了吗？"

她转脸又笑眯眯对付雪晴道："小雪姐姐，我这样叫你觉得特别亲切。比喊你付队长、付警官好多了呢。"

"私下里随便你怎么叫都行。"付雪晴友善地一笑。

"我还有件事一直没有告诉你，我一直都很内疚，我对你撒过谎，怕你不原谅我。"欧阳姗姗露出很难过的表情。

付雪晴找吴凡有要事商量，让这小丫头给挡在门口也不知道她这演的是哪出戏。

"你对我撒什么谎了？"她耐着性子问欧阳姗姗。

"我一直管吴凡叫爹地，其实我不是他的亲生女儿。"

"那你是……"

"我是他捡来的孩子。"欧阳姗姗捂着脸，忽然哽咽起来。

"捡来的孩子？"付雪晴吃惊得不知该说什么好。

吴凡比她更吃惊，不知道这小丫头到底想干什么。

"爹地虽然家境非常好，但是他和那些只知道花钱享乐的公子哥不一样。他做过很多慈善，资助过很多像我这样的孤儿上学念书。我就是他从孤儿院领养的一个可怜又幸运的小女孩，从此他就成了我爹地。我相信就算你们将来有了小孩，他也会对我和他一样好的。"

"你说什么？"付雪晴有点儿听不懂了。

吴凡急忙打岔："她只是想表达一下她对我的感情，就算我和别的女人结婚，有了自己的孩子，也会对她视如己出……"

事已至此，吴凡也只能硬着头皮就坡下驴，帮欧阳姗姗圆话。

他话音刚落，从轿车副驾驶室又钻出一人，笑着走过来："没想到，吴凡兄弟这么有钱，还这么有爱心呀。你平时这么低调，我都没发现你原来还是个隐形富豪。"

吴凡和欧阳姗姗看见陆恒都有点儿傻眼，他们没想到这家伙居然也跟来了。

欧阳姗姗紧绷小脸，如临大敌地瞅着陆恒。

陆恒背着手，瞧了瞧气派的别墅，随口问吴凡："你父母是做生意的啊，在加拿大做什么呀？"

"他们……"吴凡毫无心理准备，一时不知该如何接话。

"加拿大盖尔玛有限公司企划部副总监。"欧阳姗姗不假思索，脱口而出。

陆恒扭头看向欧阳姗姗，笑着说："你这个女儿居然比你爸爸知道的还清楚。"

"要不怎么说我爹地视我为己出呢。"欧阳姗姗笑嘻嘻地回道，眼中冒出咄咄逼人的目光。

她转过头，十分热情地对付雪晴说："快进屋吧，小雪姐姐，知道你要来，我爹地专门准备了晚餐呢。"

说着她还主动伸出手，把付雪晴从陆恒身边拉过来，另一只手牵着吴凡，三个人一起进屋了，把陆恒一个人晾在了大门外。

陆恒只好郁闷地跟在后面。

付雪晴一进门着实被眼前富丽堂皇的装潢吸引住了，虽说她家境不错，那也远远比不上这里，他们完全就不是同一个世界。

欧阳姗姗见付雪晴目不暇接，一副灰姑娘的表情，心里更是得意，小声道："小雪姐姐就把这里当成自己家好了，以后想什么时候来，就什么时候来。小雪姐姐有微信吗，我加你，以后就是一家人了。"

欧阳姗姗掏出手机，乐颠颠地扫上付雪晴的微信二维码，发现陆恒正板着一张脸瞪她，得意地朝他吐吐舌头。

付雪晴心里有事，对欧阳姗姗说："我这次来找你爹地是有重要的事情商量，吃饭还是改天……"

还没等付雪晴继续往下说，欧阳姗姗急忙道："那也得吃完饭再说嘛，或者你们边吃边聊。我看看时间，嗯，离预约时间就差几分钟，应该马上就准备好了。"

她话音刚落，酒店送餐就到了，星级酒店的服务当然不是普通外卖能比的，一口气来了三个服务生，后面还跟着一个手拿小提琴的演奏者。

“就在这里吧。”欧阳姗姗一指餐桌，三个服务生手脚麻利地把菜品和红酒一一摆放在餐桌上，全是银质餐具，还摆上了几个银质烛台。

付雪晴都瞧傻了。

陆恒摸着下巴，表示很不解：“不对啊，这里怎么只有两副餐具，咱们不有四个人吗？”

欧阳姗姗一拍脑门，好像忽然想起来似的，“哎呀，我要少了。不过没关系，厨房里有好几套刀叉呢，你跟我去挑两套吧。”

两个人前后脚走进厨房，欧阳姗姗拉了一把椅子往门口一坐，眼神叵测地瞅着陆恒。

“刀叉在哪儿？”陆恒问。

“吃泡面还用刀叉？自己去橱柜里拿吧，管够吃。”

陆恒压着火，冷笑道：“我刚才就看出你这个小丫头不对劲儿，你到底安的什么心？”

“没有什么啊，我就是希望咱俩懂点儿审时度势，别做电灯泡。”

“哼，你搞错了吧。付雪晴是我的好不好，不是吴凡的。”

“唉，唉。”欧阳姗姗竖起一根手指摇了摇，“我们女人最讨厌听到这种话，什么叫‘是你的’？她又不是物件。谈恋爱得是你情我愿的事，哪能强迫呢。”

陆恒被气乐了，“是你在强迫吧。把付雪晴和我拆开，硬塞到吴凡那里，你这个小屁孩纯属瞎胡闹！”

欧阳姗姗大眼睛一瞪，“我这是为了我爹地的后半生幸福，也为了我未来的幸福，所以才要选择一个我们爷俩都相中的女人。这可是我深思熟虑后的决定，你就别跟着捣乱了。你长这样也不缺女人，感情经历也一定很丰富，就把付雪晴让给我们吧。你可以提一个条件作为补偿。”

“我感情经历确实很丰富。”陆恒承认。

“你看我就说吧。那你的条件呢?”

“但是我就相中付雪晴了，不但要和她交往，我还要娶她为妻。”

欧阳姗姗差点儿从椅子上蹦起来，“你这么大的人了怎么就听不明白道理呢，你和付雪晴绝对成不了，她已经是我爹地的女人了。”

陆恒有点儿火了，“我不想和你这么个小丫头计较，但是你也不要得寸进尺，还从来没有人敢这么胁迫过我呢。你起开，看在吴凡的面子上，我不跟你一般见识。”

“你会后悔的。”欧阳姗姗小脸一沉，顿时阴云密布。

“你起不起来，不起来，我就把你扔垃圾桶里。”陆恒吓唬她。

欧阳姗姗就像没听到一样，摆弄着手机。

一贯沉得住气的陆恒这次脸上也挂不住了，让一个胡搅蛮缠的小丫头彻底把火勾了起来。

他一撸袖子，走过来扳住欧阳姗姗屁股底下的椅子，欧阳姗姗吓得小脸都白了，“你要干什么你?”

“替你爸妈好好教育你!”陆恒直接把女孩连人带椅子一起端了起来，“你说我是把你扔到垃圾桶里，还是扔出窗外?”

欧阳姗姗本来惊恐失色的小脸忽然绽开一抹邪恶的微笑，她深吸一口，运运气，陆恒还没明白是怎么一回事呢，就见她冷不防扯开喉咙发出一声撕心裂肺的惨叫，双脚一蹬陆恒肚子，连人带椅子一起摔到地上。

叫声很快把客厅里的付雪晴和吴凡都引了过来。

只看见欧阳姗姗趴在厨房门口，椅子也翻倒在地，满脸泪水，可怜巴巴地望着付雪晴和吴凡，后面站着完全愣住的陆恒。

“爹地，小雪姐姐，我腿摔伤了，好疼啊。”欧阳姗姗呻吟着说。

付雪晴寒着脸问陆恒 :“这到底是怎么回事?”

“可不关我的事啊，是她自己不小心摔的。”陆恒满头大汗地解释。

欧阳姗姗憋着小嘴望着他，一副受气的模样。

“真是她不小心摔的？”付雪晴瞅着陆恒追问了一句。

“当然啦，你还不相信我吗？难道还能是我把她推倒的不成？”

付雪晴扬起拿在手里的手机，点开了语音信息，里面传来了陆恒的声音：“你起不起来，不起来，我就把你扔垃圾桶里。”

她又点开一条语音，传来欧阳姗姗害怕的声音：“你要干什么你？”

然后是陆恒大段独白：“替你爸妈好好教育你！你说我是把你扔到垃圾桶里，还是扔出窗外？”

陆恒脑瓜子嗡嗡直响，这才弄明白刚才欧阳姗姗一直摆弄手机，原来是向付雪晴打小报告呢。

他急忙向付雪晴辩解：“不是，你听我解释，小雪，实际不是这么回事，都是这小丫头……”

“你还好意思狡辩。”付雪晴打断他，她是真生气了，“就算你们有矛盾，她也才是一个孩子。你怎么能这样对一个孩子动手，太过分了！”

陆恒满腹冤屈全被噎了回去。长这么大，他从来没有像此刻这样无力过。

吴凡眼看着俩人要闹掰，赶忙打岔：“误会，都是误会，我们还是先把姗姗送到医院吧。”

他刚要去扶欧阳姗姗，欧阳姗姗拨开他，“你和小雪姐姐不是还有重要的事情要商量吗？我没事，可能是脚扭了。”

她一指陆恒，“我给他一个将功补过的机会，就让他送我去医院。还不快过来，难道你不想得到我的原谅吗？”

陆恒翻出两道白眼，心中草原上有一万只奔腾的骏马在践踏。

他硬着头皮走到欧阳姗姗身边把她扶起来。

“背着我。”欧阳姗姗命令道。

陆恒只好把她背起来。

吴凡不放心地问欧阳姗姗：“你感觉还行吧？”

欧阳姗姗眉毛挑了挑，偷偷朝他眨眨眼，吴凡这才恍然大悟，人生如戏，全凭演技，合着一帮大人让个小孩给耍得团团转。

欧阳姗姗一脸惬意地趴在帅哥背上，喃喃低语：“背我去最远的医院啊。要不是看你长得帅，我才不会这么轻易放过你呢。”

陆恒咬牙切齿地背着欧阳姗姗往出走，欧阳姗姗还没忘了朝小提琴师和那几个服务生吩咐：“你们继续。”

她都没想陆恒一会儿出了门，会不会真把她丢进垃圾桶里。

陆恒郁闷地背着欧阳姗姗离开别墅。

别墅里只剩下了吴凡和付雪晴，还有那个小提琴师和三个酒店服务生。

窗帘拉上，蜡烛也点上，一言不发的小提琴师十分投入地开始了演奏。

吴凡和付雪晴拿着刀叉开始用餐，朦胧的烛光照着两人尴尬的脸庞，悠扬的曲调像一根小手指在二人的心中挠来挠去。

付雪晴过意不去，又替陆恒向吴凡道歉。吴凡也不好当面拆穿，只能假装大度。他也明白这是欧阳姗姗一片好意，可惜他和付雪晴并没有那方面的意思，如今白若琳的事情还没有解决，他哪有心情再去找别的女人，何况人家名花有主。他怎么好意思去跟陆恒抢。

“你是怎么想的？”付雪晴问吴凡。

吴凡抬起双眼，正好看见付雪晴那张令人怦然心动的俏脸，在烛光的映照下泛起羞涩的粉红，美妙不可方物。

吴凡一时间手足无措。没想到欧阳姗姗的法子这么管用，这么快就碰撞出火花了。

他结结巴巴地说：“我觉得现在……咱们俩是不是有点儿操之过急……毕竟我和白若琳……你和陆恒……这些都得考虑……”

“你说什么呢？”付雪晴愣愣地瞧着吴凡，突然羞得满脸通红，“你胡说什么呢！我是问你，你怎么会认为你女友的案子是个阴谋？哎呀，让他别拉了，我听这曲子都不能集中精神！”

吴凡赶忙让小提琴师停下，把他和三个酒店服务生打发走了。

他深吸一口气，尽量装作什么都没发生，付雪晴也装得跟没事人一样。只剩下他们两个人，气氛那是相当别扭。

于是吴凡把白若琳和他见过面的事情告诉了付雪晴。

付雪晴听后陷入了许久的沉默，过了好半天她才问吴凡："你相信她对你说的话，真的有人指引她一步步地杀了邱晓杰？"

"我也不知道。"吴凡实话实说，"如果是在从前，我会相信她，但是她瞒着我干出这种事，我现在也看不透她了。只是我觉得，假如白若琳真是在撒谎，对我撒这种谎又有什么意义呢，她还不如直接投案自首，把这些话对你们说呢。而且她讲述的整个事件经过，逻辑上十分严谨，如果说她是为了骗我临时编造出来的，确实不太像。"

谈到案情，尴尬的气氛有所缓和，付雪晴又逐渐恢复了以往的平静，"现在关键的问题是没法证明她说的是实话，尤其是她提到的那两部黑卡手机，我们在案发现场并没有发现。"

"如果这真是有人设下的圈套，当然不能把手机留在现场，那样他设计的圈套就没有意义了。因此，我想会不会有人趁着白若琳喝下饮料，神志恍惚的时候，把那两部手机扔掉了。或许是扔在楼下，或许是扔在垃圾箱里了。"

"什么人能这么做，当时房间里只有邱晓杰和白若琳两个人啊。"付雪晴看吴凡欲言又止，豁然明白了他的意思，难掩惊愕，"你是说邱晓杰？怎么可能？"

"我也觉得很不可思议，但如果邱晓杰真是这么做的话，那么，这起杀人案就是一个完美的自杀阴谋了。"

"自杀阴谋。"付雪晴很难理解吴凡这个生僻的形容，"但是有一个根本问题。你这个假设无法解释邱晓杰的动机。就算他是利用白若琳杀了自己，可是他为什么要这么干呢？怎么会有人干出这么荒唐的事情？"

# 第六章　小概率事件

“我知道，对照你和陆恒各自的推测，我这个假设确实听上去很荒唐。不过，我也不是一点线索都没有。”吴凡说着从口袋里掏出了一部手机放在桌上。

“这是什么？”付雪晴问。

“这是白若琳的手机。她和我见面那天，躲避卢广通追赶时掉下的。我在她的手机里发现了他和邱晓杰在交友网站上的聊天记录。他们最后一次的聊天内容就是约会地点。但是有些奇怪，邱晓杰并没有直接告诉她去白沙旅馆见面，而是让他去天津路的华源超市，那个地方距离白沙旅馆还有很长一段距离。不单单这样，他说自己在超市一楼的储物柜里给白若琳留了东西，让她自己去找。白若琳后来告诉我，她当时在储物柜里找到一个黑色的双肩背包，里面只有一部手机。那个双肩背包就是我们在监控视频里看见的背包。

“邱晓杰在手机里给白若琳发送短信，告诉她如何去白沙旅馆。之后邱晓杰就是用这种方式引导白若琳躲避监控，找到旅馆房间的。为了确认这件事，我昨天特意去了天津路，找到了那家华源超市，也找到了白若琳提到的储物柜，这些都和白若琳说的吻合，可惜之后的线索就断了。但即便是这样，邱晓杰把白若琳约到超市去，还在储物柜里藏东西。这种行为确实有些可疑，但我现在也只能靠怀疑，顶多是对你讲讲罢了。”

付雪晴认真地听着，微微蹙起眉头，但是没说什么。毕竟没有证据，她也不好下结论。

吴凡说完长出一口气，把心里话说出来感觉舒服多了，他忽然想起什么，问付雪晴："对了，你来找我到底是为了什么事？"

"其实与你说的事情也有些关系。"

"与我说的有关？"吴凡心头微震。

"还记得你昨天来刑警队，和我聊过预测死亡的兔子吧。你还专门提到他这次预测白若琳会牵扯到杀人案里。听上去很荒唐，但这个人毕竟不能忽视，我事后重新琢磨了你对他的犯罪侧写，似乎有些道理。假如他真是以一个观察者的身份出现，这次阻止卢广通抓白若琳就是因为白若琳还能引出更深层的秘密，那么我就索性多查一查。这两天我专门查了一下近期发生的案件，没想到有一个意外发现。"

"什么发现？"

"就在白若琳杀死邱晓杰之前，已经发生过两起同类案件了。"

"你说什么？"吴凡惊讶得差点站起来，"你是说已经发生了两起类似的案子？"

付雪晴点点头，"另外两起案子也都发生在最近一个月内。"

"那么有多相似呢？"

付雪晴从斜挎包里掏出一张叠了几折的打印纸，展开放在吴凡面前，"我把这两起案子的基本情况记下来了。案发地点一个在洗浴中心，一个在旅馆，两起案子的死者都是男性，一个是窒息而死，另外一个肚子上被人用锥子捅了无数下。杀死他们的人都是女人。其中一个女人在逃，另外一个女人已经被捕了。"

吴凡问："那杀人动机呢？"

"这个……资料上写得比较模糊，但是这两个女人在杀人前似乎都刻意隐藏过自己的行踪，所以警方定性为蓄意谋杀。"

"蓄意谋杀？"吴凡喃喃重复着，他努力平静心情，"你有现场照片吗？我想看看。"

付雪晴似乎早有准备，又掏出两张复印纸放在桌上，"这是从网上下载的，清晰度有限，你先将就看看。其实我也有些地方看不太懂。”

吴凡摊开两张复印纸，每张纸上都有两张现场照片，不是很清楚，只能看个大概。

“与其说是凶杀，看着倒更像陆恒所说的吧。”吴凡若有所思。

“这种杀人方式对凶手来说有什么意义呢？”付雪晴问。

“假如被害人像邱晓杰一样，这或许就能解释清了。”

“你是说像白若琳和邱晓杰那样？”付雪晴望着男尸的照片，还是有些不解。

对于白若琳杀人，他一直有个不同于警方和陆恒的想法，只是还没对付雪晴说。

假如真是邱晓杰诱导白若琳杀了自己，那么眼前这两起相似的案子又该如何解释呢？

带着疑问，他又看向另外一张纸，照片上的男人躺在床上，在他肚子上密布着细小的窟窿。一把沾血的锥子放在一旁。

“你对这两起案子有什么想法？”付雪晴问。

“实话实说，像这类案件，是很罕见的。从行为模式上看，我觉得最大的可能性是这两个男人都和邱晓杰一样，出现了某些意外导致他们被杀。”

“你这么说倒也合理。”

付雪晴认真地对吴凡说：“那你觉得这三起杀人案之间有没有关联呢？我心里没有把握，所以还没有告诉卢广通和其他人。”

吴凡思索许久，突然冒出一句：“如果我说这是一起连环杀人案，你相信吗？”

“连环杀人？”付雪晴有些迟疑，她也只是怀疑，吴凡这家伙直接下结论了，“为什么会认为是连环杀人呢？”

“犯罪侧写看重的是犯罪模式和作案手法。三起案件虽然在细节上有所不同，但是核心是相同的。”

“也有巧合的可能吧？”

“包括白若琳案在内的三起案件，表面上看似普通，实则都是很罕见的现象，足以让我们怀疑这背后是不是有什么阴谋。”

付雪晴张开的嘴巴都合不上了，呆呆地看了吴凡好半天。

吴凡用咳嗽掩饰一下尴尬，“所以我怀疑白若琳很有可能是被人下了套。”

“再加上白若琳对你说过的那些话，所以你怀疑这背后隐藏着某种阴谋。由此联想到另外两起相似的案子，你认为这三起案子是连环杀人案。”

# 第七章　陆恒的催眠术

“大致是这么回事。”

“但我觉得你这个逻辑里有个漏洞。”付雪晴说，“连环杀人案不是应该有一个固定的凶手吗？可是这三起案子是三个凶手，彼此之间也没有任何关联。这也能叫连环杀人吗？”

这个问题吴凡一时间也回答不上来，“我只是按照犯罪模式来推测，除了白若琳的案子之外，我对另外两起案子了解不多，只是感觉这三起杀人案很像……”

“好吧，那按照你的假设，如果真是邱晓杰设下圈套陷害了白若琳，暂且不说他出于什么目的，那么另外两起案子呢？同样的逻辑，另外两个男性死者也都是设下圈套陷害了那两个女人吗？听起来也太不可思议了吧？”

“另外两个男人是做什么的？”吴凡忽然问。

“一个是养生会所的公关，一个是银行的理财顾问。他们和邱晓杰都是八竿子打不着的人。”

“那两个女人呢？”

“一个是商场的导购员，另一个是幼儿园教师，和你女朋友也没有任何关联。她们之间应该也都不认识。”

付雪晴的话让吴凡陷入了沉思。

这三起案子存在着一个特别矛盾的地方。一方面，它们都有着连环犯罪的一些特征；另外一方面，三个凶手和三个被害人彼此之间又毫无关联。

如果这真是连环犯罪，那就有，且只有一个连续犯罪的主体。

吴凡想了想，对付雪晴说："你刚才不是说有一个女人被捕了吗，不如我们去见见她？"

两天后。

江州第一看守所。

付雪晴和吴凡坐在狭小的审讯室里，听到门外传来一阵窸窣的铁链声。

女管教带着一个身穿囚服，手脚戴着镣铐的女犯罪嫌疑人走了进来。

女犯罪嫌疑人垂着头，麻木地听着管教吩咐。她走到审讯椅前坐下，目光始终盯着地面发呆。

她的基本资料都放在桌上：周秀娜，二十五岁，本地人，大专文化，幼儿园教师。一个多月前在市内一家洗浴中心包间内，用锥子杀害了一位名叫张爱明的男子。事后警方多方寻找线索，将她成功抓获。

鉴于证据确凿，周秀娜没做任何狡辩就认罪了，目前基本已经定案，将周秀娜以故意杀人罪名收监，剩下的只是走法律程序了。

付雪晴一连喊了三声"周秀娜"，她才迟钝地抬起头，露出一张苍白浮肿的脸，木然看着付雪晴和吴凡，或者说她谁都没看，只是本能地向前望。

这与照片上那个清新靓丽的女人判若两人。

付雪晴问她："周秀娜，你在口供里说，案发当天，你和被害人张爱明约好在金河洗浴中心的包厢里见面，然后你们因为发生纠纷，你把他杀了。请你现在叙述一下你杀害张爱明那天，整件事的经过。"

周秀娜没有任何反应。

她的状态不像是对抗，更像是听不懂问话一样。

付雪晴皱皱眉，问站在门口的女管教："她怎么会变成现在这样？"

"刚来的几天她有时候还像发疯似的又哭又叫的，现在完全一声不吭了，整天就是这个样子。谁知道呢，听说她杀人的手段特别变态，说不定那个时候就疯了……"

付雪晴摆摆手，没让她继续发表言论，她起身走到周秀娜面前，用平和的语气对周秀娜说：“你现在的罪名想必你自己也应该清楚。如果你真有什么想要辩解的，最好现在就说出来，对最后的量刑或许还会有些影响。譬如说，你为什么要杀张爱明，你与他有矛盾吗？还是其他什么原因……”

周秀娜稍稍抬起头，她呆呆地看着付雪晴，那张没有表情的脸皮扯动了两下，从喉咙深处发出吃吃的笑声，好像付雪晴脸上有什么可笑的东西似的。

“我为什么要杀他？”她忽然反问付雪晴，“你说我为什么要杀他？”

她颠三倒四的问题让付雪晴猝不及防，一时间还真不知道该如何应对。

周秀娜双眼直勾勾地瞪着前面，仿佛能看见别人看不到的东西，她喃喃道：“我杀了他，是我杀了他，我用锥子捅他……哈哈哈……他死了，他死了，他死了……”她欢快地拍着巴掌，拍着拍着又开始哭起来了，十足就是一个疯子。

这样的审讯实在没有继续下去的意义了。

付雪晴招手把吴凡叫出了审讯室，跟他商量下一步计划。

吴凡本来期待能从这个女人身上发现什么线索，没想到她已经神志不清了。

“不知道她怎么会变成现在这样，是她杀人的时候受到了刺激，还是她原本精神上就有问题？”他有些泄气。

“看她的个人资料，倒是没有提及她有精神病史，有可能是杀人的时候受到了强烈刺激。”

吴凡望着屋里依然喋喋不休、念念有词的女人，思索着说：“如果是有预谋的杀人，那么杀人犯的心理素质普遍会比较好，就算被抓，至少不会出现被吓疯的情况。如果是突发性杀人，凶手事前没有心理准备，有可能会受到强烈刺激，周秀娜明显符合第二种状况。那么同样的问题就来了，她有什么理由要用泄愤似的手段杀死张爱明呢？”

吴凡的话提醒了付雪晴，她想起来一件事，“对了，早上过来之前我又了解到一条信息。在她和张爱明的体内同样检测出了迷药成分，套用陆恒的解释，周秀娜很有可能是受到迷药的影响，在神志恍惚的情况下把张爱明给杀了。”

“相隔仅仅一个月，就出现了如此相似的两起案子，说不定另外一起案子也是这样，确实很值得怀疑。想要深入调查，最好是知道当时在房间里究竟发生了什么。只可惜白若琳和另外一个女人下落不明，眼下唯一能找到的周秀娜还神志不清……”

吴凡转悠了一下眼珠，忽然神秘兮兮地说：“我倒是想到了一个办法，不知道能不能行。”

“什么办法快说。”

“要不让你男朋友过来试试。”

“你是说陆恒，他能干什么？”一提到陆恒，付雪晴脸色一下就变了。

“你忘了，他会催眠术啊，之前不是给罗巧珍催眠过吗，只要被催眠者的大脑没有病理性的损伤，即便是遗忘的事情也都能找回来。”

这倒是个办法，而且付雪晴不只看见过陆恒给罗巧珍催眠，她还偷看过他给吴凡催眠，不过付雪晴有点儿犹豫。

“还有什么问题吗？”吴凡问。

付雪晴意味深长地瞅着他。那意思好像是说：你不知道吗，还问我？

前天晚上在吴凡所谓的豪宅里，陆恒不知道因为什么和欧阳姗姗发生争执还把女孩摔伤了，付雪晴因为这事正跟他生气呢，怎么还能主动去求他？

吴凡自然明白其中缘由，只是不方便说破。尽管知道欧阳姗姗是诚心帮他，但他也不屑于用这种手段。

在他的再三催促下，付雪晴勉强给陆恒打了通电话，说话的语气十分强硬，跟审犯人一样。

吴凡一旁光是听着，就像个课堂上不敢乱动的孩子一般屏住呼吸。

可是他没想到，陆恒接完电话就过来了。

他就跟无所谓一样。就算付雪晴摆臭脸，他也满不在意，依旧笑呵呵的。

吴凡心里诧异，偷偷把陆恒拉到一旁，深表同情地说："没看出来你这么能屈能伸，真是佩服佩服。"

陆恒不以为然地解释："哪里哪里，主要是我就喜欢有难度的女人，太容易得手的没劲。当然还有另外一个原因，我要是这么轻易放弃，让你趁机跟付雪晴在一起了，我不等于输给你干女儿了吗，怎么可以输给一个小女孩。"

吴凡彻底无话可说。

陆恒听了付雪晴的想法，说他试试看，如果这个女人没有特别严重的精神方面疾病或是脑外伤，他应该有把握让她恢复记忆。

不过陆恒提出一个要求，要把她带到一个比较舒适的房间里，还要一个沙发，而且要把她的手铐脚镣全部摘掉。

这让管教很为难。周秀娜可是杀人犯，这要是出点儿意外，谁担责任？

陆恒坚持自己的意见，他说："催眠的前提是要让受试者身心放松，摒除杂念。一个被手铐脚镣束缚着充满恐惧的人怎么可能敞开心扉？"

吴凡插嘴："可是我听说你师兄丁潜在任何情况下都能进行催眠，是不是你学艺不精啊。"

陆恒翻了他一个白眼，"你见过他催眠吗？没有吧，那都是夸张了的谣传。其实和我差不太多。"

管他说的是真是假，眼下除了他也找不到其他人了。

经过吴凡和付雪晴的一番交涉，管教这才勉强答应了陆恒的要求，把周秀娜带到了医务室，除去了手铐和脚镣。

陆恒让她躺在床上，周秀娜在陆恒面前居然很顺从，似乎这个男人身上有某种能让她感到安心的东西。

付雪晴站在一旁迫不及待地想看个究竟，却被吴凡拉到了医务室外面，说不要干扰陆恒。

付雪晴说："那有什么，上次他给罗巧珍催眠的时候，我们不是也在他旁边吗？”

吴凡说：“我主要是担心周秀娜万一真有精神病，现在她手铐脚镣都卸了，万一突然暴起，那后果可不堪设想……”

“那你刚才还信誓旦旦地向管教保证肯定不会出意外？”

“反正咱俩就在门外待着，肯定不会有意外。”

两个人你一言我一语，不知不觉过了半个小时，医疗室房门忽然打开，陆恒从屋里走出来。

“怎么样？”付雪晴有些迫不及待。

陆恒脸上略显疲惫，从兜里掏出一支录音笔，“你要的都在这里了。”

“我不知道怎么回事……那个男人就死了……就死在了我眼前，身上全是血……太可怕了……太可怕了……呜呜呜呜……”

三个人在看守所的办公室里，围坐在一张桌边，桌上放着那支录音笔，里面不时发出周秀娜断断续续、情绪不定的声音。那充满惊恐绝望的哭声在房间里回荡，刺激着三个人的神经。

陆恒伸手暂停了录音，对付雪晴和吴凡说：“听了这么多，你们应该明白了吧。”

“你是指什么？”付雪晴有些疑惑。

“你们最想知道的，这个女人究竟是不是杀人凶手。”

“她好像在催眠的时候并没有说啊。”

“只是没有直接说，但是有很多细节都在告诉我们答案。我一直在有意引导她说出张爱明被杀的过程，但她自始至终的回答只是在描述张爱明的死状，这说明什么，这说明她根本就没有这段记忆，也就是说，杀死张爱明的并不是她，她根本就不是凶手。”

付雪晴吃惊，吴凡比她还吃惊，他虽然怀疑过这案子有蹊跷，但从未怀疑过周秀娜杀人的事实。

“你这个推断完全说不通啊。”吴凡说，“按你这样说，张爱明不是周秀娜捅死的，那是谁捅死的？”

“那有没有可能是张爱明利用迷药让周秀娜产生幻觉，趁她神志不清的时候，诱导她把自己杀了？”付雪晴这个猜测倒是和吴凡之前的想法不谋而合。

陆恒摇头，“即便真是那样，周秀娜也应该有杀人的记忆，假如那是她亲自动手的话。但事实上，周秀娜对杀人的过程一丁点的记忆都没有。”

“如果真不是她杀的，那她为什么要认罪呢？”吴凡问。

陆恒看了付雪晴一眼，“因为证据确凿，而且她本来就已经遭受了惊吓，再整天面对高密度高强度的审讯，她会很容易相信自己就是杀人犯。催眠不同，催眠只会让她说出自己的真实经历，这是不受外界干扰的。”

“好吧，就算是这样，那你怎么解释张爱明的死呢？”付雪晴反问，“当时房间里除了他之外就只有周秀娜了。”

“难不成当时房间里还有其他人？”吴凡猜测道。

陆恒一副与我何干的做派，“怎么分析是警察和法医的事情，我只负责催眠，我只是把催眠的结果告诉你们。”

到了这个地步，付雪晴也只好和负责这个案子的西塔区公安分局刑警大队沟通，那边也很重视，把负责这个案子的刑侦一科科长叫来了。

一科科长叫孙展，是个四十出头的胖子，没胡子，两个眼珠子挺凶。

他一开始还以为是市局那边遇到了麻烦，请自己来帮忙的，态度还挺客气，可是一经交流，发现付雪晴和吴凡对他们的侦破结论有所疑虑，甚至认为周秀娜不是凶手，脸色马上就沉了下来。

他拍着胸脯向付雪晴保证：“您放心吧付队长，虽说这个案子难度不大，但我们也不敢有丝毫马虎。周秀娜的杀人证据确凿，除了她不可能有别人。首先最重要的一条证据就是手机。她杀人后逃走时，慌乱之中把她的手机掉在了包厢的床底下，我们就是根据这个证据直接找到她的。”

“你等一下。”吴凡突然打断他，“你刚才说，她是因为不小心把手机掉在了案发现场才被你们抓住的？”

孙展咳嗽两声，冠冕堂皇地说："我只是简要说一下，实际上破个案子也不能这么简单啦，我们还在杀人的锥子上发现了凶手的指纹，还在监控录像里发现了故意乔装过的周秀娜。"

吴凡还想往下问，却被付雪晴把话抢过去了，她问孙展："你是说周秀娜还乔装改扮过？"

她拿到的案件资料有限，并不知道还有这个细节。

"是啊，乔装改扮。这个女人为了隐藏自己，躲避监控摄像头，甚至把自己打扮成了男人。我们一开始看监控录像的时候，还真没有发现她是女扮男装呢。幸亏她不小心把手机落在了包厢里，要不然，去洗浴中心的人那么多，想找到凶手不是大海捞针吗？你说她如果不是计划好要杀人，那她为什么要这样？"

这话说得倒不无道理。

付雪晴看了看吴凡，吴凡插了一句嘴，对孙展说："但是也不能排除另外一种行凶的可能吧，要是有人提早很久溜进了包厢，一直藏在房间里等着被害人张爱明进来，趁着他和周秀娜神志不清的时候，把张爱明杀了，也不是没有可能吧？"

孙展失笑，似乎感觉这个问题很幼稚，"那就更不可能了，我们了解过，洗浴中心的包厢都是按小时收费的，流动性非常大，一个包厢至少一天要走两拨客人。只要客人一离开，马上会有保洁清扫。如果真有人提前躲在包厢里早就被发现了。再说了，那个房间是张爱明案发当天随机选择的，谁又能提前预料到他会住哪间包厢呢？"

"既然周秀娜杀人证据这么充分，那为什么催眠结果显示，杀死张爱明的人并不是周秀娜呢？"

"催眠？"孙展满脸困惑，完全没听明白他在说什么。

吴凡捅了捅陆恒，"你给他解释解释。"

谁知陆恒这时候偏偏一声不吭，装作没听见。

吴凡鼻子差点气歪了，该他说话的时候，怎么反而不吭声了？

这时付雪晴问孙展："那你们调查到最后，有没有弄清楚周秀娜为什么要杀他呢？"

"这个……"孙展听到这个问题，语气稍微有点儿犹豫，不像刚才那么有底气了，"根据我们调查了解，这个女人之前似乎和死者不认识。至于杀人动机，或许是因为想要报复，所以产生了杀人的念头。"

"报复？既然彼此不认识，为什么要报复呢？"

"这个你就不知道了，在案发前不久，周秀娜刚与男友分手，大概就是因为这个原因促使她产生了报复杀人的念头吧。"

吴凡这时候插了一句："如果周秀娜真的想要报复，不是最应该找那个抛弃她的男人报复吗，为什么要找一个素不相识的男人下手呢？"

孙展一下被问住了，迟疑了几秒钟，"那可能是她怕直接杀死那个男的容易暴露自己吧，所以想要先找别人练练手……"

见吴凡和付雪晴都不说话，他又强调道："不管怎样，我们断案，最终要靠证据来说话。这个女人杀人证据确凿，没有任何问题。"

"那假如你又遇到了几起和这个案子很相似的杀人案，你会怎么想？"吴凡问。

孙展的表情一下僵住了，狐疑地打量着吴凡，"你这算什么问题，哪会有这样的案子？"

吴凡没有再往下说。

孙展发表完一通议论，心满意足地离开了，办公室里只剩下付雪晴、吴凡和陆恒。

谁都不说话，气氛很沉闷。

"接下来你们有什么想法？"付雪晴打破沉默。

吴凡不满地瞪着陆恒，"刚才你为什么不说话呢？现在可倒好，我们还怎么往下查？"

陆恒倒是一副不以为然的神情，“那个孙展一看就是个十分固执的人，还有点儿刚愎自用。我就算给他解释催眠，他也不会相信，况且，催眠术本身就不能当作证据，证据还是得靠你们自己去找。我能做的都做了，要不然你们再听一遍周秀娜的录音？”

# 第八章　死者的阴谋

“都听过了，还有什么可听的。她那神经兮兮，一惊一乍的，再听我就得抑郁……”

忽然付雪晴打断吴凡，问陆恒，“孙展刚才提到案发那天，周秀娜在洗浴中心里女扮男装，这个你在刚才催眠她的时候，她说过吗？我怎么没有印象呢。”

“她是提到过，不过你们当时的注意力都在杀人的过程上。她说话又颠三倒四的，你们当然忽略了。人的脑子其实很容易被骗的。”陆恒敲了敲付雪晴那个漂亮的脑壳。

“那就重新播放一遍，今天来都来了，总不能空手而归吧。”付雪晴说。

陆恒不紧不慢地掏出录音笔放在桌上，把那一大段周秀娜的录音重新播放了一遍。

精神上受了巨大刺激的周秀娜，思路经常不着逻辑，说起话来断断续续又颠三倒四，陆恒时不时要引导她往下说。这一次吴凡和付雪晴侧耳倾听，仔细寻找着提及换装的地方。

“……走进大厅，我找到卫生间……张爱明给我准备了一套衣服……”

“张爱明给你的衣服？”陆恒插嘴。

“嗯，张爱明给我的……我穿上很不好意思，很怕被别的女人看到以为我是男人呢……我急忙出了卫生间……按照他告诉我的包厢门牌号……他在那里等我……”

“等等，就是这儿！”吴凡拿起录音笔按了暂停键，“周秀娜说得不太清楚，但是她提到的衣服会不会就是那套男人的装扮呢？”

"应该是。"陆恒说，"我当时也觉得有些奇怪。张爱明为什么要单独给她留了一套衣服呢？听了孙展刚才的话，我才想明白，周秀娜所说的其实就是女扮男装的那套行头。"

付雪晴说："孙展那边一致认为周秀娜是蓄意谋杀，还把她女扮男装的监控录像作为证据，周秀娜却说这套装扮是张爱明留给她的。这听上去怎么有些矛盾啊？一个蓄意谋杀的人，居然需要被害人提供伪装？"

"反正我这边的催眠不会出问题。在催眠的状态下，人是不可能说谎的。"陆恒强调。

吴凡露出一抹讳莫如深的冷笑，"难道你们就不觉得张爱明和邱晓杰有些像吗？"

付雪晴之前听吴凡说起过白若琳告诉他的那些情况，对吴凡的话若有所思。

陆恒却没听明白，好奇地问："张爱明和邱晓杰哪里像？"

吴凡顾不上回答，他对陆恒说："你能不能再给周秀娜做一次催眠？"

陆恒有点儿不高兴，"她回答的话都在录音笔里了，难道你还不相信我的催眠技术？"

"你别误会。我只是想详细地了解一下案发那天，她是如何赶到金河洗浴中心的。我要清楚地知道，她在见张爱明之前都做了什么，到过什么地方，接触过什么人。你只要问清楚这些就行。"

陆恒疑惑不解地望着他，又看了看付雪晴，"你俩到底谁是警察？"

"你就按照他说的做吧。"付雪晴说。

傍晚时分。

付雪晴和吴凡已经离开了看守所，正乘车行驶在青年街顺庆路。正好赶上了下班高峰，路况十分拥堵，眼看着交通信号灯距离不远，却半天走不到。

开车的付雪晴有些心焦，对吴凡说："你还必须亲自把她那天走过的路都走一遍？"

“周秀娜受到的刺激太大，就算是陆恒给她催眠，她能回忆起来的东西也很混乱。而且我心里还有一个疑问需要解决。”

“什么疑问？”

“我现在还不确定，一会儿我再告诉你。反正亲自来走走总没坏处，这样能有一个清晰的印象。对了，你们警察应该管这叫命案现场重建吧？”

付雪晴无奈道：“我们只是在案发现场附近做重建，用不着跑这么远。”

“我不太知道你们警察的犯罪侧写师都是如何工作的。反正我是一定要对案情有足够的了解才敢进行侧写分析的。任何细节，哪怕是最不起眼的细节也都是有用的。”

吴凡不经意的一句话触动了付雪晴，她忽然沉默下来，过了一会儿唏嘘道：“曾经有个人也说过类似的话……”

“是吗，那个人也是警察？”吴凡问。

付雪晴望着挡风玻璃外由浓转黯的黄昏，“他差一点儿就当上警察了。”

付雪晴的神情似乎有些感伤，吴凡从未见过她这样，忍不住问：“他为什么没有当上警察，难道是出什么事了？”

付雪晴没再往下说，专注地开着车。

每个人都有自己的伤心事，吴凡也不好多问。

忽然他指着挡风玻璃外面说：“到了，就是那栋土黄色的楼房，那就是南塔区的科技图书馆。”

付雪晴把车拐过路口，找了个停车位停下。两个人下车来到图书馆门前。

这座图书馆还是二十世纪建成的，外观简朴单调，数十载岁月留下的除了破裂的墙缝和杂草，还有一种莫名久远的感觉。

这种地方就别指望着能有多现代的东西。

两个人走进木玻璃大门，看见右手边就有一排铁皮箱储物柜，和周秀娜被催眠时回忆起的场景基本一致。

这里没有监控摄像头，只在门口摆着一张桌，桌后坐着一个看门老头。

老头连眼皮都没抬，倦怠地说道：“已经闭馆了，明天再来吧。”

付雪晴问他："大爷，来这里看书的人需要登记吗？"

"不需要登记。"

"那么使用储物箱的人呢，您有记录吗？"

老头不耐烦地看了她一眼，"储物箱上都有钥匙，带包来的都得把包存上，钥匙自己拿着，贵重物品不要放，丢了我们概不负责，那边有提示牌写得很清楚了。所以你们丢了什么东西别找我要。我就一看门的，什么都管不了。"

敢情老头还误会了。

付雪晴和吴凡走到储物箱旁边，寻找周秀娜所说的 57 号柜子，很容易便找到了。

柜门的锁头上插着钥匙，付雪晴打开柜子，里面空空如也。看柜子大小塞进一个登山包不成问题。

视频监控里，周秀娜是拎着一个鼓鼓囊囊的手提袋走进金河洗浴中心的，警方分析那里面装的就是行凶用的锥子。

她在被催眠时也承认了这一点，不过她却回忆起一个细节，她说自己是从科技图书馆的 57 号储物柜里得到的手提袋，而手提袋是张爱明事先放在那里的。

吴凡和付雪晴便根据她提供的线索找到这里，没想到这里连监控设备都没安装。

付雪晴回过头往门口看看，距离看门的老头不算远，只要他抬头一瞧，每一个存东西的人都逃不过他的眼睛。

付雪晴带着一丝希望走到老头身边，老头马上又紧张起来，"你这闺女怎么又回来了，我不都说了，丢了东西我不负责！"

"我不问东西，我问人。"付雪晴掏出周秀娜的照片给老头看，"您对这个女人还有印象吗？"

老头往照片上抹了一眼，马上摇头。

"我是警察，麻烦您仔细看看。"

这句话起到了神奇的作用，老头的眼皮完全睁开，打起精神又盯着照片瞅了瞅，“好像……好像见过？”

“什么时候？”

“又好像没见过。”

付雪晴只好又掏出张爱明的照片给他看，老头看了半天也没有说出什么。

付雪晴有些泄气，对吴凡说：“这个地方没有监控，时间又过去了那么久，很难找到什么证据能证明周秀娜的话了。”

“但不管怎样，她是在被催眠时说出的这些话，还是比较可信的。”

“可惜在法律推定方面，她的话不能作为证据来用。”

“那没关系，我们今晚就跟着她能回忆起来的路线走，先弄清楚案发当天她究竟经历过什么。她最初是和张爱明约定好来这个图书馆，张爱明在储物箱里给她放了一个手提袋，现在假设她已经拿到了手提袋，接下来她做了什么？”吴凡有意提醒付雪晴。

付雪晴想了想说：“她在手提袋里发现了那些东西，还有一封信，上面写着让她如何乘车到金河洗浴中心，还有他在女卫生间里给她留下了东西。”

“其实应该是两封信，周秀娜赶到卫生间之后又拿到一封信，按照上面的提示才找到包厢的。要不要问问孙展，万一分局刑警队找到了那两封信呢？”

“来之前我已经打电话问过了，他说他们在案发现场确实找到了一个手提袋，但是并没有发现周秀娜提到的两封信。案发现场和现场附近也没有发现。”

“这样啊……”吴凡似乎对这个结果并不感到意外。

付雪晴又想到了一件事，“咱俩眼下还有一点麻烦，周秀娜没记住当时乘坐的是哪路公交车。”

“这没关系，反正她目的地是金河洗浴中心，我们现在就上车，用GPS导航过去。”

吴凡现在干劲十足，也鼓舞了付雪晴，两个人上了车一路开到金河洗浴中心。

他们像周秀娜一样从正门走进大厅，四处寻找了一圈，发现卫生间就在接待台旁边。

付雪晴先进了女卫生间，看见没人，便把吴凡也招呼进来。

周秀娜当时先在前台买了进门票，然后按照信上写的走进女卫生间，看见最里面的隔间上贴着一张纸，写着“已损坏，勿用”的字样。

这张纸张爱明在信里提到过，是他专门给周秀娜留下的记号。

周秀娜推开那个隔间的门，在里面找到了一个塑料袋，袋里装的是一套男人衣服，还有假发、眼镜，甚至胡须。

于是周秀娜按照信中指示的，换上了那套男装，离开卫生间，赶到包厢与张爱明见面。

付雪晴掏出警官证，畅通无阻地带着吴凡走进洗浴中心内部。

这里分男宾浴室和女宾浴室，彼此相互隔开，还有一些不分男女的公共场所可以用来休息和餐饮，其中有一条走廊可以直通包厢区。

吴凡一路留意着周围环境，这里几乎到处都有人，公共区域还有监控摄像头。想要不被发现地走进包厢根本是不可能的。周秀娜确实也没有躲避，而是大大方方地从监控摄像头底下经过，因为她打扮成了男人，这就是最好的掩饰。

难怪孙展他们认定了周秀娜是凶手，实在是她的行为太过可疑，换作是谁都会把她当成杀人犯。

两个人穿过走廊，绕过放置一排排躺椅的休息大厅，最里面隔出来的一条走廊就是包厢区，在包厢区和休息大厅之间的墙壁上还有一个摄像头，只能拍摄到进出的人，但是拍不到包厢走廊的情景。

吴凡走到一个月前发生过凶杀案的包厢门口，皮制的包厢大门紧紧关闭，门上还拦着几道黄色的警戒带，似乎在暗示着这扇门后曾经发生过多么恐怖的事情。

吴凡用力一推，包厢门居然开了，发出一声磨牙般的呻吟。

房间里光线黯淡，没有窗户，一进门就是一张圆形的大床，褶皱的床单上依稀还有斑斑点点的血迹。除了大床，房间里还有电视、Wi-Fi 以及独立的卫生间。

吴凡站在昏暗的房间里良久不动，仿佛在感受杀人现场的气息，终于，他发出一声感慨："差一点儿就是一次完美的犯罪了。"

"你是指谁？"

"当然是周秀娜了。如果她没有把手机掉在杀人现场，孙展他们还真不容易找到她。你想想这里到处都是人，周秀娜女扮男装真是一个高明的主意。就算监控摄像头拍到她又怎样，数百人来来去去，谁又能一眼看出她是女扮男装？即使能发现，也没办法确定她到底是谁。"

"你这话怎么听着不对呢。"付雪晴费解地望着他，"那你现在的意思不是和孙展一样吗，认为周秀娜是蓄意谋杀。"

"我现在也没说周秀娜就是凶手，我只是站在普通人的角度去看这起杀人案。线索看似很少，但只要出现一个破绽，那么就会出现一连串的指向性证据，全部都在暗示周秀娜是凶手，而且还是蓄意……"

吴凡停顿了一下，"现在，回过头重新看这起案子，你不觉得似曾相识吗？"

"你是指……"

"当然是白若琳的案子了。"

直到这时，付雪晴才恍然，"你执意要查周秀娜在案发当天的行动路线，就是想和白若琳的案子做比较？"

吴凡点点头，"表面上看，这两起案子都是利用幽会行凶。犯罪嫌疑人在杀人前都经过了精心计划，但最后全都因为某个细节上的疏忽暴露了身份。白若琳是因为漏掉了防火通道门外的监控摄像头，而周秀娜则是不小心把手机掉在了案发现场。两个人不约而同地都犯了一个低级错误，你不觉得这太巧合了吗？"

"这就是你在来的路上提到的疑问？"

吴凡点下头，"之前在看守所，我听孙展提到周秀娜掉手机这个细节时，就加深了对这起案子的怀疑，我想重新梳理一下案情脉络，所以才想过来探探路，亲身体会一下周秀娜当时的经历。其实在我看来，这两起案子真正的疑点都在案发之前，而恰恰这个部分被警方忽视了。当然，白若琳最早告诉我邱晓杰是如何一步步将她引诱到旅馆的时候，我也不太相信她说的话。直到后来我发现邱晓杰和她的聊天记录才多少起了一些疑心……”

付雪晴插话道：“可问题是，白若琳所说的那两部和邱晓杰联络用的手机我们一直都没有找到，根本没有办法证明她说的是不是真话。”

“这就是关键所在了，能证明白若琳被人下套的证据只有那两部黑卡手机，偏偏这两部手机找不到了。而在周秀娜的案子里，能证明她蓄意谋杀不成立的是两封信，现在信件也不见了。如果不是通过催眠术，恐怕我们也很难相信周秀娜不是凶手。同样的道理放在白若琳身上，我们也不能一味地认为她在撒谎，万一她和周秀娜一样呢？不因为别的，就因为这两起案子背后所隐藏的重要疑点都完全一样。”

“哪些重要疑点？”

“先说白若琳，案发那天邱晓杰让她去超市储物柜里取一个双肩包。里面放着一部用来联络的手机，然后她被引到了白沙旅馆，按照邱晓杰的指示从防火通道进入旅馆并拿了犯罪工具，还帮她避开了监控。再说周秀娜，她是被张爱明引到了科技图书馆，拿走了作案工具和指引她的信件，并找到了金河洗浴中心的卫生间，张爱明在那里给她留下了男人的服装，还有另外一封信，这才把她引到了包厢里。乍一看上去白若琳和周秀娜的行为有很多不同，但是仔细推敲就能发现，她们在行为模式上是一样的，目的也相同，都是为了杀人来隐藏身份，而事实上……”

付雪晴明白他的意思，接过话说：“而事实上，真正让她们杀人的却是被害人自己。白若琳的案子，你不就是这个观点吗？你怀疑是邱晓杰引诱白若琳杀了他自己，而现在你又怀疑周秀娜也是被张爱明引诱杀人的。自杀阴谋——这是你的结论对吧？”

“之前我的确是这么想的。我觉得邱晓杰的目的就是伪造一场自己被谋杀的假象。很有可能张爱明也是如此。不过，自从我发现白若琳和周秀娜都在案发现场犯了低级错误，我的想法就改变了。或许，不管是邱晓杰还是张爱明，他们的真正的目的并非为了制造自己被谋杀的假象。他们的目的更像是为了把白若琳和周秀娜变成谋杀犯。”

“你是说，他们在嫁祸这两个女人？”付雪晴吃惊地望着吴凡，努力让自己的思路跟上吴凡，“那照你这么说，拍到白若琳的那个监控摄像头，以及周秀娜落在床下的手机都是人为设计好的。”

“不管是邱晓杰还是张爱明，他们能设计出如此复杂的局，怎么可能同时出现如此相似的漏洞呢？换一个角度来看，白若琳和周秀娜杀人前所做的一切，表面上是在隐藏自己，排除嫌疑，可是一旦出现漏洞，她们之前所做的一切掩饰反过来就变成了谋杀的证据。”

付雪晴都听傻了。这反转来得也太突然了。

吴凡继续道：“不出意外的话，另外一起杀人案的布局也应该差不多，只可惜那个女犯罪嫌疑人跑了，我们没办法确认。不过，即便只有眼前这两起案子也足够我们分析了。”

付雪晴现在不得不正视这个颠覆性的分析结果，而更大的疑问也随之而来，“那你如何解释邱晓杰和张爱明的动机呢？我已经深入调查过了，这两个人均与被害人完全不认识，没有利益纠纷，也没有情感矛盾，他们设计了这么大一个圈套，就为了让一个素不相识的女人杀了自己并且陷害她，这无论如何也说不通吧？”

吴凡也在为这个问题感到头痛，他揉着已经超负荷的脑袋走出昏暗的包厢，来到休息大厅，那里有自动售货机。他拿了两罐能量饮料，递给付雪晴一罐，打开自己那罐一口气喝了半罐，感觉精神了不少，望着一排排躺椅上穿着浴袍、懒散休息的人们，他和付雪晴严严实实的穿戴显得格外另类。

吴凡猛然一拍脑袋，“我忽然有个想法。”

付雪晴眼睛一亮，“你想到了什么？”

“咱俩不如先去泡个澡，做个按摩？”

现在要是点燃一根火柴，付雪晴能像炮仗一样蹿到天花板，她吼道：“你能不能认真一点儿，这可是人命关天！”

这一嗓子声音倒不算特别大，刚好把休息大厅几十号人全吓得坐了起来。

吴凡急忙摆着手，安抚大家：“没事，没事，我们就是商量怎么洗澡的事，大家休息，大家休息……”

众人一个个目瞪口呆。

付雪晴使劲捅捅吴凡，“你是不是还来劲儿了，谁要洗澡？”

“泡个澡而已嘛，碍着人命啥事了。咱俩的目的是破案，又不是比谁更艰辛。反正今天该调查的也调查了，适当放松放松也没什么。”

“哼，要洗你自己去。”付雪晴余怒不消。

“随你便，反正你现在身上都有味了。”吴凡抛下一句，自己跑到前台买票去了。

一个小时后。

穿着浴袍的付雪晴和穿着浴袍的吴凡在休息大厅又碰面了。

美人出浴，付雪晴头发裹着毛巾，脸蛋上还冒着热气，从浴袍宽大的领口中露出些许雪色，挺拔的胸口微微现出一抹沟壑。

她问吴凡：“现在你满意了？还有什么需要没有？”

吴凡和她近在咫尺，又恰好高出付雪晴半个头，俯览之下他忽然感觉有点儿恐高。

付雪晴见他呆呆地瞅着自己，心里纳闷，随即明白过来，嗔怨一声：“想什么呢你？”

她可不只是抱怨一句，或是补上两记香拳，她是飞起一脚。

还没等吴凡反应过来，就感觉一道雪影在眼前一晃，付雪晴的脚丫就已经踹在了他身上。

别看她脚丫长得秀气纤弱，这一脚踹上，把吴凡一米八的大个子跟麻袋一样踢了出去。

幸亏身后就是躺椅，吴凡只是摔岔了气，要是摔在地上，可能就得叫救护车了。

付雪晴还挺委屈，红着脸愤愤道：“我还以为你比较老实呢，敢情和陆恒一个样，他是明贱，你是闷骚。”

吴凡还真是冤枉，他本来还想着要不要提醒付雪晴把衣服往上拉拉，结果她不分青红皂白地动脚了。

吴凡揉了半天胸口，哼哼唧唧十分痛苦。

付雪晴斜坐在他对面，搭着二郎腿瞧着他，“你不是挺能打的吗？把警队两个便衣都打倒了。这才一下就吃不消了？”

吴凡好不容易喘上一口气，抱怨道：“我那是一时莽劲儿，完全侥幸，平时我就是个文人，哪能跟你们武夫比？”

“好吧，好吧，我下次注意。”

“还有下次？”

“我就打个比方，行了，赶紧说说案子吧。你澡也泡了，按摩也做了，也放松得差不多了吧。刚才那个问题你想得怎么样了，你说邱晓杰和张爱明故意设圈套陷害周秀娜和白若琳，原因到底是什么呢？”

“原因我还没想到。”

“那你刚才光顾着放松了？”

吴凡发现付雪晴又瞪起了眼，急忙说：“我也没闲着，刚才按摩的时候，我重新对两起案子进行了归纳。”

“是吗，那你说说看吧。”

“从犯罪的类型来看，这两起案子表面上是立场倒错杀人。实际上，他们是诱导式犯罪，通常在这样的犯罪活动中，凶手都比较稚嫩，他的作案完全听从另外一个高智商罪犯，就好像是他引导凶手作案。这两起案子基本符合这一类型的犯罪。唯一的问题就是杀人动机。看起来是引导者的高智商罪犯居然把自己设定为被引导者的谋杀对象，这一点确实十分反常……”

“诱导式犯罪？”付雪晴想了一下，“但是周秀娜在催眠的时候不是否认自己杀了张爱明吗？这一点和白若琳不一样吧。”

“所以，我才说是诱导式犯罪，没说诱导式杀人，因为我现在不太确定张爱明和邱晓杰究竟是自己杀了自己，还是真的能利用迷药让两个女人马首是瞻地杀死他们。”

“这话听着还真绕，你不会是一心想着替白若琳翻案吧？”

“这跟白若琳没有关系。”吴凡有些不太高兴，“我只是据实分析，白若琳在案发时所处的境况与周秀娜十分相似，如果周秀娜有可能是清白的，那么白若琳也一样。”

付雪正想说点什么，余光注意到身边有两个经过的男人有意放慢脚步，趁机往她身上偷瞄。

她故意抬高声音对吴凡说：“别说那些了，那这两起杀人案为什么会如此相似，这个你有什么想法？”

两个男人色眯眯的表情顿时就变了，急急忙忙逃走了。

吴凡倒是很认真地回答付雪晴：“这个你还真问到点子上了。这两起案子固然布局相似，但是还存在着一些差别。比如说‘联络方式’，张爱明是用信纸来指导周秀娜行动的，而邱晓杰用的是手机。躲避监控的方式也各有不同，张爱明选择没有监控的图书馆，以及让周秀娜女扮男装。邱晓杰是让白若琳走防火通道。最后是破绽，邱晓杰案留下的破绽是监控摄像头，张爱明案的破绽是落在房间床底下的手机。为什么会产生这样的差别，你不妨也想想原因……”

“因为张爱明和邱晓杰是两个人啊，想问题当然会有区别。”

“你说的算是一个原因，但这背后还有另外一个原因。”吴凡解释道，“单就联络方式来说，张爱明选择的是手写信的方式，邱晓杰选择是手机。很显然，邱晓杰可以实时掌握白若琳的动向以及状态，但张爱明不能，而且用信纸的风险要大得多，万一周秀娜看完后随手丢在了某处，那就很可能成为破案的证据。用手机必须时时拿在手里，可以保证不会随便乱丢……

“总的来说，张爱明设计的圈套新奇大胆，也比较烦琐麻烦。邱晓杰设计的圈套却是十分简洁实用，能紧紧抓住对象的心理，并且保持着实时监控，感觉上邱晓杰设置圈套的手法明显高出一筹。”

“这能说明什么？”

“这让我想到了连环犯罪中典型的犯罪惯技，就是罪犯在实施犯罪时的行为和方式。不同的罪犯都会体现出不同的犯罪方式。对于某个特定罪犯而言，如果他不是在犯罪后立即被捕的话，随着犯罪经验的积累，会出现不同的阶段。在某个阶段里，他的犯罪惯技是相同的。但是这种犯罪方式不会一成不变，一旦罪犯感知到暴露的风险，他就会改进自己的犯罪技巧，变得越来越难以被抓捕。在我们这两起案子里，张爱明和邱晓杰就出现了这种区别，在时间上张爱明案早于邱晓杰案一个月，作案过程存在一些漏洞，到邱晓杰案时，这些漏洞已经得到了明显的改善。虽然不知道另外一起案子的具体情况，不过按照发生的时间推测，吕超案的犯罪惯技应该介于前后两起案子之间……”

“你等等。”付雪晴发现了一个问题，“你刚才所说的犯罪惯技不是指一个犯罪主体吗？可是现在包括张爱明和邱晓杰，还有一个吕超，至少出现了三个人。三个人之间怎么会出现这种不断提升的犯罪技巧呢？”

“我现在是按照犯罪侧写的方式来归纳的，我可以断言，张爱明和邱晓杰两起案子绝对不是独立案件，这两个案件之间存在着连带关系。如果吕超案的犯罪模式也相同，那就意味着，这三起案件是系列性案件。其实我们之前探讨过连环杀人案的问题，你问我凶手为什么会是三个没有关联的女人，现在换成了为什么主谋是三个没有关联的男人，我觉得这背后肯定隐藏着一个相同的原因，只是我们还没有想明白。”

“他们之间也许未必没有关联吧……”付雪晴受到吴凡启发，眼睛微微闪亮，“从表面的资料上确实看不出什么，这三个人工作不同，朋友圈也没有交集。不过，既然你能够对他们进行合理的侧写，那就说明，他们之间肯定会存在着某个连接点才对，毕竟咱们现在真正深入接触的案子只有邱晓杰案，其他案子我们了解得并不详尽。我怀疑，这三个被害人，或者说是三个主谋，有可能通过某种渠道分享了彼此的信息，同时也分享了彼此的犯罪技巧。现在唯一想不明白的就是，他们为什么要这么做？为什么要嫁祸三个跟他们没有关系的女人？”

“是啊，作案手段上能够解释，但是设计让别人杀害自己确实很难理解。”吴凡苦恼地说，“通常只有弱者向强者复仇可能想到这种办法。但是如果说这个案子里三个男人是弱者，三个女人是强者，恐怕也不太有说服力，再说也看不出他们之间有什么矛盾纠纷……”

付雪晴这次倒是比他有信心，“你也不用费这么多脑细胞了。我现在有一个想法，咱们可以并案调查，还要换一种调查方向，之前一直在调查凶手，这次重点放在被害人身上，我觉得应该能查出一些新线索。”

不过吴凡可不像她那么乐观，他暗自嘀咕，最大的难题恐怕付雪晴还没有想到吧……

江州市刑警队。

“你说什么，并案调查？”卢广通还没把付雪晴整理的材料看完就脱口而出，声音大得差点儿把房顶掀翻了。

吴凡预料到卢广通会反对，他索性没进屋，站在门外听两个人争执。

“原因我在报告里已经写得很清楚了，而且这个案子比较麻烦，并案调查才可能找出更多线索。”付雪晴说。

“这可不是你想当然的事情啊，我的大小姐。”卢广通晃动手里的材料哗啦哗啦响，“别的先不说，张爱明遇害的案子人家西塔区刑警队一个月前都已经侦破了，凶手也落网了，你还怎么并案处理？”

“我见过犯罪嫌疑人周秀娜，我感觉张爱明那个案子还有一些疑点没有解释清楚。而且，凶手到底是不是周秀娜还不一定，我们给她做过催眠……”

“够了。”卢广通打断，有些气急败坏，“付队长，拜托你在做这些事情之前能不能顾全一下大局，就算你有本事，你也不能跑到别人碗里去夹菜吧，这是最基本的道理。你这么做让负责这个案子的同事怎么办，你有没有考虑过他们的处境，让我们市局今后如何开展工作？”

付雪晴知道卢广通十分注重人际关系，一向和各个部门相处融洽，她这么干等于无形之中给卢广通找了麻烦。

她向卢广通解释：“你说的道理我懂，但我们处理的毕竟是刑事案件，人命关天的事情我不敢怠慢……”

“算了。”卢广通无奈地挥了挥手说，“你就说你查到了什么吧。”

“我觉得邱晓杰案并不是一起独立的案件，而是系列性案件中的其中一起。”

“系列性案件？”卢广通有些动容，“你是说白若琳身上还有其他案子？”

“不。我是觉得，白若琳和周秀娜，甚至另外一起案件里在逃的董倩都不是真正的凶手，至少不是杀人案主谋。”

“你的意思难道是说……有人指使她们杀人？”

“也可以这么说。”

“是什么人指使的？”

“目前怀疑的就是那三个被害人。”

“你说什么？”卢广通胡子差点没撅飞了，脑子还没有转过弯来，“你是在跟我开玩笑吗？你说三个被害人是主谋，主谋什么，主谋让和自己刚见面的女人把自己残忍地杀死？”

“也可能是先自杀，再陷害。”

“你先别往下说了，你让我冷静冷静。”卢广通努力让自己平静下来，“你这些话不会也和负责案子的那些分局同事说过吧？”

“还没来得及说，我正打算……”

“你还是先别打算了，我就问你，你有多大把握证明你这个假设？”

“现在还不好说，我正在着手调查。”

“你确定你能调查出来？”卢广通冷笑，“你就先给我解释一下动机吧，这个三个男人为什么要处心积虑地干这么荒唐的事情？”

“这个目前还不清楚，也正是我下一步要调查的方向，可能需要重新安排人手，我正要跟你商量一下……”

“你连这个都不清楚，就想往下查，这不是开玩笑吗！查不出结果，浪费时间精力是小事，万一让全系统都知道了，那咱们不成笑话了吗？”

付雪晴解释了这么半天，也没有做通卢广通的工作，等在门外的吴凡实在忍无可忍，推门就进来了。

“卢队长，动机这件事呢，其实我和付雪晴已经探讨过，由于案情复杂，不能用寻常的方式来推测犯罪动机。我们在调查的过程中会采用排除法来确定动机的。”吴凡说。

“怎么哪里都有你！”卢广通一看见吴凡，立马条件反射似的瞪起眼珠子，“你又来卖弄你那套犯罪侧写？”

“我只是和大家分享一下我浅薄的心理学知识。”吴凡谦虚地纠正，也不管卢广通爱不爱听就往下讲，“犯罪大体上有一些基本的成因，报复、纠纷、嫉妒、暴躁、获利、民事赔偿、心理障碍、生理障碍、道德水准低下，以及自卫。这起连环犯罪的真正动机也很可能就出自这其中，只是我们现在看到的还只是案件表面的东西，还需要进一步分析排除。”

卢广通听了没有多少反应，只是用鼻子重重地哼了一声，“我说付队长挺稳重一个人，怎么突然会冒出这么古怪的想法，不用说了，肯定是被你小子给误导了。还搞出什么催眠来了，这也就你能想出来。”

“卢队长，这次你可冤枉我了。”吴凡一本正经地解释，“我可不懂什么催眠，这是付队长的男朋友、付局长未来的乘龙快婿、著名心理医生陆恒陆医生的催眠结果，证明周秀娜并不是杀害张爱明的凶手。”

“行了行了，你别说了。”卢广通听得脑仁子都开始疼，“总之，并案调查我不同意。我也反对调动专案组有限的警力去查已经结案的案子，谁知道某些人是不是别有用心，想趁此机会分散专案组警力，给在逃人员创造喘息的机会？”

经过这些天调查，吴凡也想通了，白若琳伤害了他，也把自己搭进去了，万一她真是被人算计了，虽然是咎由自取、自作自受，但想想其实挺可怜的。

想到这，他微微冷笑，装出一副理直气壮的样子，“卢队长，你可千万别误会，我这次协助付队长可是大义灭亲，一心为了抓捕白若琳。”

“你说什么？大义灭亲？”这下反而把卢广通整愣了。

“是啊，你们现在不是想尽快抓住白若琳吗？没错吧？我是最了解她的人啊，我如果协助你们办案，那岂不是事半功倍？”

卢广通这才反应过来，自己被吴凡绕进去了，撇撇嘴道：“你真会这么想？”

“那是当然。我可是一个有职业道德的记者。”

卢广通阴着脸瞧瞧吴凡，又瞧瞧付雪晴，好半天才说：“总之，我还是保留我的意见。想调动刑警队，除非你们向局长打报告，我个人是不会支持的。当然你们自己独立调查，我管不着。”

吴凡还想再争取，付雪晴对卢广通说：“那好吧，我们先自己查查再说。”

离开队长办公室，吴凡还纳闷，问付雪晴：“你老爹是局长，你直接找他说一声不就完事了，怎么还要看卢广通的脸色。”

“你不懂。如果找我爸，不管我有理没理，传出去都会说我以势压人。我干到今天这个位置，靠的是自己的本事，不想别人说闲话。”说到这，付雪晴又叹口气，“再说，我就算找了，我爸也不会站在我这一边的。他对我呀，还赶不上对待一个普通警察呢。可能也是怕别人说闲话吧，谁让他是我领导呢。”

吴凡很难理解这对奇葩父女，看着付雪晴一脸无奈，暗想：合着她过得也没那么舒心啊。

付雪晴这时又展颜道："不管怎么说，跟卢广通打了招呼，他至少不会妨碍我们做事了，适当的时候我们也可以动用一些警队资源。"

"你确定他不会阻拦？"吴凡很不放心。

"不会啦。"付雪晴笑了，"你还是好好想想咱们下一步该怎么办吧。"

张爱明案，案情简述：

张爱明，三十四岁，已婚，建设银行江州分行理财顾问，一个月前在金河洗浴中心包厢内遇害。

死因：腹部遭到锥子多次穿刺，造成肝脏、肠道等内脏器官多处破裂，失血过多导致死亡。

经过多方调查，警方根据遗落在案发现场床下的手机，以及多方取证确认，凶手为二十四岁的幼稚园教师周秀娜，目前犯罪嫌疑人已被捕……

吕超案，案情简述：

吕超，二十七岁，至尊养生会所公关经理。半个月前在星光旅馆房间里遇害，尸体没有明显伤痕。

死因：窒息死亡。

经过警方深入调查确认凶手为商场导购员董倩，目前董倩在逃……

付雪晴和吴凡手里拿着两份被害人资料，开始了秘密的走访调查。

他们先去了张爱明所在的银行，可惜同事们对他的私生活了解有限。大部分人倒是对张爱明的离奇遇害很感兴趣，借着与付雪晴谈话的机会，东打听西打听，看样子知道的还没有付雪晴多。

问了一圈，对张爱明的印象还是停留在表面上，这个人在单位时给人的印象是一个挺严谨的人，也没有什么不良嗜好。

付雪晴又找到了张爱明妻子的工作单位，她很反感谈论死去的丈夫，她没想到，丈夫会背着她见别的女人。对张爱明的死，女人只剩下无奈。

付雪晴还想打听一下张爱明最近有没有什么比较反常的行为，对这一问题，他妻子反应漠然，一个劲儿摇头，更一口咬定不认识周秀娜。

尽管付雪晴和吴凡心知肚明，张爱明肯定是因为某种特殊原因，才会想到要陷害周秀娜的。可惜查不出更多线索，就没办法推测张爱明的作案动机。

两个人失望地离开了张爱明家，赶到另外一个被害人吕超工作的地方。

至尊养生会所算得上江州市内的高端会所了，平时出入这里的都是商旅人士、本地富豪，以及一些手有闲钱的阔太太。

接待他们的前台女经理潘美媛很是圆滑世故，一面热情地把两个人请到不太起眼的休息区坐下歇息，一面叫人准备咖啡。

“如果能为警察同志提供帮助，我求之不得。不知道我能帮上什么忙？”一身白色碎花旗袍，三十岁左右，风韵正佳的女经理优雅地坐在吴凡和付雪晴对面，笑着问他们。

她把小手包放在桌上，妩媚地扭动腰肢，随意翘起一条腿。

付雪晴看着潘美媛，“吕超是在你这里上班吧，我们想打听一下这个人的私生活。”

“私生活？”潘美媛装出一副难为情的样子，掩口笑道，“这个忙我可帮不了你，我和吕经理只是同事关系，怎么可能会知道他的隐私呢？”

付雪晴不动声色地看了她三秒钟，“潘经理，据我所知，你和吕超之前交往过一段时间，后来不知道什么原因分手了。有这回事吧？那就说说因为什么分手吧。”

潘美媛愣了一下，刚才还云淡风轻的脸上变得十分尴尬。

她怒不可遏地回头朝前台高喊：“咖啡呢，怎么这么半天还没上来！”

一个迎宾小姐急急忙忙跑到吧台去问。

发完火，潘美媛又朝付雪晴和吴凡换上一副职业性的笑脸，“听说凶手已经落网了，你们还来打听吕超的事情做什么？”

“你只要回答我的问题就好了，潘经理。”付雪晴说。

潘美媛烦躁地抓了抓头发，勉强扔出一句：“那个男人有问题。”

“他就是仗着一张小白脸忽悠忽悠不明就里的人还行。头一阵子，他还吹嘘他认识了一个泰国女模特呢……”

吴凡看她的样子不像在说假话，还想多问两句，这时候一个迎宾小姐端着三杯咖啡来了。

潘美媛翻了一个白眼，训斥道：“怎么这么慢，你这是泡咖啡还是种咖啡呢？”

“不好意思啊美媛姐，咖啡机坏了，临时找了一台新的。”迎宾小姐慌忙解释。

吴凡忽然觉得这声音有点儿耳熟，不禁抬头瞅了她一眼。

迎宾小姐画了一脸浓妆，其实也就二十岁左右，吴凡稍一迟疑，觉得有些眼熟。

# 第九章　皮克定理

“你等一下。”吴凡叫住了迎宾小姐。

女孩瞧着他，一脸茫然。

“我们是不是见过面，你有印象吗？”吴凡问。

女孩漠然地摇摇头，拿着托盘转身走了。

潘美媛从手包里抽出一根细细的香烟叼上，用打火机点着，老江湖似的瞅着吴凡，“警察同志，这小姑娘可了不得，劝你还是离她远点儿。你别看她长得一副小清新、与世无争的样子，可不是一个简单女孩呢。”

“这话从何说起？”吴凡回过头问。

“这么说吧，我当初因为受不了吕超那家伙，和他分了手。在那之后不久，吕超就和这丫头好上了。”

潘美媛吹出一个烟圈，像一个噘起的大嘴唇一样慢慢飘浮在空中，“她和吕超在一起交往了三个月，最后还是吕超甩了她，她当时受到了很大打击。警察同志的脑子都聪明，你们不妨想想这背后看不见的故事……”

付雪晴很反感这个女人的做派，冷冷道：“也许他们之间就是单纯的感情呢。吕超也未必对所有女人都像对待你一样吧。”

潘美媛又吐出两个烟圈，吃吃地笑了，“真是那样就好了。可是吕超根本就是戏耍她，拿她寻开心。大家都在背后笑话她呢，只有她自己还不知道，或者是根本没当回事吧。”

“那么她被抛弃后又交往其他男朋友了吗？”

“这个我还真不知道，不过像这样的女人哪能少得了男人。”

吴凡还想往下问，付雪晴实在听不下去了，捅他一下，低声道：“差不多就行了。咱俩是来干什么的你忘了？”

潘美媛笑眯眯地瞧着他俩嘀咕，对付雪晴说：“你不懂，其实越闷的女人才越……”

“我对这个不感兴趣。我感兴趣的是吕超。”付雪晴打断她，“我就是想知道，吕超在临死之前这段时间，有没有什么不同寻常的地方？”

“他一直都很不同寻常呀？”潘美媛哑然失笑。

“我是说，他有没有过轻生的念头？”

“轻生？”潘美媛有些惊讶，想了想，“这个我倒没发现，他这个人其实胆子挺小的，不至于自杀吧……”

“那他最近的生活中有没有出现过什么变故？”

潘美媛摇头。

“那你有没有听吕超提到过邱晓杰和张爱明这两个人？”

潘美媛还是一问三不知。

正赶上来了一批比较有身份客人，她找了个借口便离开了。

付雪晴还心有不甘，却被吴凡拦住了。

他拿起已经冷掉的咖啡喝了一口，“我看这个女人知道的也很有限，就算继续问，她也很难说出更多了。”

“那我们今天岂不是要空手而归了。”

“倒也不尽然。”吴凡说，“我们今天来的主要目的不是希望能找到这三个男人之间的联系吗？只要找到了他们之间的联系，就能弄清楚他们的犯罪惯技是如何提高的。”

“你说得倒容易，我们现在不就是卡在这里了吗？现在已经对张爱明和吕超了解过了，你也听得清清楚楚，他们之间根本没有什么联系，还包括之前的邱晓杰。现在还如何往下查呢？”

付雪晴的脾气有点儿上来了，她性子要强，今天和卢广通公开顶牛，她就憋着一口气。她是一名警察，她的任务就是侦破案件，揭露真相。就算单枪匹马，她也要把案子查个水落石出。可眼下才刚迈出第一步，就绊到了石头，接下来该如何是好？

她正闹心呢，手机响了，吴凡提醒她是不是陆恒打来的，付雪晴连一点反应都没有。

吴凡心说，这要是将来陆恒娶了这个女人，那得整天搭板供起来才行，要不都养不活。再想想自己，还赶不上陆恒呢。

他叹了口气，说："你也不用那么着急，其实倒也不是一点联系都没找到。"

"听你这意思，你是发现这三个死者之间的联系了，什么联系，怎么不早说？"付雪晴一把揪住吴凡衣服，迫不及待地追问。

"镇定，镇定。听我慢慢说。"吴凡连忙安抚她，把全是褶子的衣服从她手里拽出来，让其他人看见还以为他俩怎么回事呢。

"也不完全像你想的那样，联系倒还没有发现，不过……"吴凡压低了声音，"我好像找到了一个连接点。"

"连接点？"

"你还记得刚才给我们端咖啡的那个迎宾小姐吧，我之前见过她。"

"你见过她？"付雪晴不太明白吴凡这话是什么意思。

"我不是跟你说过，我在白若琳的手机里找到了她和邱晓杰的聊天记录吗，我还特意去查过邱晓杰电脑的 IP 地址。"

"这我知道，你不是说你找到了他租的房子，还和一个女大学生同居呢。"付雪晴的记性倒不差。

"那个和他同居的女大学生就是刚才那个迎宾小姐。我们之前见过面。"

"这么巧？"付雪晴一怔，"可是那个女的好像不认识你啊？"

"谁知道是她真想不起来了，还是不想承认？反正那天，我和她还发生过一些争执。"

付雪晴扭头看向前台方向，那个迎宾小姐还在那里，正在客客气气地向一个男顾客解释什么。

"和邱晓杰同居过，之前还是吕超的女朋友，这还真是联系上了，只是没想到是这么联系的……"付雪晴觉得有些可笑，"如果这个女的再和张爱明交往过，那可就真有意思了，难不成这三个男的都是靠这个女人才认识的？”

“我好奇的是，她是怎么认识的……”吴凡说。

当付雪晴向潘美媛提出要求时，潘美媛那张民国少妇脸顿时扭曲变形，“什么，你们要客户资料？我们这里可是顶级会所，VIP 客户都是有身份的人，隐私比什么都重要，怎么可以随便泄露呢？”

“这不是随便泄露，这是警方调查。或者，你帮我查两个人名也可以。”

“查人名也不可以，保证客户隐私是我们的责任。”

付雪晴冷笑，“好啊，既然这样那咱们就走法律程序，我怀疑你们会馆与吕超被害案有关，需要对你们会馆进行搜查。半小时后，我会带着市局刑警队和搜查令过来，你们最好抓紧时间先安抚好你们的客人。”

付雪晴多一个字也不说，牛气哄哄地转身就走。把身旁的吴凡都搞蒙了。他俩这可是和卢广通顶着牛私自来调查的，付雪晴上哪儿去拿搜查令？

他偷偷问付雪晴：“万一人家不买账，岂不是麻烦了？”

“放心吧。五步之内她肯定叫我们。”

“她万一没叫呢？”

吴凡话音刚落，潘美媛急急忙忙跑过来把他俩拦住，态度来了个一百八十度大转弯，没有犹豫就同意了。

付雪晴得意扬扬地瞅了吴凡一眼，跟着潘美媛来到前台。

潘美媛恨得牙根直刺痒，也不敢发作，老老实实打开电脑，按照付雪晴的要求把会员名单都调了出来。

付雪晴的手机这时候又响起。

她掏出手机看了一眼，还是陆恒打来的，没工夫搭理他，正想挂了，却被吴凡一把抢了过去。

“两个人越是有矛盾越要解释沟通，这才是化解误会的办法。”吴凡很热心地开导付雪晴，随手就接听了手机，“是陆医生吧……我是谁呀，你听不出来吗？对，是我，付雪晴在我这里，你放心吧，她一切都好……”

潘美媛那边已经查出了结果，张爱明和邱晓杰居然都是这里的 VIP 会员。

潘美媛发现付雪晴目透异光，有点儿惊恐，解释道："这两个人的确都是我们的 VIP 会员，但是在我们这里办会员卡的只能来会所里消费，我们没有什么额外的服务项目。如果是他们犯了什么案子，那跟我们会所可没有任何关系啊。再说了，这两个人都有很长时间没来了。"

付雪晴不置可否，脑子里冒出着各种念头，索性都查了一遍。

她这边都查完了，吴凡那边电话还没打完呢，她抢下手机挂了，把他拽到附近无人的地方说："你还真猜对了，张爱明和邱晓杰都是这家养生会所的 VIP 会员。再加上在这里工作的吕超，这三个男人都有联系了。我还顺便查了一下那三个女人，她们倒没有人是这里的会员。"

吴凡点点头，"三个女人可能是他们在交友网站上，或者是其他什么方式认识的。主要是能找到这三个男人之间的联系就好办了。接下来就要具体查查这三个人之间的关系了。"

"表面上倒是看不出这三个人有什么关系，但是隐藏得越深不就反而越能说明有问题吗？"

"倒也不像想象中那么深……"吴凡若有所思地望着付雪晴身后。

付雪晴回头看了一眼，正巧看见前台有个迎宾小姐正偷偷往这边张望，看见付雪晴瞅她，急忙把目光移开了。

这个迎宾小姐正是刚才他们说的那个女人。

"你怀疑这个女人有问题？"付雪晴问。

"我上次查 IP 地址的时候，和她碰过面，她矢口否认自己和邱晓杰认识。不过，我在她的住处看见了笔记本电脑和 Wi-Fi 路由器，我怀疑邱晓杰就是用那个路由器跟白若琳在网上联系的。"

"那为什么这个女人不承认呢？"

"这个女人据她自己说是江州商学院的学生，我当时想，可能是她不想让自己和邱晓杰同居的消息传出去，不好意思说吧。但是现在看起来，也许未必那么简单。"

"你怀疑这个女人还知道更多事情？"

“谁知道呢，现在的年轻女孩都越来越看不透了，就算她跟案子没有关系，但也有可能是一个突破口。而且我一直在思考邱晓杰在这个案子究竟扮演着什么角色。”

“邱晓杰有什么特别吗？”

“我这两天一直都在琢磨这三个男人的作案模式，是谁促使他们产生这种古怪的犯罪念头呢？在多人犯罪中，经常会存在着‘头脑’，由他来计划犯罪，并说服他的同伙听从他的想法，一起实施犯罪。我虽然不太确定，但我一直怀疑这三起案件中是不是也存在着一个‘头脑’，或者说是犯罪主谋，我想来想去想到了邱晓杰。”

“为什么是邱晓杰，不是别人？”

“通过这一天的了解，我感觉吕超和张爱明都不是那种领袖型的人物。相比较而言，邱晓杰人脉广，各方面都能做得八面玲珑，一面能让富婆死心塌地，一面包养着女大学生，同时还能在网上找女人。可以看出他是一个极其虚荣，有着极强控制欲的男人，而且他还善于取得别人的信任。所以说他十分符合‘头脑’这个角色。而且他是最后一个作案的，作案手法也更加完善，符合‘头脑’罪犯的风格。”

“所以，你想通过这个女人来了解邱晓杰。”

“毕竟邱晓杰是在和她同居的出租屋里与白若琳联系的，而不是在和张萍住的地方，所以，我有点儿怀疑这个女人对邱晓杰的犯罪计划了解多少，或者说她有没有影响到邱晓杰犯罪，这些都还都是未知数。”

“那我们就查查这个女人，只可惜现在不能直接带回去审问。”

付雪晴正说着呢，就听门口的迎宾小姐莺啼燕哢地说了一声：“先生，欢迎光临，请问需要什么服务？”

“找人！”男顾客丢下一句。

不等迎宾小姐反应过来，男人已经越过她，大步走到付雪晴和吴凡这边。

付雪晴一看来人居然是陆恒，不禁愣住了。

她回头瞪了吴凡一眼，“你叫他来的？”

“天地良心，我怎么可能跟他说这种话？”

“那你说什么了？”

“我就说我们在一起查案子。他问在什么地方查，我说下午在洗浴中心一边泡澡一边查，晚上来到休闲会所了。我还想说点别的，你就把电话抢过去挂了，他就赶过来了。”

付雪晴再往陆恒脸上瞧，跟水萝卜一样，青得都发紫了。

吴凡又补充了一句：“其实他还是挺关心你的。”

付雪晴顿觉头上群鸦乱飞。

她一直觉得吴凡挺聪明的，现在才发现他在感情上简直跟头猪一样。只有高老庄的高小姐能喜欢这样的男人。

“没吃晚饭呢吧，走吧。”陆恒强压怒火地说道。

付雪晴还记着俩人闹别扭呢，“我还有案子没查完呢，你先……”

陆恒二话不说，抓起付雪晴的手腕就往外走。付雪晴没想到这个文质彬彬的家伙如此粗暴，完全没有心理准备，稀里糊涂就被拽走了。

吴凡掐腰瞧着他俩，不觉好笑，陆恒还没忘了偷偷朝他竖起大拇指。

吴凡心知肚明，就付雪晴这犟脾气，不用点特殊手段还不知道要和陆恒冷战到什么时候呢。

他背着手走出会所大门口，发现陆恒和付雪晴已经上了陆恒的敞篷跑车，瞅那架势是言归于好了。

他紧追几步想跟着一起蹭顿饭，没想到陆恒头都没回，一脚油门两个人一溜烟就没影了。

吴凡有点儿蒙，挠挠脸，摸摸肚子，“不是，你小子用完我这就完事了？我也没吃饭呢。”

第二天，江州商学院。

吴凡和付雪晴找到了经济管理系的教导员洛光达，一个四十多岁，前额有些微秃的副教授。

付雪晴开门见山，向他打听一个叫肖亚楠的女学生。

一听这个名字，洛教授愣了一下，扶了扶鼻梁上的眼镜，有些迟疑地问：“这个女学生是我们这里的学生，她有什么问题吗？”

“我想详细了解一下这个女学生的基本情况，主要是家庭方面，还有人际关系方面，也包括感情方面。”

洛教授说：“我对她的情况不太了解，就知道她是单亲家庭，好像父亲很早就去世了，跟妈妈在一起长大。但是这个女孩很要强，学习也很刻苦，年年都能拿奖学金，是学生会的学习部长……”

“这么看来，这个女生还是一个优秀学生了。”

“是呀。”说到这里，洛教授露出一丝不解，“就因为这样，我才不太明白，为什么你们警察会来打听她的情况。出了什么状况吗？”

付雪晴不方便直说，换了个问题：“那么这个女生在男女方面有没有出现过什么问题？”

洛教授猝不及防，一下被问住了，看了看办公室里的其他老师，好半天才说：“这个……虽然我是教导员，可是不太了解学生们的私事。”

“那她有男朋友吗？”

“这个我就更不知道了。”

吴凡这时候插了一句嘴：“那么能不能麻烦洛教授帮忙打听一下她男朋友是谁，我们想和他聊聊，当然最好先不要让肖亚楠知道。”

这可给洛光达出了一个大难题。

他为难地摘下眼镜擦了擦，站起身出了办公室。

过了一会儿，他回来了，对付雪晴和吴凡说：“我打听了一圈，这个女学生好像还没有男朋友。”

“您确定吗？”吴凡问。

“我只是帮二位打听。至于实际怎么样我怎么知道？”洛光达让吴凡逼问得有些愠怒了。

“好了。我们没有什么可问的了。”

吴凡说完拉起付雪晴就走，付雪晴还有很多话没问呢，莫名其妙被他拽到了办公楼下。

“没问完呢，你怎么把我拉出来了？”付雪晴埋怨吴凡，“现在肖亚楠还不是犯罪嫌疑人呢，我们根本没办法直接提审她，接下来怎么办，难不成现在就去找她当面对质？”

“慢点，慢点，您先消消气。”吴凡笑嘻嘻地劝她，“昨天和陆恒破镜重圆，发生点什么插曲没有？”

一抹绯红闪过，付雪晴脸色更黑，“我跟你说正经的呢。”

“好好，说正经的。”吴凡摸了摸下巴，“我怎么感觉那个洛教授没有全说实话呢？你开始一提到肖亚楠的名字，他反应就有点儿明显。我还以为他知道什么消息呢，没想到之后一问三不知。他嘴上说自己不了解肖亚楠，但是对她的个人状况又比较了解，我感觉他好像故意隐瞒了一些东西。”

付雪晴想了想，“这个人刚才说话确实有些遮遮掩掩，也许是当着办公室其他老师的面不好开口。不过眼下除了他之外，我们也不好向其他学生打听肖亚楠的隐私，毕竟人家也不是犯罪嫌疑人。”

“要不我们换个时间和这个洛教授再碰一面？”

傍晚 7 点钟。

洛光达正坐在客厅沙发上翻看学术论文，老婆在厨房里做饭，门铃响了两声。

老婆在围裙上擦擦手，过去开门。

洛光达随口问了一句：“是我学生吗？”

老婆有点儿困惑地走过来对他说：“是两个警察。”

“警察？”洛光达刚一抬头，就看见了付雪晴和吴凡。

他惊愕地望着他们，失神了好几秒钟。

“不好意思，又来打搅您了，洛教授。”付雪晴客客气气地说。

洛光达这才回过神来，原本温文尔雅的一个人马上沉下脸，脑门上笼罩着一股怒气，“我说二位民警同志，今天你们在我学校里莫名其妙地问了我两个小时，我该说的全都说了。现在大晚上你们又跑到我家里来，是不是有点儿过分了？”

“我们只是想多了解一些关于肖亚楠的事情。”

“我知道的我在学校都已经告诉你们了，你们还想知道什么？”

“我们感觉或许您当时在办公室，当着其他老师的面有些话碍于开口，所以才想跟你私下里聊聊。”

“拜托，二位民警同志，你们想太多了，她就是一个普普通通的学生，至于你们两个警察大晚上的到我这里来刨根问底吗？除非是她犯了法，看样子也不像，要不然你们就直接抓她了，也不会特意找我，我说得没错吧？”

这一下倒是戳中了付雪晴和吴凡的软肋，付雪晴瞅了瞅吴凡，犹豫着要不要向洛光达多透露一点情况。

这时候，正从厨房端着菜出来的洛光达老婆无心地插了一句嘴：“不就是那个叫肖亚楠的女学生吗？我就说她早晚得折腾出事来，让我说着了吧。”

“你知道什么，在这里瞎掺和？”洛光达吼了她一句，“赶紧做饭去！”

女人撇撇嘴，往厨房走。

付雪晴笑着对洛光达说：“连你爱人都知道这个肖亚楠吗，看来这个女生还挺有知名度的。”

“我老婆碎嘴，就是顺嘴瞎说，你们别当回事。”

他话音刚落，他老婆转身又回来了，不满道：“什么叫我顺嘴瞎说？老洛，你护着你学生我能理解，但你也不能这么说我吧。我怎么知道的肖亚楠，她的事不还都是你告诉我的吗？在你嘴里她可不是一个普普通通的女学生。”

“喂，你能不能不要乱说！”

“有什么不能说的。”洛光达老婆还来劲儿了，“你以为你瞒得了吗？她该是什么样的人，人家警察去学校一打听就知道了。你不过就是一个老师而已，又不是她爹妈，替她担心纯属闲得。”

洛光达让老婆抢白得脸红脖子粗，不吭声了。

付雪晴看他俩争吵，已然品出了一些东西，问道："这个肖亚楠有什么问题吗？"

"那个女人没男人活不了。"洛光达老婆讥笑一声。

"你说话注意措辞。"洛光达尴尬地提醒她。

"你是说这个女生很随便？"付雪晴问。

"可不是'随便'这么简单。"洛光达老婆露出十分八卦的表情，"这个女学生每次谈恋爱都谈得死去活来的，光自杀就自杀了两次吧。"

"有这种事？这是什么时候的事情？"

洛光达老婆瞅瞅丈夫，说："第一次自杀是前年还是去年来着？"

"前年。"洛光达无可奈何道，"她和同系一个男生处对象，那个男生后来喜欢上别的女生，要和她分手，结果她一时想不开，大半夜的在宿舍用水果刀割腕，幸亏发现得及时才没有酿成大祸。其实这个学生平时表现还挺不错的，学习成绩好，在学生会做得也很不错，就是年轻，心理脆弱了点儿。"

"她哪里是脆弱，她那是心理有问题。"洛光达老婆嗤之以鼻，"今年年初，她不是又和校外不三不四的人扯到了一起吗？结果又让人家甩了，这女孩就又自杀了。这一次她玩得更过火，跑到没人住的寝室关上门玩烧炭自杀，要不是让宿管发现了，这回绝对小命都没了。"

看到付雪晴和吴凡满脸愕然，洛光达老婆似乎还嫌不够劲爆，叵测地笑了笑，"我记得当时都半夜了，光达接到宿管打来的电话，大晚上的急急忙忙跑去医院了。那女生倒是没什么事，可是医生一检查却有了意外发现，她居然还怀着孕呢。你说这叫什么事？"

付雪晴和吴凡互相看了看，想不到这个肖亚楠还真挺那个啥。

老婆都说到这个份上了，洛光达只好对付雪晴和吴凡说："这件事也让校方很头痛，一旦消息散布出去，这女生的名誉就全没了。肖亚楠平时表现还是很好的，我也不忍心让她的人生就这样毁了，就私下里和校领导商量保密，肖亚楠后来自己偷偷做了人流，这件事也就瞒了下来。所以，你们今天找我打听肖亚楠，我才不愿意说。"

付雪晴点头表示理解，想到了一件事，“我还有个问题，洛教授，听您爱人刚才说，肖亚楠第二次自杀是在今年年初，而且交往的还是校外人士，那你知道那个人是做什么的吗？”

洛光达不住地摇头，“这个我还真不太清楚。”

“那么她有没有说起过这个人，或者提到过一个叫吕超的人。”

“我倒是问过，好像……好像是一个叫什么超的，还在什么会所当经理，但是具体情况她不愿意说，我也不方便问。”

“那她说起过邱晓杰和张爱明这两个人名吗？”

“从来没有。”

“好吧，那她现在情况怎么样？”

“那件事之后她回到学校，还是挺老实的，没再出什么问题。”

“那您知不知道她现在有没有新交往的男友呢？”

“这个问题付警官好像在学校问过我一次吧，我当时说的是实话，没听她说过有男朋友，至少在学校从来没有和她走得很近的男生……”

说到这里，洛光达露出一丝猜疑，“付警官，我其实也有点儿好奇，您特意跑来打听这个女生的情况，到底是因为什么啊？”

付雪晴稍稍有些迟疑，“其实，我们正在调查一起连环杀人案，或许和肖亚楠有些关系。”

“你说肖亚楠杀人？”洛光达难掩震惊，连连摇头，“这怎么可能呢？她就是一个小女生，就算是行为上有些任性，还不至于去杀人吧？”

“我的意思并不是说她杀人，也可能是她无意中被牵扯到了案子里。您知道吗，她现在并不住校，在校外租了一间房子。虽然是以她的名字租的，但是据我们了解，她其实是在和一个叫邱晓杰的歌手同居……”

洛光达完全听傻了，呆呆地望着付雪晴。

# 第十章　爱的需要

洛光达老婆插嘴，讥笑道："这有什么稀奇的，江山易改本性难移，这个女人就是离不开男人，没有男人，她心里就痒痒。看着吧，她还得自杀。"

"别瞎说。"洛光达喝止老婆。

该了解的也了解得差不多了，付雪晴和吴凡离开洛教授家。

来到楼下，付雪晴说："我觉得肖亚楠的第二个男友，就是至尊养生会所的公关经理吕超。这和潘美媛的话完全吻合，潘美媛不是说过，吕超和肖亚楠谈过几个月恋爱，之后吕超便把她抛弃与潘美媛好上了吗，应该就是那件事导致肖亚楠自杀的吧？"

吴凡反问了一句："那你觉得她的经历与这三起案件之间有没有关联呢？"

付雪晴愁眉不展，"这个我还真想不透，这个肖亚楠的存在感实在太弱了。她在和男人交往中也完全处于被动。也许就因为这样，邱晓杰才有恃无恐地在和她同居的同时还勾搭你女朋友……"

她话一出口就发现吴凡脸拉老长，才意识到自己说错话了，难为情地眯眼笑笑。

吴凡沉默了片刻，说："其实，我还发现了一件事。今天在至尊养生会所，肖亚楠给我们端咖啡的时候，不知道你有没有注意到她……"

他正要往下说呢，一辆红色的敞篷小跑车亮着车灯开到眼前，陆恒探出头，对付雪晴说："查了一天案子累坏了吧？上车吧，今天想去吃点什么？"

"我都说不用你来了，我自己又不是没有车，就停在小区门口。"付雪晴很矫情地说道。

"那能一样吗？现在你需要一个专车司机。上车吧，对了，把车钥匙给我。"

“干什么？”付雪晴掏出车钥匙交给陆恒。

“接着。”陆恒把钥匙扔给吴凡，“麻烦吴兄弟先开她车回家。明天一早去她家接她就行了。”

吴凡指着自己鼻子，“不是。我晚上也没吃饭呢。”

“你太破坏气氛，在路边随便买点不就行了。”陆恒可恶地笑了笑，根本就没心思搭理吴凡，等付雪晴一上车，他一脚油门就跑没影了。

扬起的灰尘呛得吴凡连打几个喷嚏，恨不能跨上汗血宝马追上这家伙捶他一顿。早知道是这么个重色轻友的浑蛋，就不帮他了。

吴凡憋了一肚子气回到家，一看欧阳姗姗正捧着一个全家桶在那儿龇牙咧嘴地啃炸鸡翅呢。

她现在有吴凡家的钥匙，一放学就过来，跟回自己家一样。

吴凡伸手从全家桶里拽出一个炸鸡腿，犒劳一下郁闷的自己。

“今天又和小雪姐姐出去查案子了？”

“嗯。”吴凡咬了一大口鸡腿。

“你俩感情进展得怎么样了？”

吴凡这一口还没咽下去就噎到了。

欧阳姗姗看着他又捶前胸又拍后背的，狐疑地问：“你晚上没跟她一起吃饭就回来了？要想追女孩子可不能太抠啊。”

“她和陆恒一起去吃饭了。”吴凡不住地咳嗽，得空喘上一口气说。

“她和陆恒？”欧阳姗姗惊讶的嘴巴张得老大，“他俩怎么还没断呢？”

吴凡只顾着吃鸡腿，没敢告诉她是自己把那两个人撮合到一起的。

“难道是我估计错了？”欧阳姗姗捏着尖下颏深思熟虑，“我以为付雪晴是个心气很高，正义感很强的女人。我上次都把陆恒人品败成那样了，她怎么还会跟这个渣男在一起呢，没道理呀！”

“我说你就别跟着瞎操心了。”

吴凡又拿出一个鸡翅膀，却被欧阳姗姗抢走，“那怎么行，这可关系到爹地的终身大事，我怎么能不操心！”

她狠狠咬了一口鸡翅膀，紧绷小脸，一副如临大敌的模样，“这个陆恒肯定是个情场老手。他说不定今天晚上就把小雪姐姐拿下了呢，那形势对你就更不利了。看来我们得换一种套路了。她看起来心肠还算软，爹地，你会卖惨吗？”

“你还是饶了我吧。”吴凡捂着脑袋躲进屋关上门。

“要不霸王硬上弓呢？”欧阳姗姗拍着门，兴致勃勃地建议，“别看陆恒长得比你好，但你可以比他更有男人味呐，心软的女人就喜欢这种硬来的。”

“拉倒吧，你知道她身手多厉害。”

“啊？这样啊，那我可得好好谋划一番。”欧阳姗姗叼着鸡翅膀进卫生间方便去了。

吴凡趁机溜出来想顺点吃的回屋，拿起全家桶一看，就剩骨头了，连点肉渣都没剩。

他气得把全家桶一扔，把桌上喝剩半瓶的可乐一口气干了，灌个水饱，打着嗝回屋睡觉去了。

次日。

吴凡开着付雪晴的车来到她家门口等她，给她发了一条短信。

付雪晴随后下了楼，拉开车门上了车，吴凡偷偷瞧她，咳嗽了两声，装作不经意地问：“昨天晚上你们还愉快吧？”

“还行吧。”

他忍不住小声劝道：“其实呢，你也用不着太着急，感情这种事还需要循序渐进才能稳固。陆恒人虽然不坏，就是感情经历上比较丰富，对这样的男人不能太纵容他，关键时刻要敢于拒绝……”

“你一个人在那儿嘟嘟哝哝嘀咕什么呢？”付雪晴奇怪地看了看他，“快开车，今天还有不少事情要做呢。”

“哦，好，好。”吴凡急忙发动轿车，问付雪晴，“现在你要去哪儿，接着去调查肖亚楠吗？”

“先去警队吧。”付雪晴随后提到了昨天晚上，“昨天我和陆恒聊了不少咱们查案的事情。”

“是吗？”吴凡随口应着。

“我对他说起肖亚楠，他对这个女大学生很感兴趣。”

“感兴趣？”

“他听我说了肖亚楠因为谈恋爱先后两次自杀，他认为这个女人并不是心理脆弱那么简单，而是有一种病态人格。”

“病态人格？”

付雪晴掏出手机打开一段录音，里面传出了陆恒的声音，“这个女人只有对爱的病态需要，这是一种神经症人格。在病态的爱中，最主要的感受乃是安全感的需要，爱的错觉不过是次要的感受。这种病态人格的产生很大程度上是受到单亲家庭的环境影响。这种对爱的病态需要通常包括两方面——需要爱的强迫性和需要爱的永不知足……

“简单点儿说，正常人谈恋爱是由于能从爱与被爱中感到愉快。但是肖亚楠这类人是必须被爱，甚至会不惜一切代价，就好像她把‘爱’当成了一种生存的粮食，不在乎被谁爱，而是一定要被爱。所以他们经常会表现出为了爱放弃一切的极端做法，或者通过表现自身的痛苦来乞求对方的怜悯。因此，肖亚楠的自杀行为就不足为奇了。”

录音结束，吴凡陷入了思索，喃喃自语，重复着陆恒的话：“极端行为……极端行为……”

“但我现在始终搞不懂一件事。”付雪晴说，“我们现在基本上找到了这三起案件的联系，就是这个肖亚楠。但是这个肖亚楠对案件究竟有没有影响呢？让人实在搞不懂。我和陆恒昨天晚上也聊了很久，他也没有更好的想法。”

“那你现在打算怎么办？”

“刑警队那边，我找了两个人帮我，这两天去了一趟受理张爱明和吕超被杀案的两个分局，了解了一些案件情况，这两起案子破案比较快，所以他们对被害人的调查都比较有限，对犯罪嫌疑人的调查倒是很详细。我已经把周秀娜和董倩的手机和电脑都拿回刑警队了。你之前不是在白若琳的手机里发现了她和邱晓杰的聊天记录吗？我觉得在周秀娜和董倩那里也应该能找到这样的聊天记录，现在没有别的线索，只能重新看看聊天记录，看看能不能有新发现。”

吴凡没再多说什么，两个人一路沉默，来到了刑警队。

一到刑警队，两人便被卢广通叫进了办公室。

卢广通看见他们，脸上露出少见的笑容，“你们还在查吗？这两天查得怎么样了？”

付雪晴微微一怔，没想到卢广通会对他们的调查感兴趣。

她据实说：“正在查三名死者之间的联系，目前可以确定这三个人都和一家叫至尊休闲会所的地方有关系。吕超是会所的公关经理，邱晓杰和张爱明是会所的 VIP 会员。”

“那你们查到他们作案的动机了吗？不，应该是他们为什么要引诱别人去杀他们，搞明白了吗？”

“这个问题暂时还没有弄清楚，我们需要进一步调查。”

“好吧。”卢广通抿了抿嘴唇，拍了一下巴掌，“姑且不说我赞不赞成你的想法，我也知道你是一个做事很认真的好警察，你父亲也对你寄予厚望。那我单纯就从一个老大哥的角度给你一些忠告，小付，其实很多时候做事可以不用那么特立独行的，任何工作都有自己的行为逻辑，你只要遵循就好。有时候太固执己见反而容易事与愿违……”

“我不太明白卢队你的意思，不妨明说吧。”

卢广通打个哈哈，“其实简单说起来也很简单，犯罪嫌疑人白若琳已经落网了。”

“她落网了？”付雪晴偷眼看了看身旁的吴凡，“什么时候的事情？”

“昨天晚上，这个女人估计是兜里没钱了，偷偷去银行取钱，被我们发现了……”卢广通说着，有意无意地看向吴凡，“所以说法网恢恢，疏而不漏。不管这个罪犯有多狡猾，有多少人助纣为虐，到头来还是要接受法律的制裁。”

吴凡没吭声，甚至脸上连一点表情都没有。

付雪晴岔开话题，问卢广通：“那白若琳认罪了吗？”

卢广通满不在意地咧嘴笑笑，“有多少罪犯会轻易认罪的？她当然是不停地喊冤了，我倒是想看看她能撑多久。”

吴凡没再继续往下听，转身离开了卢广通的办公室。

付雪晴随后跟了出来，看见他站在走廊里，走过去问：“你没事吧？”

吴凡叹口气，“没什么，该来的总归要来，该面对的总归要面对，我从来没想过她能躲藏一辈子。”

“要不要我让你见见她，这个忙我还是可以帮的。”

“不必了。现在还是不见为好……”

付雪晴拍拍他肩膀，“那就继续查案吧。”

吴凡点点头。

由于是私下调查，付雪晴比较低调，带着吴凡直接来物证科找赵楠。

赵楠这两天正在整理从分局收集上来的资料，忙得焦头烂额。

这些都是张爱明被杀案和吕超被杀案的卷宗。

赵楠告诉吴凡和付雪晴，两个分局对被害人调查的比较少，对于犯罪嫌疑人的调查则十分详细。这三个犯罪嫌疑人在案发前并未表现出很明显的作案意图，她们周围的人也都没有发现什么异常。最大的疑问是关于她们的作案动机，两个分局各有解释，一个说周秀娜是为了报复前男友而泄愤杀人，一个说董倩是因为沉溺不良网站导致心理扭曲而杀人。但这些解释都缺少足够的证据支撑。

吴凡这时候忽然灵机一动，对赵楠说：“那你能不能通过这两个女人的聊天工具，查一查张爱明和吕超的 IP 地址？”

赵楠微微一怔，“可以呀，不过这有什么用吗？”

“你先查一查再说。”吴凡现在也说不清，不过他之前就是用这个办法找到邱晓杰和肖亚楠的出租房的。

在吴凡的催促下，赵楠拿出了周秀娜和董倩用过的手机和笔记本电脑，这些都是两个分局收集的物证。对她来说查个 IP 地址是小菜一碟。

没过一会儿，她忽然惊呼一声：“怎么会这样，真奇怪……”

“出什么问题了？”付雪晴忙问。

赵楠脸上还带着惊讶，瞅着一桌子的笔记本电脑和手机，说：“周秀娜和董倩是在交友论坛上分别与张爱明和吕超聊天联系的，张爱明和吕超的网名分别是‘海阔天空’和‘魔笛 sky’，但是我刚才查他们的账户时发现，他们的注册 IP 居然完全一样。”

“什么是注册 IP？”

“就是张爱明和吕超在交友论坛注册账号所用的 IP 地址。可是他俩注册的是完全不同的两个论坛啊。”

“有什么可能出现这种状况？”

“那就是他们两个人共用了相同的宽带路由器注册的账户。”

“共用路由器？”付雪晴也相当吃惊，她思索着说，“难道这就是他们之间的联系，在一起上网，交往不同的女人，分享彼此的犯罪计划？”

“稍等一下。”吴凡忽然猛然间想到一件事，打断了她们。

他急忙掏出手机打电话给还在上课的欧阳姗姗，还故意调成扩音模式，让付雪晴和赵楠也能听清楚。

“想我啦爹地？”手机里传来欧阳姗姗笑嘻嘻的声音。

吴凡可没工夫跟她玩闹，“我问你正经的，你不是记忆力很好吗，那你还记不记头些日子，我让你帮忙查一个叫龙哥的人……”

欧阳姗姗纠正道：“我不是记忆力很好，我是过目不忘。你说的那个龙哥，不是和白若琳约会的那个男的吗，他们是在佳缘珍恋网认识的。那个龙哥要和白若琳见面，还很不要脸地把事说得冠冕堂皇。他对白若琳说，‘你不用多心，我根本就不在乎这个……至于你是什么人，我是什么人，这些都无关紧要。我们就是两条平行线，你有你的生活，我有我的生活，网络给了我们一个虚拟的世界，我们就在这个世界里释放一下压抑的心灵……’还有……”

欧阳姗姗把龙哥的话一字不差地复述出来，付雪晴和赵楠满脸尴尬，吴凡差点儿没喷血。

他急忙打断道：“行了，行了，你别说没用的。我就问你，龙哥的 IP 地址还记得吗？”

“你是指访问 IP，还是注册 IP？访问 IP 是 192.168.0.1，注册 IP 是 119.128.241.2。”

"对，就是这个。"

吴凡回头问赵楠："她说的注册 IP 和张爱明、吕超的注册 IP 一样吗？"

"完全一样。"赵楠说。

三个被害人居然会用使用同一个注册 IP。

付雪晴嘘一口气，"总算找到这三个男人的联系了。用同一个路由器上网，必然是合谋作案。还有，这个路由器的地址不就是邱晓杰的出租屋吗？这就意味着他们就是在那个出租屋里谋划犯罪的，吴凡说得没错，邱晓杰就是他们的'头脑'，他把两个同伙找到自己家里，一起在网上勾引目标，商量对策，所以，他们的作案手段也异常相似。"

付雪晴用钦佩的目光望着吴凡，笑道："你这次犯罪侧写还真是准确。与你预测的几乎完全一样。"

吴凡手机忘了关，欧阳姗姗那边还听着呢，这时候急忙插嘴，故意大嗓门生怕别人听不到，"那是，我爹地可是优质男啊，比起那些徒有外表连小朋友都欺负的男人不知道要强多少呢。"

吴凡却面无表情，不知道在想什么，似乎根本没听到两个女人在夸自己。

"你怎么了？"付雪晴问他。

吴凡犹犹豫豫地说："我在想，这三个男人如果都聚在邱晓杰的出租屋里谋划作案，还要花费时间选择目标。那么肯定躲不开和邱晓杰住在一起的肖亚楠啊。这个肖亚楠是被吕超抛弃后才跟的邱晓杰，她还为吕超自杀过。你说她还能忍受和吕超同处一个屋檐下，和自己的男友亲密相处？陆恒说这个女人有病态的求爱需要，难道她连这个都能忍吗？"

"这个就不太好说了。恐怕也只有肖亚楠自己清楚。"

"那你觉得肖亚楠对这起连环案子又知道多少呢？难道她对一切都一清二楚，却一直隐藏在心里？"

"你不是去过邱晓杰的出租屋，和这个女孩接触过吗？"付雪晴说，"你对她有什么印象？"

# 第十一章　坐莲诡吊

吴凡不禁回忆起那天的情景，说："那个出租屋看起来倒并不像一个犯罪窝点，我特意观察过，里面只有女士用具，收拾得也十分整洁干净，肖亚楠说那个房子是她自己一个人租的，我当时虽然不太相信，但也确实没有发现其他人住过的痕迹。我故意试探了她几句话，她矢口否认自己认识邱晓杰，我想，也有可能她本人意识到了邱晓杰他们是在犯罪，特意收拾过屋子，去除了痕迹。"

付雪晴想了想说："我对这个女人没有太多了解，在至尊养生会所看过她几眼，没太在意，就是感觉她应该是把你认出来了，还带着猜疑偷偷打量我们。如果说她心里没鬼，我肯定不相信。或许这个女孩并没有参与到案子里，她只是一个目击者而已。也许，她就是解开这个案子的钥匙。"

"好吧，就算这个女人能古怪到忍受抛弃自己的前男友和现男友同处。但是我还想到一个很矛盾的地方。你说肖亚楠既然对爱有病态似的需求，分手都能导致自杀的话，那她为什么纵容邱晓杰进行这么荒唐的计划呢？关键是邱晓杰一旦死了，对她来说，不等于是又一次被抛弃吗？她前两次都自杀了，为什么这一次能如此平静地接受呢？如果说邱晓杰隐瞒了她，可是张爱明和吕超先后已经死了，难道她一点都不知情？一点都没有怀疑过？"

付雪晴沉默了，和吴凡互相注视了一会儿，"我觉得有必要马上见见这个女学生了。不管是什么原因，她肯定知道一些真相。"

付雪晴开车载着吴凡飞快地赶往江州商务学院。

他们找到导员洛光达，让他马上把肖亚楠找来。洛光达好奇地打听了几句也没问出什么，不明就里地离开了办公室。

过了能有半个小时，他一个人回来了，神情有些焦虑。

“肖亚楠人呢？”付雪晴问他。

“不清楚，我打听了和她关系比较密切的几个学生，说她已经两天没来学校了。我给她打手机，也一直没人接。”

“学生不来学校你都不知道？”

洛光达露出一些窘态，摘下眼镜擦了擦，“警察同志，这里毕竟是大学，学生也差不多都是成年人了，也不能像中学生小学生那样整天看着。说实话，平时旷课的学生多了去了，我又能怎么办？不过话说回来，肖亚楠倒是极少旷课，她平时还是蛮自律的。”

洛光达还想解释更多，付雪晴没工夫听，她忽然想起自己兜里还有一张至尊休闲会所前台经理潘美媛的名片，她摸摸衣兜找到了那张名片，给潘美媛打了一通电话。

“哪位呀？”话筒那边传来潘美媛趾高气扬的声音。

一听是付雪晴打来的，她马上换成一副惺惺作态的腔调，对付雪晴说：“肖亚楠在我们这里干的是兼职，周六或者周日白班，平时二三四五做下午班，昨天周五，她就没来。今天周六该她班，她也没来。”

“那她没向你请假吗？”

“没有哇，我还挺生气呢，可是打电话她也不接啊。正想着把她开了呢。”

“那她这两天有什么反常吗？”

潘美媛在电话那头想了想，“倒也没有什么反常的，如果一定说有，也就是你们来的那天晚上，你们离开之后，这姑娘居然主动找我打听你们来干什么。其实我俩都很少说话的，她那天格外殷勤，真是破天荒第一次。”

“是吗……”付雪晴琢磨了一下，“那你怎么跟她说的？”

“我也没说什么，我就说你们来打听吕超被杀的事情。我还故意刺激了她一句，我说‘你不是跟吕超处过吗，警察还特意打听你的情况了’。我本来就想吓唬吓唬她，哪知道她脸色马上就变了。我就问她‘是不是瞒着什么秘密，警察说不定马上就要查到你了，你可得小心’就把她吓得没脉了。我当时就是图个乐子，没想到她第二天就没来，难道还能是我说话太重，刺激到她了？”

付雪晴没再往下问，她对吴凡说：“肖亚楠既不在学校，也不在打工的地方，就我们对她的了解，她最可能待的地方就剩下出租屋了，我们得过去看看。”

清源街东庄桥南 38 号 7 单元 7 层 14 号。

这里距离江州商学院很近，是邱晓杰为了和肖亚楠同居，在她大学旁边偷偷租的房子，也是邱晓杰策划凶杀案的地点。

付雪晴和吴凡现在最感到困惑的地方，就是邱晓杰等人违反常理的作案动机。他们花费心思设计了这样一个圈套，最后却把自己杀死了，实在令人匪夷所思。

经过这两天的调查，他们终于找出了三个男人的连接点——肖亚楠。

她是最有可能知道真相的人，找到她，案子也就真相大白了。

“开门，肖亚楠。我们知道你在家。”付雪晴按了几次门铃都无人答应，索性大声说道。

里面还是没有人吭声。

倒把隔壁的邻居给喊出来了，是一对老夫妻，问付雪晴出了什么事。

付雪晴亮出身份，问他们知不知道住在隔壁的女孩在不在家。

老太太想了想说：“好像是昨天下午回来的。”

“您怎么知道，您见过她？”付雪晴问。

“这个楼隔音不好，进出关门的时候声音稍微大点儿，在屋里就能听到。”

“那她后来又出去了吗？”

“这个啊……我和老头睡得都早，如果她出去那也应该是很晚了。这个女孩有时候回来早，有时候回来晚，不过差不多天天都回来吧。有时候还有男人来呢。”

“都是什么男人来？”

“这个我就不知道了。有时候能听见隔壁传来她和男人的笑声，感觉应该是她男朋友吧。我在小区里也见过几次她和一个男人在一起，我老花眼，也看不太清楚，不过肯定是个男人没错。”

她说的那个男人八成就是邱晓杰，付雪晴没有多问，她想了想，问老太太：“你们家有没有窗户和对面的阳台紧挨着？”

“有啊，就是东屋，怎么了？”

“我想借用一下。”

还没等老太太想明白怎么一回事，付雪晴已经走进老太太家的东屋。

她拉开窗户，跨到窗台上，探出身子往窗外看了看，距离对面的阳台确实很近，幸亏还没封窗户。

付雪晴踩着窗外用来放花盆的铝合金花架，试了试能站稳，深吸口气，突然加速，跃到了对面阳台上，伸脚一踩水泥边沿，顺势落在了阳台里。

吴凡站在屋里惊出一身冷汗。这姑娘还真是个虎妞！难怪人家年纪轻轻能当刑警队长，关键时刻真敢玩命啊。

他也想过去看看，但他可没胆子从 7 层的窗户蹦过去。

过了足有五分钟，付雪晴才把肖亚楠出租屋的防盗门从里面打开。

吴凡看她脸色不太对劲儿，问道：“怎么了？”

“你自己进来看看吧。”付雪晴扔下一句话，转身进到屋里。

吴凡跟在她身后，他之前来过一次，对这里的格局并不陌生。他环顾四周，房间里的陈设和他之前来没有什么改变。如果不是已经了解了底细，还真无法想象这里会是连环罪犯的窝点。

走过客厅，他有意站了站，目光落在了墙脚的电脑桌上。

桌上放着一台打开的白色笔记本电脑。

吴凡正望着那台笔记本电脑微微发怔，付雪晴站在卧室门口唤他："还不快过来！"

吴凡赶紧走过去，当卧室里的情景映入眼帘，强烈的视觉冲击把他钉在了那里。

肖亚楠就在房间里。

她穿着一身白色的睡衣，赤着双脚，盘腿坐在床上，仿佛在耐心等待着情人到来。可来的却是付雪晴和吴凡。

此时肖亚楠已经回答不了任何问题了。

她的脖子上勒着一根紧缩的呢绒绳套，绳套的另一端拴在一颗钉在墙上的钉头上。

吴凡走过去想碰碰她，付雪晴说："她已经死了。"

"就这么死了？"吴凡难以置信地望着肖亚楠已经僵硬的尸体，"这是自杀，还是他杀？"

"我也从来没见过这么离奇的死法。"付雪晴说，"我已经给田鹏刚打电话了，他很快就能赶过来。"

她顿了顿，唏嘘道："陆恒不是说过，她对'爱'的病态需要让她在每一次恋爱中都要用最极端的自杀方式来表达吗？难道这一次她终于如愿以偿了？"

吴凡没说什么，开始在房间里翻箱倒柜地似乎在寻找什么东西。他把屋里屋外都找遍了，甚至连卫生间都没有落下。

"你在找什么？"付雪晴问他。

"笔记本电脑，一个黑色的笔记本电脑。"

"这有什么重要的吗？"

"我上次来的时候，看见客厅桌上放的就是一台黑色笔记本。但是现在却变成了白色的。我把这里都找遍了，也没有发现那台，我现在有点儿怀疑肖亚楠是被谋杀的。”

“谋杀……”付雪晴吃了一惊，转念一想又有点儿疑惑，“你为什么会这么说，就因为她换了一台笔记本电脑就推测是谋杀，这个理由不够充分啊。”

“我上次是根据邱晓杰的 IP 地址找到这里的，看到那台黑色笔记本时，我马上就想到邱晓杰是用它来登录交友论坛和白若琳聊天的。而且那是一款商务笔记本电脑，大多是商务人士或者男性偏爱它，肖亚楠这种念书的女学生应该更喜欢白色这类比较个性化的。再说我上次来的时候邱晓杰刚刚被杀，肖亚楠或许还不知道他的死讯，也没有意识到邱晓杰的笔记本是重要的物证，所以那台笔记本依然放在那里，但是现在那个黑色的笔记本电脑却不见了，假如是肖亚楠觉得没用收起来了，那肯定在这个房间里能够找到才对，除非是被什么人带走了。”

“如果是她觉得没用卖了呢？或者放在了其他地方？”

吴凡摇了一下头，“我觉得可能性不大，肖亚楠是个对‘被爱’有着病态需要的人。邱晓杰的死会给她带来很大打击，她不会在这么短的时间里就恢复过来，至少也会把他的日常物品保留一段时间，等到她下一次‘被爱’开始为止。”

半小时后，体态硕大的田鹏刚呼哧带喘地推门走进来，嘴里还闲不住地抱怨道：“最讨厌这种老房子了，连个电梯都没有，上个楼跟爬山似的。”

他一瞧见付雪晴，就满脸堆笑道：“付队，你最近越来越水灵了。谈恋爱的女人都这样吗？”

这话跟这气氛一点都不搭。

付雪晴扯扯嘴角，勉强笑了一下。

田鹏刚忽然露出一丝腼腆，用手掩着嘴低声问：“我最近发现罗巧珍也越来越漂亮了。她现在身边除了我也没有别的男人呀，你说她会不会是喜欢上我了？”

“这个啊……”付雪晴一时不知该如何回答。

站在田鹏刚身后的吴凡插嘴道："那个案子都过去多久了，你怎么还在纠缠人家？"

"你能不能别躲在人家身后说话？"田鹏刚翻楞两颗小眼仁疾恶如仇地给了吴凡一个大白眼，"我跟罗巧珍怎么了，我那怎么叫纠缠，我那叫扶危济困好不好？你说她一个女孩子，刚死了男人，正是无依无靠的时候。我这人心肠软，最看不得别人受难了。"

吴凡冷笑，"人家愿不愿意被你扶危济困还另说呢。"

"说什么呢，我可没有强逼她跟我好，她喜不喜欢我是她的事情，我就是对她好怎么了？"田鹏刚一下被激起了火，撸胳膊挽袖子来劲儿了。

吴凡瞧着他跃跃欲试的吨位，犹豫还要不要反驳两句。

付雪晴实在忍无可忍了，"你们两个怎么一见面就掐，是不是都没有正经事干了！"

吴凡和田鹏刚你瞅瞅我，我瞅瞅你，四个鼻眼对着哼了一声，谁都懒得搭理谁。

田鹏刚掐腰端详起肖亚楠的尸体，似乎也从来没见过死成这样的，站在那里看了好一会儿，忽然指桑骂槐地笑道："某人不是号称什么犯罪侧写师吗？根本都用不着法医和警察，不是让他跑到犯罪现场一打眼就能全分析出来吗？这家伙哪儿去了，今天没来吗？"

吴凡知道他在故意损自己，还是忍不住道："这有什么难的，摆明了就是谋杀。一个人哪有坐着能吊死的？明显就是有人把她勒死，然后摆成这个姿势的。"

"哼，孤陋寡闻。"田鹏刚故意嗤之以鼻，"谁告诉你坐着就不能上吊自杀的？你以为上吊都得找个贼老高的地方双脚悬空把自己挂起来，吐出半截舌头跟吊死鬼似的才叫上吊？免费教你点常识，吊死细分还可以分成四种死法——呼吸道、颈静脉、颈动脉、椎动脉，只要四者其一受到绳套的足够压迫就能置人于死地。就算人是坐着或者趴着，只要下坠的力道足够，轻轻松松要人命。”

见吴凡被说得哑口无言，田鹏刚得意扬扬地用戴着乳胶手套的胖手轻轻撩开肖亚楠垂下的长发，露出了勒着绳套的脖颈，“再免费告诉你点儿常识，别相信电视剧里动不动就把人勒死伪装成上吊，那纯属扯淡。你以为想活活勒死一个人那么容易呀，被害人也不能一动不动随便你勒吧，所以被勒死的人脖子上的勒痕基本上都是很多道，还会出现来回摩擦的痕迹等，而吊死的尸体由于受力点集中，基本上只有一道U形勒痕……”

“行了我知道了，你厉害行了吧。”吴凡再不打断，田胖子能给他讲一天，“你就说她是自杀还是谋杀的吧。”

“当然是自杀的了，要不然我解释那么半天干什么？”

“自杀的？”吴凡不假思索道，“她为什么要自杀？”

“这个……”田鹏刚打了个嗝。

这个问题不只难住了他，把田鹏刚也难住了。

任谁也想不出肖亚楠自杀的理由。

吴凡怔怔地望着肖亚楠的尸体，那灰暗冰冷的脸上凝固着不变的沉默。

“我想，我知道她为什么自杀。”付雪晴忽然说道。

她的声音似乎是从隔壁传来的，两人回过头才发现，付雪晴不知道什么时候已经离开了房间。

吴凡和田鹏刚出了卧室，就看见付雪晴在客厅正在摆弄桌上那台白色笔记本电脑。

“你俩过来看看……”付雪晴指着打开的笔记本电脑，屏幕上是一个打开了的文档，上面密密麻麻写满了字。

“这是什么？”吴凡问。

“咱们进来的时候没注意到，这台笔记本电脑一直是睡眠状态，我唤醒之后，直接就出现了这个文件。内容你自己看吧，你想知道的都在里面了。”

吴凡见付雪晴的神色有些异样，疑惑地走过去阅读起那段文字——

不管是谁，如果打开电脑看到这段话，麻烦请转告警察，我能解答正在困扰他们的种种疑问。

我的死别无选择，虽然我不确定警察是否已经怀疑到我了，但是我能感觉到他们的脚步越来越近了。我实在忍受不了这种煎熬，不如早一点儿让自己解脱。毕竟，我爱的人都已经离我而去，我原本也生无可恋。

但我不想带着秘密离开，既然要走，倒不如走得明明白白。

我不知道警方是不是已经把最近发生的三起案件当作连环杀人案处理，如果还没有，那就麻烦各位自己去脑补吧。其实我已经没有心情与各位继续玩猜谜游戏了，我需要坦白一件事——其实我，才是真正的凶手。

假如警方已经怀疑到我，那我由衷钦佩你们。

假如没有，也请不要惊讶，我必须得替那三个女人说一句公道话——她们并不是凶手，你们警察抓错人了。

也许你们不会轻易相信，接下来我将占用一点时间，详细解释一下我的犯罪过程，这样便于你们更好理解。

我的犯罪目的很简单，我要杀了这三个男人。

邱晓杰、张爱明、吕超，这三个对我三心二意的男人都该死。

当然了，我一个女孩子想杀三个大男人谈何容易，就算我能侥幸杀得了一个，那么第二个、第三个也会警觉。再说我还年轻，我也不想为了这三个男人毁掉自己的将来。所以，我花了很多心思，构思了一个我自认为十分完美的谋杀案。

我知道这三个男人都很好色，喜欢上网猎艳。我就故意扮成其他女人上网勾搭他们。我同时还要假扮成男人在网上寻找那些同样喜欢猎艳的下贱女人。这个主意还不错吧？我就像个掮客一样把两个素不相识的人牵连在一起，不过，他们自始至终彼此都不可能认识。

我提前选择好作案地点，把作案的步骤进行了精心设计，然后在网上约这对男女见面。我让他们到达目的地的时间错开一点儿。男士先到，他们看见的当然不是网友，而是我。我找机会拖住他们，趁机用乙醚把他们迷倒，绑起来放在卫生间里。对付那些女人则要费些心思，因为我要把她们伪造成杀人的凶手，所以就要为她们制造作案的嫌疑，这是这个犯罪计划里我自认为最精彩的地方。

先说第一起案子吧。

我选择的这对目标是张爱明和周秀娜。

幽会那天，我先让周秀娜去科技图书馆的储物箱里拿我留给她的背包，里面装着一些东西和一封信，我在信里告诉她去金河洗浴中心大堂的男卫生间。等她赶到那里，我在最里面的隔间里还给她留了东西，是一套男人的衣服，以及假发、眼镜和胡须，让她扮成男人去指定的包厢见面。因为我知道通往包厢的路上有监控摄像头，她肯定会被拍到。所以，我要帮她隐藏起来，让你们无法轻易发现。等她女扮男装走进指定的包厢后，我和张爱明就在包厢卫生间里，我假装在洗澡，为了取得她的信任，我提前录制剪辑了一份张爱明让我喝饮料的录音，在卫生间里播放给周秀娜听。她之前也没听过张爱明的声音，自然会以为就是张爱明和她说话。再说她折腾了那么半天才找过来，肯定会口渴，一劝她自然就会把桌上的饮料喝了。所有饮料里我都放了迷药，足够她迷糊一段时间了。

我趁着周秀娜药性发作，神志模糊时，把张爱明从卫生间里拖出来，放在床上，接着我拿出锥子把他杀了。再把周秀娜拽到床上，把她的指纹印在锥子上，让她沾上张爱明的血，伪装成周秀娜杀人的假象。

等把这些都布置完了，我临走前还要留下周秀娜的犯罪证据——我把她的手机偷偷扔在了床下。

之后发生的事情我尽管没有亲眼所见，也都能猜想得到。

周秀娜醒来之后，看见惨死在身边的张爱明，看见握在自己手里的锥子。她不会想到自己被人算计了，而是会怀疑自己把人杀了。之后，她就要面临抉择，要么报警，要么逃跑。她一定会在心里做一番思想斗争，考虑清楚逃跑和自首二者之间的代价。显然，在那种时候，逃跑是最佳的选择，因为她清楚自己是女扮男装走进包厢的。如果她也女扮男装地走出洗浴中心，那就没有人看到过她的真面目。在她看来，就算洗浴中心发现张爱明的尸体报了警，也不可能怀疑到她头上。两害相较取其轻，她自然会选择女扮男装逃跑，其实逃避惩罚原本就是人的天性。很讽刺的是，正是因为她逃跑了，一旦警方找到她的手机怀疑到她，那么她进入和离开洗浴中心的监控视频就成了她图谋杀害张爱明的证据。我不知道她现在有没有被抓到，有没有认罪呢。

第二对被我算计的是吕超和董倩。这次我选择的作案地点是星光旅馆。这次见面之前，我假扮成吕超与她约会。先把她引到望湖公园的卫生间里去拿我藏在里面的背包，我在里面放了一部黑卡手机。我利用黑卡手机和她短信沟通，把她引到了星光旅馆，让她从后门溜进旅馆进入房间，那个旅馆没有监控，想要逃跑其实很容易。之后发生的事情和周秀娜经历的差不多，只不过，董倩不小心留下的“罪证”换成了她的身份证。

第三对被我算计的是邱晓杰和白若琳，这次我选择的作案地点是白沙旅馆……

吴凡不用再往下看了，肖亚楠的坦白不仅印证了他之前的猜测，更补充了所有细节。

这个女人的遗书写得异常冷静，几乎看不出任何感情色彩，那冰冷的叙述性话语让人读着也能感觉到身上发冷。

“现在你该明白她为什么要自杀了吧。”付雪晴对吴凡说，“我想你上一次找到这里就已经引起了她的疑心，后来我俩调查到至尊休闲会所时，你不是还说过，她可能发现了你吗？估计在那个时候她就开始担心我们越来越接近真相了。虽然我们之前还没有怀疑到她头上，但是已经把调查重点转向了她，如果她不自杀也很可能在我们的盘问中露出破绽。找到她是早晚的事情。”

“确实是看走眼了。”吴凡叹了口气，苦笑道，“查来查去，案子查成了这样。难怪凶手能一次次地让自己在杀人的时候隐身，还不留下任何疑点，因为除了凶手本人之外，所有人，所有细节，甚至连案发现场都是在计算之中。她就像给自己出了一道自问自答的数学题，不管外人看着多么复杂，对她来说根本就不存在难度。谁又能想到这个如此狡诈阴险的家伙，会是一个柔弱的女学生呢。”

“其实回过头看看，你之前的犯罪侧写倒也没说错，只是挖得还不够深。”付雪晴说，“你说过，从第一起案件到最后一起，凶手的犯罪技巧在一直提升，其实这指的应该是肖亚楠，只是你猜错凶手了，认为是三个男人互相串通。但你却迟迟找不出凶手的犯罪动机，因为他们根本就不是凶手。相比他们而言，肖亚楠更符合你的犯罪侧写，不是吗？”

吴凡承认付雪晴说的是事实，但他心里还有一些疑虑：“如果她真是凶手，那么用电脑约见那三个女人的人其实就是她。那她究竟是用哪个笔记本电脑与她们联系的呢？我上次看见的那台莫非也是她的笔记本？”

他似乎想到了什么，移动鼠标在电脑上寻找起来，鼠标声持续了很久。

“你在干什么？”付雪晴问他。

“我在白若琳的手机里就找到了她和龙哥的聊天记录，不，应该是她和肖亚楠的聊天记录，那么肖亚楠的笔记本里应该也有记录吧。可是我并没有找到啊，也没有发现她登录过什么交友网站……或者是在她的手机里？还是说，在那台黑色的笔记本电脑里？她既然都认罪了，没必要还藏着这些东西吧。”

付雪晴觉得他说得在理，和田鹏刚把出租屋又里里外外寻找了一遍。结果只找到了肖亚楠的手机，并没有发现吴凡所说的那台黑色的笔记本电脑。

但是在手机里，他们也没有发现所谓的聊天记录。

“要不然我把赵楠找过来问问吧。”

付雪晴随后用手机把赵楠叫了过来。

没想到和她一起同来的还有心理医生陆恒。

“你怎么跑来了？”付雪晴看见他惊讶道。

陆恒附耳小声道：“是我岳父老泰山特意打电话把我叫到警队的，他最近看你一个人瞎忙活，担心你捅娄子，就把我找去问问你的情况，顺便问问咱俩的进展。”

“他怎么这么多事？”付雪晴脸颊发烧，埋怨起来。

陆恒清清嗓子，抬高点声音：“我正巧听说你在杀人现场呢，就跑过来看看。我还没见过杀人现场什么样呢，谁死了这是？”

“肖亚楠。”

陆恒也不禁露出几分惊讶，“就是你上次和我说起的那个心理有问题的女人？”

付雪晴点点头。

“没想到她这么快就又自杀了。”

“但是这次的自杀原因可不仅仅是因为被抛弃了。”

“还因为什么？”

付雪晴看了看吴凡，吴凡看了看田鹏刚，三个人神色都有些奇怪。

“因为她是凶手。”付雪晴说。

“凶手？”

“准确地说，她是策划了三起凶杀案的背后真凶。”

“真凶？这个剧情反转可有点儿大啊，我能问问她为什么要这么做吗？”陆恒好奇地问。

“因为她要报复邱晓杰、张爱明和吕超这三个始乱终弃的男人。”

“真是不可思议，还有这样的凶手。”陆恒连连摇头，“她要是还活着，我真想给她做做心理检查。”

“活着的是没有了，不过死的你随便看。”吴凡指了指卧室，“如果你看到她是怎么死的，你会更惊讶的。”

陆恒倒是来了兴致，不等付雪晴劝阻已经快步走向卧室。

当他站在门口往卧室里一瞧，整个人顿时就呆住了。

吴凡故意走过去拍拍他肩膀，“怎么样，过瘾没有？现在你还有什么想问她的没有？”

陆恒费力地吞咽了一下，摇了摇头。

田鹏刚这时候拿出相机，开始给尸体各个角度拍照，一边对吴凡和陆恒说：“你们两个现在不是没事吗？也别闲着，去我箱子里拿两副手套戴上，那里还有一个裹尸袋，一会儿帮我把尸体从床上搬下来……”

“等一下，先别动尸体。”陆恒忽然道。

“怎么了，你还想亲自检查检查吗？”田鹏刚胖胖的圆脸上绽出一丝诡笑。

陆恒问吴凡：“我刚进门的时候，记得你们说她策划这三起行动的目的是报复那三个男人？”

“是啊。她和邱晓杰、张爱明、吕超都发生过关系，但是结局想必你也知道，这个神经兮兮的女人无一例外地都被抛弃了。所以她才想报复……”

“这是你们猜的，还是有什么证据……”

付雪晴走过来，插话道：“肖亚楠在她的笔记本电脑里留下了遗书，她亲口承认了她所犯的罪行，以及杀人的动机。这和我们之前的调查结果也完全吻合，你不是也说过这个女人对爱情有一种病态的需要，而且会表现出不顾一切的极端行为吗？她之前被抛弃的时候，已经连续自杀过两次，所以这一次自杀倒也不算意外。”

陆恒若有所思地看向盘腿坐在床上的肖亚楠，默然无语，反应有些奇怪。

“你有什么想说的吗？”付雪晴问。

“你们知道她为什么盘腿坐着上吊自杀吗？”

“怎么，这里面还有什么说道吗？”

“自杀这种行为在任何文化和宗教里都是遭到批判的行为，自杀者要么不能投胎转世，要么死后就要坠入地狱受苦，因此民间有一种传说——假如以盘腿坐莲的姿态自杀的话，灵魂能得到神灵的宽恕，顺利投胎转世。”

“可是肖亚楠之前的两次自杀，好像没听说她用这种方法呀？”吴凡说。

“你问到点子上了。”陆恒说，“之所以用这种坐姿自杀却能升入天堂还有一种隐含的说法，那就是因为自己的灵魂清清白白，因为迫不得已的原因才选择自杀……”

“迫不得已的原因？难道她认为是那三个男人把她逼迫到走投无路了？可她毕竟已经把那三个男人杀了。”

“我觉得这种解释说不过去，毕竟男欢女爱是双向的，不能因为一方抛弃就报复杀人，这个怎么说也说不过去。况且，另外三个女人与她无冤无仇，她也没必要陷害她们啊。”

“照你这么说，就是另有原因喽？”吴凡问。

“我不知道，我只是看到她以这样的方式自杀，觉得有些奇怪，似乎她还有所隐藏……”

“可是她连遗书都写了。”付雪晴说，“就连作案过程都写得清清楚楚，她还有什么可隐瞒的呢？”

“这个我就不知道了。”

提到遗书，吴凡心中更是平添了几分怀疑，“难怪我在看遗书的时候总觉得很别扭，她几乎整篇文章里都不带任何感情色彩，一个将死的人难道真的可以如此平静吗？”

陆恒好奇地问：“那她遗书里都写了什么呢？”

“作案手段。”

“只有这些？”陆恒很诧异，“难道就没有一点回忆她和那三个男人的东西？”

“没有。”

“这倒真是有点儿奇怪。从心理学的角度来说，一般准备自杀的人都是极度抑郁，充满悲观情绪的人。写遗书这种方式恰恰表达了自杀者的哀怨，他们不甘心就这样毫无价值地离开这个世界，渴望让生者对他们的遭遇产生共情。所以，表达情绪，替自己的自杀行为做辩解通常都是遗书的核心。像肖亚楠这样写遗书的，我还是头一次听说。”

付雪晴看了看陆恒，又看了看吴凡，“你们这是什么意思？该不会是认为肖亚楠死得蹊跷吧……”

不等付雪晴把话说完，田鹏刚马上抢着说：“肖亚楠绝对不是他杀，百分之百是自杀的，我可以拍着胸脯打包票。”

他既然这么确定，其他人也不好说什么。

付雪晴想起还在客厅里检查肖亚楠手机和电脑的赵楠，她回到客厅问赵楠：“你这边怎么样，发现肖亚楠和被害人之间的聊天记录没有？”

“没发现，付队。”赵楠老老实实说。

“一点儿发现都没有？”这可让付雪晴有点儿吃惊了。

“没有。我把她过去删除的文件都找出来了，也没有发现你说的那些聊天记录。”

付雪晴不禁看了一眼吴凡，他刚才一直提到有台失踪的黑色笔记本电脑，难不成肖亚楠的聊天记录都在那台笔记本里。可是案发现场并没有发现那台笔记本电脑呀。如果是肖亚楠把那台笔记本转移了，那又有什么意义呢，她连杀人罪都认了，为什么就不能公布那些聊天记录呢？

吴凡似乎和她想到了一处，对付雪晴说：“我觉得现在有必要找到那台失踪的笔记本电脑，肖亚楠没有理由把它藏起来，除非那台笔记本里还有不可告人的秘密……”

他们正说着，忽然身后传来了敲门声，把两个人的思路打断了。

付雪晴走过去开门，看见门外站着一个矮胖的老太太，正是她刚才问过话的那个老太太。

“您有什么事情吗？”付雪晴问。

老太太歪着脖子，想绕过付雪晴往屋里看看，却看见了吴凡、陆恒，还有赵楠和大胖子田鹏刚，她不知道这些人都是干什么的，脸上露出了很八卦的表情。

“您有什么事吗？”付雪晴又问了一遍，想要关门。

“我就问问，那个女学生你找到了吗？她不会出什么事了吧？”

付雪晴可没心情陪一个老太太解闷，她脸色一沉，马上就要把门关上，老太太见状急忙拦了一下，“警察同志，其实我还有其他事情……”

“还有什么事？”付雪晴不耐烦地问。

“我刚才回屋以后又想了一下，就想起来，大概昨天晚上 18 点多吧，我和老头正在看电视呢，好像是听见了有个人敲这个门，敲了几下门就开了。隐隐约约好像还听见了两个人说话，然后就都进屋了。我开始也没太理会，继续看电视，但是后来就听到隔壁传来了几声争吵。我还以为是隔壁那个女学生和她对象吵架呢，就把电视关了，想听听他们吵什么，可等我关了电视，他们也就没声音了，不过似乎还能听见那个女孩的哭声。之后就没有什么动静了……”

老太太的话引起了付雪晴的疑心，她忙问：“那我问您，与这个女孩见面的人是男人还是女人，您不是听见过他们说话吗？”

老太太见自己受到重视，显得十分兴奋，认真想了想，“好像是个男人的声音。”

“男人？”

“是啊，我不是跟你说过这个女孩子有个男朋友吗，还和那个男人住在一起呢。可能两个人闹矛盾了吧。”

付雪晴认真打量着老太太，感觉她没有说假话，可是她心里清楚，肖亚楠的男友邱晓杰早在两周以前就死了。那么昨天晚上来的男人又是谁呢？

她回到卧室，见田鹏刚仍然在给肖亚楠的尸体做初步检查，问道 ：“你现在能确定她的死亡时间吗？”

“我测过她的肝温，死亡时间大约在昨天晚上 21 点到 22 点之间。”

“这时间……”付雪晴喃喃道，忍不住追问了一句，“你能确定肖亚楠是自杀对吧？”

“当然啦，我刚才都说过了，肖亚楠肯定是上吊自杀的。我又初步进行了一下检查，她身上也没有发现其他伤痕。这一点你不用怀疑。我什么时候尸检出过错了？”田鹏刚似乎对付雪晴的质疑有些不太高兴。

付雪晴把几个人召集到一起，把从隔壁老太太那里得到的情况告诉他们，所有人都很吃惊。

付雪晴说 ：“根据老太太的说法，肖亚楠是昨天下午回的家。傍晚 18 点，有个神秘的男人敲门找她。肖亚楠把他让进了屋。随后两个人发生了争吵，而且肖亚楠还哭了。之后不久她就上吊死了。实话实说，这个男人十分可疑，整件事发生得也很可疑，假如不是胖子能确定肖亚楠是自杀的，这看上去明显就是一起谋杀。”

吴凡说 ：“我记得老太太说过，之前也经常有男人出入肖亚楠家。这个男人照理来说应该就是邱晓杰。这里原本就是她俩同居的地方。但问题是邱晓杰早就死了，也不可能是吕超和张爱明这两个与肖亚楠交往过的男人，他们也都死了。那这个男人又会是谁呢？”

陆恒插嘴道 ：“有没有可能他是肖亚楠新交往的男人？或者说，这个女人在计划杀死这三个男人的时候，就已经开始和这个男人交往了？”

“虽说仓促了点，倒也不是没有可能。”付雪晴想了想，“其实我现在最想知道的，是这个不明身份的神秘男人究竟与肖亚楠的自杀有没有关系？他应该是肖亚楠死前见过的最后一个男人，两个人不但发生过争吵，肖亚楠还哭过，到底因为什么不得而知，但有没有可能导致肖亚楠自杀呢？”

吴凡说 ：“如果真是这样，肖亚楠为什么在遗书里对这个男人只字未提呢？而且我现在有点儿怀疑，会不会那台失踪的黑色笔记本就是这个男人拿走的呢？”

“他拿走的？他拿笔记本电脑做什么？”付雪晴问。

吴凡走到卧室门口，望着肖亚楠盘腿打坐的尸体，良久道：“如果说这个女人直到死都认为自己灵魂清白，只是因为迫不得已的原因才选择自杀的，那有没有可能这个自杀的原因就是这个神秘的男人呢？”

“因为这个男人？”付雪晴琢磨着吴凡的话，“假如那台黑色笔记本电脑真是他拿走的，肖亚楠也是因为他才自杀……难道说，这个男人也和这几起案件有关？”

“重新想想，我忽然觉得这个案子里还有一些细微的地方被我漏掉了。”

“什么地方？”

“比如说，我们现在只知道她和吕超的交往经过，因为吕超甩了她，她有报复动机。但是她和张爱明、邱晓杰究竟是如何交往的，我们并不清楚，只靠主观上的猜测。甚至她具体是如何上网与这些被害人交流联络的，除了白若琳，其他人我们也不清楚。从分局那里了解的资料也很有限。这么多地方，无论哪里出了漏洞，都可能影响我们最后的判断。我觉得有必要重新查一查。”

付雪晴回到警队。当她把肖亚楠的遗书拿给卢广通看的时候，卢广通也傻眼了。

他没想到案子会发展到这种地步，面对事实，他也不得不向付雪晴低头。付雪晴现在说什么就是什么，他一一答应，也没办法不答应。

这个案子还有一些疑点没有调查清楚，付雪晴现在急缺人手。卢广通开了绿灯，她也就没有后顾之忧了。

她马上分派人手去各个案发现场重新勘验，搜集证据。卢广通对此感到十分困惑，忍不住来找她说，这个案子凶手不是都已经认罪了吗，案情也十分清楚了，她只要把其他分局的卷宗材料整理起来不就好了吗，没必要再重新查一遍吧？那得耽误多少时间呐。

付雪晴实在没精力向他解释这个案子里还有一个神秘的男人没找出来。即便肖亚楠现在已经认罪了，但是这个疑点就像一根刺卡在喉咙里，咽不下又吐不出。

两天后，各个分队的进展情况陆续汇报上来。

肖亚楠在遗书中提到的用于和三个女人沟通的信件以及黑卡手机都没有找到，这些东西或许已经被肖亚楠销毁了，但她在遗书里也没有特别说明。

而肖亚楠与六个人的聊天记录搜集得也不齐全。

除此之外，还有一个情况十分出乎付雪晴意料，她急忙把吴凡从报社找来。

“你说什么？”听完付雪晴的话，吴凡惊愕不已，“你确定查过了白沙旅馆的所有监控？所有监控里都没有肖亚楠的身影？”

“都查过了，没有漏掉任何地方，都没有发现肖亚楠的身影。”

“会不会是她乔装打扮了？”

“这个我们也考虑在内，不但对比过监控录像，还仔细核对过每一个入住客人的信息，没有肖亚楠这个人。”

“那她会不会是躲避了监控，或者从一楼窗户进入的旅馆？”

“这个也不可能。因为严格上说，白沙旅馆的监控并没有死角区域，特别是进出旅馆的前后门，也就是说，只要有人进旅馆，就一定会被发现的。不仅如此，另外两起案发现场，金河洗浴中心和星光旅馆我们也都详细检查过，全都没有发现肖亚楠的身影，也没有她的登记信息。这个女人简直就像幽灵一样，完全不留痕迹地穿梭于杀人现场，实在搞不明白她究竟是如何做到的，虽说她已经认罪了，但我还是忍不住想知道，真希望她还活着，我一定要好好问问她……”

吴凡认真琢磨着付雪晴的话，似乎觉察出了什么，忙问付雪晴：“那么，肖亚楠和那六个人网上的聊天记录你都搞到了吗？”

“弄到了一些，不过不全。包括白若琳在内三个女人的聊天记录我都找到了，与她们联系的就是你说的那个 IP 地址。不过，她与三个男人的聊天记录我只找到了一个，就是吕超。但也只有她当初和吕超交往时候的短信和微信记录，近期的聊天记录全没找到。至于她与邱晓杰、张爱明的网上聊天记录更是一点都没有发现。他们之间甚至连通话记录都没有。”

“怎么会这样……”吴凡惊讶之余继续问付雪晴，“那你们有没有打听出肖亚楠和死去的三个男人究竟是如何交往的，吕超我已经知道了，我现在特别感兴趣她和邱晓杰、张爱明的交往经历。”

付雪晴迟疑了一下，翻了翻桌上的材料，“这个我也派人打听过，不过到目前为止，我们只了解到了肖亚楠和吕超公开谈过恋爱，而且还为他自杀过，这个咱们已经知道了。至于邱晓杰和张爱明，还没有查出他们和肖亚楠交往的经过。也许他们是地下恋情？”

吴凡摇摇头，喃喃道：“或者是肖亚楠撒谎了。”

“撒谎，你这话什么意思？”

“肖亚楠在遗书中口口声声说，自己是通过上网聊天的方式勾引这六个人上钩的，结果却只查到三个女人。她又口口声声说，她杀人是为了报复三个负心汉，可事实上，我们只能证明吕超抛弃了她。这种种疑问，再加上肖亚楠的来无影去无踪……”

“你到底想说什么？”

“我们从一开始就搞错了。”

“哪里搞错了？”付雪晴有些疑惑。

“再高明的罪犯也不可能真的做到来无影去无踪，怎么可能所有案发现场的监控摄像头都拍不到她呢？就算她真的使用了什么高明手段骗过了我们。那她和三个被害人之间的交往又为什么只查出了吕超一个人？”

“也许是她和另外两个人交往得比较隐秘？”

吴凡摇摇头，“我们之前认为肖亚楠对这三个男人因爱生恨，产生了杀机，其实主要靠的都是逆向推理，以及肖亚楠在遗书里的认罪。但事实上，我们并未找到她憎恨这三个男人的直接证据。吕超勉强算是其中一个，张爱明和邱晓杰的遇害原因根本就是我们猜测的。而她亲口承认的与被害人那些聊天记录又偏偏缺少了另外两个男人的。这种种的疑点放在一起又说明什么？”

“你认为肖亚楠在遗书里撒了谎？”

“我确实是这么想，或者我们做一个大胆的假设，如果肖亚楠并没有去过案发现场，你们自然就找不到她进出的证据。如果她没有假扮成其他女人去勾引邱晓杰他们，你们自然找不到记录。如果她没有因爱生恨，她遗书上的那些坦白作案动机就是假的，她的死就是一个彻头彻尾的骗局。”

“骗局？”付雪晴惊愕地望着吴凡，他这番话实在有些跳跃，不太好理解，“你是说肖亚楠不是凶手？”

“你觉得呢？”

“可如果肖亚楠不是凶手，她的遗书里怎么可能对案情了解得那么清楚，甚至连每一个步骤，每一个细节都了如指掌？”

“真真假假，虚虚实实，这么做的目的不是坦白，而是误导。”

“她想误导我们什么？”

“也许不是她想，而是有人想，那么那份遗书很有可能就是伪造的。”

“伪造？即便能伪造，那她又为什么突然自杀？就因为她是自杀，而非他杀，这就排除了有人嫁祸她的可能性。”

说到自杀，吴凡有自己的想法，“其实我一直在想一个问题。肖亚楠为什么会用一种表明自己清白的方式自杀呢？站在犯罪心理的角度来看，不管是自杀还是谋杀，涉事者的行为往往都反映出个人的内心想法。有时候还会通过仪式性的行为来宣泄情绪。肖亚楠以打坐的姿势上吊就是典型的仪式性行为。陆恒说她这样做是为了表明自己的清白，因为迫不得已才自杀。我们一直都没想明白的原因，现在回过头看，会不会这也意味着她真的是‘清清白白’的呢？自杀也许未必是畏罪自杀，也许是因为别的原因呢？那个邻居老太太不是还说过，那天晚上还有一个男人去找过她，他们还争吵过，你忘了吗？”

“我当然没忘。”付雪晴说，“虽然我也怀疑这个男人和她的自杀有关，但如果仅仅一次争吵肖亚楠就要以死明志的话，听着是不是有点儿荒唐？”

“或许对普通人来说比较荒唐，不过对于一个爱情中的偏执狂来说，也不难理解。而凶手只不过是刚好利用她的自杀做了文章。”

“好吧，那就按照你的假设，那你觉得凶手又是谁呢？你想过这个问题没有？”

“那个伪造遗书的人，同时也是偷走黑色笔记本电脑的人。”

“可是现在找不到你说的笔记本电脑，只能从遗书上找漏洞。”付雪晴提醒道。

“把你对被害人的调查结果串联起来，就能证明这份遗书里存在着谎言，而且字里行间没有任何感情色彩，完全不像一个要自杀的女人写的东西。顺便还可以说明，伪造这份遗书的人必然就是真正的凶手，他只是把自己的作案经历添油加醋地转嫁到了肖亚楠身上。如果能找到那台失踪的笔记本电脑，或许就能证明我说的话。”

“你觉得那台失踪的笔记本就那么有用？”

“我觉得那台笔记本里很可能有与遗书内容矛盾的地方，甚至是作案的证据。凶手发现情况不妙，就马上把笔记本带走了。如果这个假设成立的话，那我们之前建立的犯罪模型可能就需要重新搭建了。”

“怎么讲？”

“或许与肖亚楠同居的人并不是邱晓杰，邻居老太太所说的那个男人也不是邱晓杰，而是另有其人。邱晓杰、张爱明以及吕超这三个人其实与白若琳、周秀娜和董倩这三个女人一样，都是凶手选中的，而不是肖亚楠选中的。他对男扮女，对女扮男，分别以钓鱼的方式挑选了三男三女，两两配对设下圈套。”

付雪晴皱着眉想了想，“照你这么说，这起连环杀人案岂不是跟肖亚楠没什么关系了。”

“我现在也说不好她在这些案子里所扮演的角色，也许她只是凶手的一个情人，或者说，肖亚楠租的那个房子，其实是和这个凶手一起住的，而不是我们之前猜测的邱晓杰。肖亚楠有可能知道一些内情，毕竟这三个男人要么是至尊休闲会所的职员，要么就是VIP会员，都是和肖亚楠产生过接触的。我不知道凶手选择他们作为目标是不是跟肖亚楠有关，但肖亚楠看见咱们时确实表现得很紧张，也就是这个原因才引起了咱们的疑心不是吗？反过来说，除了那封遗书，我们并没有找到肖亚楠的直接犯罪证据不是吗？”

付雪晴仔细琢磨了一会儿吴凡的话，“你的想法听上去倒是也有些道理。不过你这也只是猜测，有什么办法能证明另外一个凶手的存在呢？”

“你或许能在被害人身上找到线索，毕竟有六个被害人，凶手要想与被害人联系肯定会通过某种方式，其中网络和电话是最方便找到的。既然三个女人的联络方式都能找出来，那三个男人会不会也相似呢？”

“其实我刚才没说清楚。”付雪晴面露难色，“那三个男人的电脑和手机我们也都翻遍了，他们不仅没有和肖亚楠的聊天记录，而且也根本就没有任何可疑的记录。”

“什么意思？”

“我是说，这些人不上交友论坛，没有和可疑人员的聊天记录，简单点说，我觉得凶手是利用其他方式与这些人沟通的。”

“难道连可疑电话都没有？”

“至少目前没有发现。”

这可真让吴凡吃惊了。难道这个狡猾的家伙能做到天衣无缝，把自己所有的痕迹都隐藏起来？

# 第十二章　谋杀方程式

“没有证据这不是白费吗！”他顿时松懈了下来，叹了口气，“幸亏，我也只是和你说了。这要是让卢广通知道，他刚被你撅了面子，再听我这通胡说八道，还不得把气全撒到我身上啊？”

“卢广通你不用担心，没有实质结果前，我是不会把我们的调查告诉他的。”付雪晴说，“不过呢，你刚才那话说得也太绝对了。我们虽然没有查出那三个男人与凶手的聊天记录，但也不是一点线索都没有。”

“有发现？什么发现？”吴凡忙问。

“我这几天又派人仔细了解过至尊休闲会所，甚至还让便衣办了一张 VIP 卡，结果他打探到一个情况——这个会所里存在着一个内部的小团体。你明白我的意思吧？”

“有这种事情？”吴凡吃了一惊，但转念一想，难怪张爱明、邱晓杰和吕超都与这家会所有关，原来这里面另有深意，“那么你觉得，凶手是和这个团体有关？”

“只能说有可能，但我们目前还没有发现任何可疑的人，再说，这些 VIP 会员中有不少人是社会名流，人数又多，逐一排查会比较麻烦，除非有实际证据……”

他俩正在全神贯注地聊着，完全没注意到门外早就站了一个人，这个人突然推门进来，大声道：“谁说没办法证明，我现在就能证明。”

这个大嗓门把两个人吓了一跳，扭头一看，正是胖法医田鹏刚。

“老兄，咱能不能别一惊一乍的。”吴凡拍拍胸口给自己压压惊。

付雪晴问田鹏刚，“你刚才的意思是说，你能证明有另外一个凶手，你怎么证明？”

“我就是为这件事过来的，具体情况还是你们自己下来看看吧。”田鹏刚一脸神秘，吊足了付雪晴和吴凡的胃口。

两个人跟着田鹏刚来到法医室。

田鹏刚也不说话，拉开解剖室门就走了进去。

吴凡进门一瞧，其中一张解剖台上躺着一个全身苍白的女尸。

这具女尸正是几天前刚刚上吊自杀的肖亚楠，在她的手腕上还能看见曾经割腕留下的伤疤。

这个对自杀情有独钟的女人，这一次终于被死神收走了。

除了手腕上的伤疤和脖子上的勒痕之外，肖亚楠身体上看不到其他明显的伤痕。

“你说的证据呢？”付雪晴疑惑地问田鹏刚。

田鹏刚走到解剖台旁，双手扳住肖亚楠的肩膀和臀部，把她的身体翻起一个角度，“注意看她的后背，看到什么痕迹了吗？”

付雪晴和吴凡凑过去看，发现在肖亚楠的背部有一圈半透明的痕迹，看着不像是伤口。

“你说的证据就是指这个？这是什么东西？”付雪晴问。

“真正的证据在这里。”田鹏刚放下尸体，从试验台的托盘上拿起一张薄薄的东西晃了一下，“这东西是黏在肖亚楠后背上的。我在解开她衣服时发现的。”

付雪晴看那东西好像一张纸，只是颜色有些发黄，她从旁边拿过一双乳胶手套戴上，从田鹏刚手里接过了那张纸，捏在手里感觉还很有韧性，轻易撕不破。

她前后翻看了一下，在其中一面上看到一幅画，画风古朴，充满了西洋风格。画面上是一个金发男子，半倚半坐的姿态，手里拿着一把竖琴。在他旁边还有一个又像石柱，又像飞碟的古怪装饰。

“你发现这张纸时，就贴在肖亚楠后背上？”付雪晴瞅了瞅女尸背上的那个不太清晰的痕迹。

“是用白胶黏在后背上的。”田鹏刚说，“我不觉得哪个女人要自杀会往自己背上黏这种东西，再说，这东西正好贴在肖亚楠两个肩胛骨中间偏下一点的位置，上下左右都是对齐的。如果是自己贴的不可能贴得如此整齐，所以只能是其他人贴的。敢这么做的人十有八九才是你们要找的真凶吧。”

田鹏刚话音刚落，吴凡突然道：“我觉得这不是凶手贴上去的。”

“不是凶手是谁？你有什么根据？”田鹏刚和吴凡掐架掐习惯了，一见他反驳自己，立马变得像打了鸡血一样。

吴凡没有马上回答，反问了一句：“这张纸是不是羊皮纸？”

“啐，你还挺敢猜呀，你以为你眼珠子是钛合金的？”

“就问你是不是，你检查过吗？”

“是，我又没说不是。算你猜对了。”

吴凡脸上并未露出惊醒，反而变得有些怪异。

“你怎么了，有什么问题吗？”付雪晴问他。

“我见过这东西。”

“你见过？”

“在上一起‘干尸案’里，我曾经在宋伟林家的油画里发现了一张羊皮纸，颜色大小和这个差不多，只是上面画的是美杜莎的头像。后来欧阳姗姗帮我在头像里发现了隐写术，根据这个我才在冒险乐园里找到了那个男人。”

付雪晴大吃一惊，“你是说这是预测死亡的兔子干的？”

吴凡点点头，“这很像是他的风格。你别忘了，这个案子也是他最早预测到的……”

“喂，你们两个在说什么呢？什么他最早预测的，我怎么听不明白？”田鹏刚忍不住嚷嚷起来。

付雪晴没工夫回答他，马上把那张羊皮纸放进物证袋里，拿去了物证科。

在刑警队其他人眼里，或许预测死亡的兔子只是一个还未落网的狡猾罪犯，至于到底有多狡猾，他们也一知半解。付雪晴是除了吴凡以外最了解他的人。

她很清楚这家伙有多么难对付，手段有多么离奇诡异。

她把羊皮纸交给技术科科长王麟，让他们检测一下这张图画里是不是隐藏着什么密码。

王麟还从来没接到过这样的任务，拿着羊皮纸翻来覆去看了好半天，有点儿不知道该如何下手。

吴凡在一旁提示他："也许这张画是用隐写术画的，你们要是能破译出隐写术，就能知道里面隐藏的东西是什么。"

"隐写术？"王麟显得十分惊奇，重新打量着羊皮纸上的那幅画，"隐写术我只明白一些原理，这方面赵楠最精通，我叫她过来……"

王麟去找赵楠的工夫，付雪晴问吴凡："那你觉得预测死亡的兔子为什么会在这个时候突然出现呢？会不会他与这个案子有关？"

吴凡摇摇头，"我觉得恰好相反，他的出现正好预示着我们的侦查方向是对的。预测死亡的兔子不会参与到案子里，只会把自己当作观察者。他会把自己出现的时机选在案子最关键的时间点上，就像在'干尸案'中，他没有过早出现，而是在案情发展到最关键时，悄然出现在宋伟林家，留下了那张美杜莎的羊皮纸。这就相当于他的签名一样。"

"案情发展的关键……"付雪晴琢磨着吴凡的话，"难道说这个案子还隐藏着我们还不知道的内幕？他在用这种办法暗示我们？"

"或者你也可以把这个行为看作是一次挑衅，他在向我们炫耀自己已经洞悉了案子，就看我们能不能做到了。"

"那么按照你的意思，预测死亡的兔子这个暗示指的就是与肖亚楠同居的那个男人？"

"这个我可不敢肯定。"吴凡老实回答，"就像你说的，我现在手里没有任何证据，一切都只能靠猜测。但说句心里话，我确实感觉凶手另有其人。"

"光靠猜测可不行。"付雪晴摇摇头，"这个案子一波三折，好不容易调查到这种程度，不管是我市警队还是当初受理案子的各个分局，大家压力都很大，都希望早一点结案。如果没有足够的证据仅凭猜测，我没办法说服他们重新调查这个案子，卢广通这一关就很难过。我现在能做的也只是查一查肖亚楠的感情史，看看和她交往过的男人中间有没有可疑的人。除非你还有其他什么办法，或者你根据眼前掌握的情况，重新再做一个犯罪侧写……”

吴凡认真想了一阵，解释道：“就像我之前对你说的，现在有了你的调查结果，我更加确信，肖亚楠与这起杀人案本身关系不大，最多只能算是一个帮凶。她只是一个不断追求男人，对爱情有极端需要的偏执狂。而凶手恰好利用了她的这一弱点。”

“继续说。”

“凶手一方面在网上勾搭女人，同时还在至尊休闲会所里寻找男性目标，或许与肖亚楠有些关系，但具体用什么手段我还想不到，不排除可能是利用肖亚楠把这些男人钓上钩，所以才找不到上网的聊天信息。而凶手亲自负责联系周秀娜、董倩和白若琳这三个女人。”

“那么他的作案目的是什么呢？”

“这个嘛……”吴凡沉默了许久，“我觉得他的作案目的是女人。”

“女人？为什么不是男人呢，毕竟死的是三个男人。”

“的确，三起案件看上去都是针对三个男人进行的，而且在肖亚楠的遗书中还着重强调她是为报复三个负心的男人。但是我们已经知道这个地方明显是凶手杜撰的，这就说明，真正的凶手想要在关键点上误导我们，让我们相信肖亚楠是凶手，那么真正的作案对象肯定不是男人。而且从作案模式上看，凶手设计了一个十分复杂的犯罪套路，就好像一个数学上的复合方程式一样，表面上是女人杀男人，经过初步拆解之后，简化成了男人诱导女人谋杀自己，再接下来是女人设计报复男人的大圈套。这还没有完，这个方程式还能继续简化，现在又出现了另外一个陌生男人，这样一步步地分解下去，真正的答案自然也越埋越深，那才是凶手的本意，他希望这个谋杀方程式到此为止。”

“你先别感慨啊，话还没说完呢，作案模式复杂又怎么了，怎么证明凶手的目标是女人呢？”付雪晴催促道。

“因为在这个作案模式中，凶手花费在女人身上的设计远多于男人。他大费周章，目的就是为了陷害这些女人，而不是简单地杀死男人，而那些死去的男人对凶手来说只不过是道具而已。”

“为什么要这么做，他和这三个女人有仇？”

吴凡想了想，摇摇头，“你别忘了，这三个女人都是凶手在交友论坛上结识的，他们之间根本谈不上有什么矛盾，又何仇之有？”

“那为什么以她们为目标？”

“只有一个可能。凶手憎恨的是所有女人，而不是某个女人。或者准确点儿说，他憎恨的是那些放浪形骸的女人，他所做的一切就是在极尽所能地羞辱她们，让她们在这个世界上没有立锥之地……”说到这，吴凡的眼前忽然浮现出了白若琳的身影。

自从她被捕之后，吴凡一直没有去看过她。

不是他心狠，而是他不知道见面该说什么。

两个人正在热烈地讨论着，王麟派人来找他们，让他们去物证科，似乎是化验出结果了。

物证科。

羊皮纸还被放在扫描仪里，赵楠正在对着屏幕上的图像数据反复核对。

“什么结果？”不等付雪晴开口，吴凡迫不及待地问。

虽然这张羊皮纸十有八九与案件无关，但是对于吴凡来说尤为重要。任何预测死亡的兔子留下的暗示，他都不敢轻易放过。

他现在也说不清楚自己与这个“兔子”的关系，究竟是巧合还是冥冥之中自有联系。

他号称预测死亡的兔子，能洞察别人看不到的真相，那么他是否也知道自己的秘密呢？

一想到这个可能，吴凡就有种不寒而栗的感觉，但他又迫不及待地想要知道答案。

王麟神色凝重地看了看吴凡，又看看付雪晴，缓缓道：“我们几乎动用了所有仪器，并没有发现什么密码。”

“那隐写术呢，这家伙上一张图画就是用隐写术画的。”

赵楠这时候红着脸说：“我没有发现隐写术。”

“没发现？”吴凡有些激动，“你再好好看看，好像是利用颜色深浅不同的像素差来隐藏信息的。”

“这个原理我明白，我把图像都扫描进电脑里了，做过详细的像素分析，但是没找到你说的那种隐藏信息。”

吴凡带着几分怀疑瞅着赵楠，“应该不会有错的，上次还是个初中生把隐写术破解了呢。”

这话臊得赵楠一张脸红到了耳朵根，吴凡话一出口，也发现自己失言了。

没等赵楠说话，王麟看不下去了，没好气地抢白吴凡：“小赵可是我们请来的高材生，隐写术破译起来虽然有些难度，但也难不倒她。不过你要说一个初中生就能破解的了，就算吴记者见多识广，这话说得未免也太过了吧？”

付雪晴一看气氛不对，急忙打圆场岔开话题，她问王麟：“王科长，那还有没有其他的什么发现？”

“这个啊。”王麟稍微压了压火，“纯粹技术方面的发现倒是有一些。但我先要问个问题，这张羊皮纸你们是从哪里得来的？”

付雪晴看了一眼吴凡，问王麟：“有什么问题吗？”

“这张羊皮纸画至少有七八百年了。”

付雪晴吃惊，吴凡更吃惊，他急忙追问：“你没搞错吧，确定吗？”

王麟刚刚缓和一点的脸色立马又沉了下去，“吴记者不相信我们，可以自己去找机构鉴定。”

吴凡解释道：“我不是不相信，我只是没有想到，这张纸年头会这么久。”

“哼，这是科学，想当然怎么行？而且我还可以告诉你们，这种羊皮纸是外来的古董，不是咱们国内的。”

“你说这是西方传过来的？”付雪晴问。

“我国古代的纸张是用树皮、麻头这类东西制作的，在造纸术传入西方之前，整个数百年的中世纪，西方印制书籍所用的纸张都是羊皮纸和莎草纸。所以称这张羊皮纸是古董也不为过，不过……”

“不过怎样？”

王麟望着羊皮纸上的图案说：“这张羊皮纸的边缘有一排均匀细小的孔洞，这很像是科普特装订，这是一种古老的装订技术，绝大部分的西方古代书籍都是用这种方式进行装订的。所以我觉得这张羊皮纸是从一本古书上取下来的。”

吴凡心头一动，忙问：“你们不知道是从什么书上取下来的？”

王麟瞅了他一眼，觉得他这话是别有用心，“吴记者这又是想考我吗？如果你不相信我们物证科，大可以去找专家来鉴定。没必要问一些稀奇古怪的问题。”

“您误会了，我确实想知道。”

“那我也抱歉地告诉您，我才疏学浅，实在看不出来，我们也没看出这张图案里用了什么隐写术，这样吴记者满意了吧？”

看王麟的态度还真动了火气，跟吴凡较上真了。

付雪晴对吴凡说：“这张羊皮纸和我们要查的案子好像也没有直接关系，要不我们暂时放一放，留在这里先查着。咱们先去商量案子的事情……”

吴凡怎么可能说放就放，对他来说查预测死亡的兔子比什么都重要。

“要不然我把欧阳姗姗找来再试试，上一次就是她破译出来的隐写术，说不定这次她还能帮上忙呢？”吴凡道。

话一出口，王麟的脸色都气紫了。

付雪晴急忙拽了拽吴凡，“那个以后再说，我们先走。”

一个卢广通就够吴凡受的了，她并不想吴凡树敌太多。

王麟却冷冷道：“没关系，付队，这个欧阳姗姗就是刚才吴记者提到的那个初中生吧。既然吴记者说她能破译隐写术，那干脆就把她找来，我倒想看看吴记者嘴里这个天才儿童有多么了不起……”

吴凡刚想答应，嘴巴微张，还没等答应呢，先“哇”地叫唤了一声。

王麟皱着眉心，不解地瞅着吴凡，“吴记者这算是答应了？”

吴凡张张嘴，忽然又全身痉挛，五官抽动。

他瞅了一眼跟没事人似的站在一旁的付雪晴，改口对王麟说：“欧阳姗姗应该还在上课，今天不太方便……”

“没关系，她什么时候有工夫，就什么时候过来，可别忘了，吴记者。”王麟这家伙还挺倔，跟吴凡杠上了。

付雪晴和吴凡离开物证科，吴凡揉着后腰埋怨她：“我这地肯定都瘀血了，你手劲也忒大了，就不能轻点？”

“我是让你清醒一点，你还真想把欧阳姗姗叫过来呀？”

“当然啦，不是你们王科长主动提出来的吗？”

“拉倒吧，他那是气话你看不出来呀。王麟也算我们这里的技术专家，你那话不是打他脸吗！再说他是个很负责任的人，那张羊皮纸先放在物证科，给他点时间，肯定会给咱们一个结果。虽然欧阳姗姗智商惊人，但总归是一个小孩子，怎么可能比得上王麟？咱们还是先说说眼前的案子吧，眼看着就要结案了，有什么疑问得尽快处理，以免留下尾巴。”

“那咱们刚才聊到哪儿了？”吴凡都给疼忘了。

“你认为肖亚楠不是凶手，凶手是利用她作案，你还说凶手的犯罪目的是针对那些不自爱的女人。”

“对，确实如此。”吴凡找回了刚才的思路，“现在我基本能理解凶手的犯罪思路了，可以重新做一次犯罪侧写。”

“那你说说看。”付雪晴不禁有些好奇。

“凶手的年纪一定不会太年轻，在三十五到五十岁之间。有比较稳定的工作，属于高端人士，而且工作时间比较灵活。凶手智商极高，逻辑思维能力极强，可能他也会从事相关的脑力工作。他性格矛盾，外表稳重而有风度，思维活跃，善于言谈，但同时内心压抑、敏感，比较自卑。这个人在感情上受到过女性的羞辱，包括不忠诚的对待，也可能有一个强势而且不忠的妻子，或者是强势且不忠诚于家庭的母亲。他内心对女性既充满欲望，又十分憎恶。”

“你能解释一下吗？”付雪晴听得有些似懂非懂。

“首先，在有预谋的犯罪中，手段可以反映出一个凶手的年纪，越是年轻的罪犯越容易表现出冲动，年纪大的罪犯更注重技巧。这起连环杀人案极其繁复的犯罪计划反映出凶手出众的逻辑思维能力，这不仅仅是智商高，更是长时间培养成的思考习惯，这很可能与凶手的脑力工作分不开。其次，他的犯罪时间十分随意，但是都选择在白天作案，这说明他工作时间灵活，但是必须在晚上回家，因为他有家庭，有妻子和孩子。还有一点值得关注的是犯罪现场，这三起案件的设计异常复杂严谨，其中少不了凶手对作案现场的了解。这些地方包括白沙宾馆、星光旅馆、金河洗浴中心、天津路超市和科技图书馆，肯定都是凶手经常光顾的地方，才能变成他犯罪设计的元素。因此，这些地方就是凶手的生活圈子，可以在地图上把这些地方连起来，便于你们排查犯罪嫌疑人用。最后一点，凶手所设计的三起案件全部都是女杀男的模式，一方面是为了嫁祸女性，另外一方面反映出的是女人对于他的压迫，他把那些被害人当成了自己。”

付雪晴长出一口气，脑子里重新梳理吴凡的侧写思路，直到此刻，她才越发清晰地感受到，隐藏在肖亚楠身后阴影中的那个狡猾的男人。

“你虽然侧写出了这个人，但是如何抓捕他依然是个问题，这方面你有没有什么想法？”付雪晴问吴凡。

“犯罪侧写只能大概圈定一个犯罪嫌疑人的人群，至于如何抓捕，还需要你们动脑筋。你要是问我的想法……”吴凡顿了顿，“你不是说你已经调查过三个男性被害人的资料了吗？我在想，男性被害人全部集中在至尊休闲会所应该不是巧合，凶手肯定是通过某种渠道能够接触到他们，也许是通过肖亚楠，也许他本人就和这个会所有着千丝万缕的联系。”

“你说的这个我也注意到了。”付雪晴说，“我专门派人梳理过会所里的VIP人员名单以及员工名单，到目前来说还没有发现可疑的人。不过你的犯罪侧写我会用上，让他们按照你说的重新筛查一遍。除此之外还有别的什么办法没有？如果有的话就说出来，多一条路把握就更大一点儿。”

吴凡认真思索了一会儿，说道：“办法倒是还有一个。”

“什么办法？”

“对外宣称肖亚楠是凶手，案子已经破了。”

付雪晴一皱眉，“这算什么办法，本来就已经要结案了。”

“我不是让你真的结案，而是通过媒体把消息提前散布出去。凶手肯定也在密切关注警方的动作，所以要在媒体上散布这些小道消息，让凶手放松警惕，相信警方已经被他欺骗了。”

“然后呢？”

“凶手就会准备下一次作案。”

“你觉得他还会作案？”付雪晴心头一紧。

“他的犯罪目标是某一类型的人群，这样的连环杀人犯是不会停手的。但是如果他预感到了威胁，有可能进入一段冷却期，避一避风头，这段时间也可能很短，也可能很长，这是我没有办法确定的。但假如他认为警方已经被他骗了，就有可能松懈下来，继续作案。”

“那我们该做什么？”

“钓鱼。”

“如何钓？”

“他肯定还会在网上寻找猎物，因为网络就是他的狩猎场。他只会对那类令他感到憎恶的女人，或者说是感兴趣的女人下手。因为他习惯在交友网站上寻找目标，而且选择的作案目标都是同城的，那就多派一些人潜入江州各大交友网站里，按照周秀娜、董倩这类的形象出现在平台上，特点越鲜明越好。你们在交谈时可以有意往这方面靠近，但不要太过主动，要让他感觉自己占据着话题的主导地位，引着他说。然后就坐等大鱼上钩了。为了保险起见，你最好给我提供一些凶手和三个女被害人之间的网上聊天记录，我想抓紧时间看看，多了解一下这个人的特点和习惯，说不定还能帮到你们。”

“没有问题，我这就让人把聊天记录导入U盘里给你。”见吴凡信誓旦旦，付雪晴也信心倍增，“好，那我这就去找人手进行准备。不过，你还得帮我个忙。”

“什么忙？”

“你最近不是还没有开新报道吗，那正好就这个案子写几篇新闻连载。尽快加更，最多一周结尾，把凶手指定为肖亚楠。”

“一周就结尾，我哪能写那么快，你以为这是写网络小说呢？”

“你就当作是网络小说不就行了，反正案情你也都知道，可以写得狗血一点儿，吸引的人越多越好，我猜凶手肯定也会看到你的文章。”

# 第十三章　Frank的真实身份

吴凡挠挠脑袋，为难地说："让我胡乱编造出凶手这样不好吧。我好歹也是一个记者，讲究实事求是啊。"

"没关系，等到破案之后，你可以再发一篇文章澄清一下不就行了。"

"那不等于是在打我自己的脸，砸我的招牌吗？"

"那有什么，你这是在间接树立人民警察的高大形象，起到正向宣传作用。"付雪晴拍拍吴凡肩膀，以示鼓励。

付雪晴做事雷厉风行，很快就从警队里找来了五个女警，把大家召集在会议室里，让吴凡把自己的想法重新向她们解释一遍。

吴凡还专门把凶手的目标人物做了详细整理，并归纳了几个明显特征告诉了几个人："凶手的目标是那些不忠于感情和家庭的女人，所以他对单身女性几乎没什么兴趣。凶手的目标女人骨子里或许躁动，但外表并不轻浮，要有良好的修养和身份，这些很重要。要在个人网名和个人信息里充分描述，要一下吸引凶手的注意，你们可以参考周秀娜、董倩和白若琳这些人注册的信息来理解。我已经为此虚构出了几个角色，你们可以利用这些角色在交友网站上注册。还有一点要特别注意，如果有人打招呼的话，千万不要马上答应他的任何请求，要学会矜持，放线钓鱼……"

吴凡上边说着，下面不太熟悉他的几个女警窃窃私语，还有些将信将疑。

付雪晴在一旁看在眼里，趁机美化吴凡，"大家打起精神，吴凡虽然是记者，他接受过专业的犯罪侧写师训练，之前就和我们警方多次合作，破了很多案子。这个抓捕圈套是吴凡根据对凶手的充分了解认真设计的。只要你们认真执行，很快就能把凶手引上钩，吴凡很有把握，是吧？"顺便捅了一下吴凡。

“啊，是。”吴凡连忙说，“也谈不上多大把握，我就是想试一试。运气好的话，应该能抓到。”

付雪晴差点没被气死，正想瞪吴凡，看见一个人闪身走进会议室，只是站在门口一声不响地瞧着他们。

来人正是刑警队长卢广通，他一来，气氛就有点儿不和谐了。这个计划要是让卢广通知道，还不知道要生出什么幺蛾子。

吴凡一见他就没了兴致，草草结束了讲话。

卢广通掐着腰，挨个人逐一打量了一遍，沉着脸问付雪晴和吴凡：“你们这是在开什么会？付队长，怎么还让记者来讲话？”

吴凡皮笑肉不笑地回答：“我们在谈怎么搞一个大型的媒体宣传活动，好好歌颂一下像卢队长这样呕心沥血、事必躬亲的模范警察。”

“是吗？”卢广通半信半疑，“我怎么听着你们要抓什么人，还要钓鱼。”

“对，对呀，我们说的是模范警察，模范警察当然要抓坏人了。我们还要搞一次警民钓鱼大赛，以这个为契机来开展活动。卢队长你会钓鱼吧？”

“钓鱼？”卢广通满脸疑惑，有点儿找不着北，“还行吧。”

“一定要抓紧练习，加油！”吴凡举起拳头给他打气，趁着卢广通还未琢磨明白呢，赶紧溜出了会议室。

付雪晴给其他几个女警使了一个眼色，大家也都往外溜，付雪晴走在最后被卢广通拦住了。

“你们到底在研究什么，不是吴凡说的那样吧？”卢广通狐疑地瞅着付雪晴。

“怎么不是？卢队你最近好好准备吧，说不定随时会有记者来采访你呢。”付雪晴十分认真地说。

“真的要采访我？”卢广通有点儿信以为真了。

“你看你最近忙得，胡子都长了。抽空收拾收拾。”

“真的？我胡子又长了？”卢广通下意识地摸摸自己一向很重视的胡子，“你看我这一天忙的，都忘修了。小付，刚才吴凡说什么还要组织钓鱼活动，和采访是同一天吗？我是不是还需要买根鱼竿呀？”

四周一片寂静，根本没人回答。

卢广通转身看了看周围，付雪晴早就跑没影了。

之后几天，付雪晴从警队抽调了两拨人，一队人入驻至尊休闲会所，负责筛查 VIP 会员和会所工作人员，另外一队女警遵照吴凡的要求假扮成空虚寂寞的已婚女性，在各大交友网站上寻找可疑的男性。

这一切行动都是秘密进行的，就连队长卢广通都被蒙在鼓里，还在认真准备钓鱼比赛呢。

当然，卢广通也没完全闲着，他发现付雪晴对肖亚楠并不怎么感兴趣，便抓紧时间收集她的犯罪材料，要是能锦上添花地找到一些证据最好，他也能顺理成章地领一份破案的功劳。

在收集证据的同时，他还没忘了提审一下周秀娜和白若琳，毕竟案子还没有结束，这两个女人依然是犯罪嫌疑人的身份。在他反复的启发下，这两个女人模模糊糊似乎又回忆起一些东西，说她们在被下药后迷迷糊糊的时候，隐隐感觉到一个酷似肖亚楠的女人走进了房间。

卢广通十分兴奋，马上让人给她们做了笔录。

在审讯白若琳的时候，其实吴凡就站在隔壁的观察室里，透过墙上的单面反光镜，他清楚地看见坐在审讯椅上的白若琳。

数日不见，白若琳面容憔悴，整个人都蜷缩在椅子上，没有一点精神。

吴凡心里有种说不出来的滋味。他真希望一切能回到过去，能回到什么都没发生的时候。

侯小亮坐在一旁，似有心又无心地对吴凡说：“这下你不用担心了吧，你女朋友应该是没什么事了，卢队明里是审她，其实是帮她脱罪呢。要说我们卢队就是大人有大量，你把人家都打了，他还帮你，换成一般人谁能这么做？”

“卢队长不是我打伤的。”吴凡说，“监控拍得清清楚楚。”

“呵，是吗？”侯小亮歪头瞧他，冷笑道，“监控里确实是拍到了一个戴兔子面具的家伙，可是那又能说明什么呢，你自己心里没点儿数？”

“我不明白你在说什么？”

“哼，那我就给你说个明白，你口口声声说什么预测死亡的兔子，把他吹嘘得天上地下的，居然连付雪晴都站你那头儿摇旗呐喊，可是警队里有多少人相信这个？我就不信。谁知道是不是某个别有用心的人找来的托啊。”

“你认为我就是那个别有用心的人？”

侯小亮把椅子转过来，面朝吴凡，“谁是谁心里清楚，远的不说，就说卢队长被人偷袭，那个戴兔子面具的家伙早不出来晚不出来，偏偏赶在卢队长马上要抓住白若琳的时候才出来。可是现在呢，这家伙又眯起来没动静了。明眼人谁看不出这里面有猫腻？卢队长就是看在付雪晴和她爸付局长的面子上，以大局为重，把这口气咽了下去。要不然，从我这里就不答应。”

吴凡瞥了他一眼，嗤笑一声，“我佩服你的兄弟义气，不过也很同情你的智商。听说你在警校成绩就不算太好，能顺利毕业还真是难为你了。”

“你说什么？你再说一遍！”侯小亮脸色立刻就变了，从椅子上蹿起来，瞪眼攥拳是真急眼了。

他在警校因为贪玩打游戏，最后一个学期六门功课亮了红灯，差一点儿被退学。后来求爷爷告奶奶，好不容易才参加补考，算他运气好他才大难不死。这可是他不能碰的伤疤，让吴凡一不留神给揭了。

面对张牙舞爪的侯小亮，吴凡像看孙悟空翻跟头一样，根本没心情搭理他，转身就往外走。

侯小亮叫住了吴凡。

他鼻孔喷着气，用挑衅似的口气说：“切磋一下如何？”

“正有此意。”

侯小亮朝屋里其他两个始终没插话的同事使了一个眼色，那两个人平时和他关系不错，装作没看见，一声不吭地离开了屋子，只把侯小亮和吴凡留在了屋子里。

“点到为止？”

“让你看看，我在学校都学什么了。”他说着一招手就往吴凡面门上比画，吴凡下意识地抬手去挡，没想到这是个骗招，侯小亮突然加速朝吴凡扑了过来。

他看着瘦，速度奇快，下手也特别狠，一个膝撞结结实实顶在了吴凡的小肚子上。

吴凡闷哼一声，就感觉肚子疼得要裂开了一般。

侯小亮一击得手，左右开弓连着给了他几拳。吴凡撞在墙上，瘫坐在地，眼前阵阵发黑，脑子里天旋地转。

迷迷糊糊中，他眼前仿佛看到了幻象，耳边一片嘈杂——

有人在聊天，有人在唱歌，还有酒瓶相碰发出的清脆声响……

"嗨，Frank。"一个声音在旁边喊他，儿化音很重，感觉普通话不太好。

他扭头看见一个脸色苍白的年轻男人端着酒瓶朝他示意。

他拿起身边的酒瓶和那人碰了一下，仰脖喝下一大口，又酸又苦的味道让他直反胃。

那人瞧着他吃吃地笑道："这东西不能大口大口喝。"

他笑了笑，又喝了一口，放下酒瓶，有几分好奇地瞧着年轻人。他是这里少数几个会说普通话的人，比起那些哇啦哇啦的外国话听着容易不少。

"你看我干什么？"年轻人问。

"我有点儿好奇，他们为什么都管你叫德古拉，或者叫鬼男呢？你看着一点儿都不像。"

"我不像吗？"年轻人表情很认真，抿着嘴唇的时候显得下巴有点儿歪。

"不像，除了脸色白一点儿，你看着文质彬彬的，像个秀才。"

"秀才是什么意思？"

"嗯，就是指读书人，大学生。"

"大学生……"鬼男反应漠然，"也许在你们那里这是恭维人的话，但是在这里不是。"

他有些尴尬，随口调侃："难道德古拉是恭维人的话？"

鬼男喝了一口酸奶，伸手从怀里取出一把形状十分古怪的物件。弯如月牙，似乎有一个厚厚的外鞘，上面雕满了花纹图案，还镶嵌着玉石和玛瑙，分明就是一件古董。

他有些疑惑地望着鬼男手里那东西，确定他不是为了炫富。

鬼男歪歪嘴角，显出一抹深不可测的笑意，手腕突然一震，只见一道寒光闪过，他还没看明白怎么一回事，寒光就消失了。

他看见鬼男的刀已经出鞘，刀柄弯曲，刀刃弯曲，光滑锋利得犹如一汪碧水。

鬼男平端着那把小刀，刀刃水平，上面放着一个细小的东西，他另一只手拿起酒瓶悠闲地抿上一口。

他往刀刃上仔细一瞧，脸色就变了。刀刃上放着的分明是他衬衫领口上的一枚扣子。这家伙刚才那一刀竟然从他脖子上切过去。

他急忙摸自己脖子，幸亏完好无损，只是掉了一个扣子。

他冷汗瞬间就下来了。

这得练习多少次才能练成这样精准的刀法？

鬼男微微一笑，把刀伸过来，将扣子放在他面前，“我很少在别人面前用刀，一般看过我出刀的人都是我的猎物。”

“幸亏我不是你的猎物。”他摸摸自己的脖子。

“你不是猎物。”鬼男摇摇头，“你是野兽，我见过你出手，听说克鲁帮的卢瑟·托被你干残了。你小子练的是什么，泰拳吗？”

“是。”

“我喜欢狠角色。”鬼男的表情稍微缓和了一些，忽然问，“你杀过人吗？”

“杀人？这个没有。通常人不犯我，我也不想置人于死地。”

“你这个想法可不对。”鬼男摆了摆手指，“这个世界上只有肉食动物和草食动物的区别，动物和人都一样。如果你是草食动物，那么你被杀天经地义。如果你是肉食动物，那么你杀别人也天经地义。怎么样，想不想跟我一起去捕猎？”

“捕猎？”

鬼男伸出长长的舌尖舔了一下刀刃，苍白的脸上露出陶醉的表情。

这时候一个微醉的男人走了过来，笑呵呵地问："你们在聊什么呢？"

鬼男朝他露出叵测的笑意，"我们在聊肉食动物之间的事情，你不懂。"

"肉食动物？"男人差点儿没把喝进嘴的酸奶喷出来，哈哈笑道，"你喝多了吧鬼男，一喝多了就拿你那把小刀到处显摆。"

男人一通奚落，鬼男脸上有些不快，但没有发作，轻蔑地瞧着他，"阿成你就是个草食动物，还是干你草食动物的事吧。你不是带相机了吗，别光顾着拍姑娘，也给咱们拍个照。"

"好！"阿成倒是个很爽快的人，晃晃悠悠去拿自己的相机，让每个人举杯摆姿势。

鬼男用酒瓶指了指阿成，对吴凡说："你看着吧，Frank，说不定哪一天，我就把这个草食动物给吃了。"一边朝镜头摆出笑容。

"来，一二三……"阿成大声喊着，同时按下快门。

吴凡猛然从恍惚中惊醒，浑身栗抖，完全被冷汗浸湿。

他抬起头，看见侯小亮正耀武扬威地站在他眼前，掐着腰居高临下地瞅着他。

他此刻正靠墙坐在地上，感到脸上一阵阵胀痛，"继续。"

侯小亮抡圆了一拳奔着吴凡面门砸下。

接下来的场面侯小亮做梦都没有想到。

刚才还弱不禁风的吴凡伸手就把他手腕抓住了，五指如钩，死死地钳在他骨头上。

侯小亮刚想要抽手再打，吴凡坐在地上的身子猛然拔起，一股巨大的力量把侯小亮瘦弱的身子整个掀了起来，差点儿坐在地上。

他倒退两步刚站稳，吴凡两只手就伸了过来，也没看见他速度有多快，没等侯小亮反应他的脖子就被掐住了。

他想掰开吴凡两只手，可是感觉他的手像两把钳子一样牢牢地卡在他脖子上。

吴凡双手一用力，侯小亮双脚顿时离了地，他吓得手刨脚蹬，却喊不出多大声音。

吴凡举着他，把他按在反光镜面的墙壁上。

对面审讯室里的卢广通还在耐心细致地询问白若琳案发经过，听见墙上传来“哐”的一声，然后是一阵刺耳的挠墙声。卢广通被搅得心烦，抬头看了一眼反光镜，却只能看见他和白若琳的倒影，完全不知道隔壁房间发生了什么。

他用力咳嗽了两声，提醒隔壁房间安静。

侯小亮现在一点都不想安静，他像壁虎一样被挂在墙上，连喊救命的力气都没有。

他望着吴凡，那冰冷阴森的表情仿佛彻头彻尾变成了另外一个人，有那么一刻，他觉得自己马上就要被他活活掐死了。

吴凡冷冰冰地瞧着他，忽然松开手，把侯小亮扔在地上。

侯小亮一句话都说不出，一面大口喘气，一面剧烈咳嗽。

“我赢了。”吴凡丢下这句话，没再多看他一眼，推开门走出了房间。

站在门口的两个警员没想到先出来的居然是吴凡，他一点颓相都没有，跟胜利者似的大步流星走了。俩人一时间有点儿发蒙。

他俩急忙走进房间，看到安然无恙的侯小亮，不过就是坐在地上，双眼有些发直，神情恍惚，手脚还有点儿哆嗦。

“侯哥，你没事吧？”其中一个警察小声问。

“啊，啊……”侯小亮回过神，恍惚之间猝然看见了满脸肃杀的吴凡，“这么能打？”他站起来气呼呼地走了，把两个愣着的警察扔在了那里。

吴凡没有和任何人打招呼就离开了刑警队。

付雪晴之后打了几通电话他也没接。

那天晚上，他没回自己家，也没去欧阳姗姗家，他独自在夜晚空旷的街道上行走，漫无目的，怅然若失。

吴凡不经意地经过了藏匿干尸的旧楼，那里已经人去楼空，外墙上写着大大的“拆”字。

又走了许久再次驻足，抬起头望着酒店的摩天高楼，正是德古拉案的凶手囚禁他和欧阳姗姗的地方。

“Hi,Frank,my brother.”这恶魔般的低语又一次在他耳边响起。

自己最担心的事情终于还是发生了。

他就是Frank，他就是德古拉案的凶手要寻找的兄弟，他们根本就是同一类人。

那张照片依然放在吴凡的口袋里，但他已经不需要了，因为照片里的一切他都想起来了。

那是一次恶魔的盛宴，所有出现在照片里的人都是让当地警方头痛万分的不法之徒。

他不记得自己是怎么与那些人同流合污的，他也不记得那天聚会之后，鬼男有没有带他去狩猎。但有一点他终于弄明白了，鬼男在江州的连环杀人案以及屡屡挑衅警方的游戏都是为自己准备的，他要唤起他曾经恶魔的记忆。

他把杯子送给他，他屡屡用密码游戏提醒吴凡找回真正的自己，甚至还带来了与吴凡的合影。

而欧阳姗姗便是他献给吴凡的祭品。

如果吴凡没有失去记忆的话，那么他那天又会对欧阳姗姗做什么呢？

他顿时感到无比恶心，胃里翻江倒海，跪倒在酒店门口呕吐不止。

他感觉天旋地转，耳中能听到鬼男在地狱里歇斯底里的狂笑。

“你觉得我是好人吗？”他问欧阳姗姗。

“爹地你当然是好人啦，要不然我哪敢跟你在一起呀。”

他捂着头，心像被刀割一样疼。

酒店门口的保安以为遇上了醉鬼，跑过来两个人想把他打发走，被他一把甩开，他回头瞅着两个男人，眼神把两个人吓得不敢上前。

他发出痉挛般的冷笑，笑容中充满了痛苦，他踉踉跄跄地起身走进了夜色中……

之后的一周，江州晚报法制专栏忽然开始连载这次案件的报道。

这一次的报道别出心裁，从一开始就指明了犯人的身份，随后用倒叙的方式讲述了警方的办案经过。

案子连载到第七天的时候，付雪晴忽然派人到江州报社找到了正在码字的吴凡，要把他接去刑警队。吴凡一句话也没多问，跟着他们离开报社上了车。

警车顺便绕路开到第五中学，把欧阳姗姗也一起接上。

欧阳姗姗钻进车里，一眼看见了吴凡，小脸马上绽放兴奋的样子，但随即又撅起了嘴，不乐意地质问吴凡："喂，爹地，你这一周都在干什么啊，怎么也不搭理我？打电话也不接，发微信也不回，去你家也没人。我还以为你暴毙了呢。"

吴凡没有什么表情，扭头看着窗外，似乎一点儿都不想搭理她。

欧阳姗姗小嘴噘得更高，更不乐意，"你都不问问警察为什么开车来拉我吗？"

吴凡懒得问，欧阳姗姗自顾自往下说："小雪姐姐给我发微信了，问我有没有时间，想跟我见见，她是我未来的小后妈嘛，我当然随叫随到了。"

前面把着方向盘开车的警察手一哆嗦，车头差点儿拐到旁边的车道上。

"注意看路。"欧阳姗姗不满地提醒道。

她回过脸朝吴凡起急，用力推他，"喂，你到底是怎么回事啊？我哪里得罪你了，你为什么不搭理我？"

"没什么，我最近比较忙。"吴凡故意不看她，冷漠地回答。

"那也不对啊，你以前不是这样的。到底因为什么啊？你就说说嘛，如果真是我什么地方惹你生气了，你告诉我好不好，我也可以改正啊，你不能就这样不搭理我啊。"欧阳姗姗揪着吴凡的胳膊不放手，可怜巴巴地望着吴凡。

# 第十四章　钓鱼

吴凡的心口一阵阵抽搐，却故意用鼻子冷哼一声，“因为你就是个不懂事的小破孩，只会给别人找麻烦。”

欧阳姗姗瞬间不吱声了，呆呆地望着吴凡。

吴凡以为这下气到她了，心想就这样让小姑娘恨自己也不错。

没想到，欧阳姗姗忽然一拍脑门，叫起来：“我知道了，是不是我上次为了撮合你俩，故意演戏骗她，被她拆穿了。她迁怒于你，你才气到我头上？哎，我那也是好心呀。”

开车的警察双手又一哆嗦，差点儿开到路中间的隔离带上。

“你想多了，我和她一切正常。”吴凡回道。

“那我就不明白了，你到底为什么突然就讨厌我了啊？”欧阳姗姗委屈地望着他，大眼睛里忽然涌出眼泪，“我爸爸、妈妈谁都不理我，现在你也不理我了。我真是那么讨厌的小孩吗？”

吴凡望着车窗外，心里五味杂陈。如果欧阳姗姗真的知道了他是什么人，该是她讨厌自己了吧。

刑警队，付雪晴正在等他们。

吴凡大概也能猜到付雪晴叫他们来的用意。

付雪晴直截了当地对吴凡说：“经过这一周的上网钓鱼，还真有不少人上来勾搭，我的人按照你做的罪犯侧写，筛选出最符合罪犯特征的几个人。现在把你找过来想让你帮忙甄别一下。”

吴凡指了指欧阳姗姗，“那你把她找来做什么？”

付雪晴看了一眼周围的人，脸色有些为难，低声说：“这都一周了，王麟那边也没有破解出那幅画里面的密码。没办法，我就想找欧阳姗姗过来试试……你先看看这些犯罪嫌疑人材料吧。我现在带她去物证科……”

欧阳姗姗现在气鼓鼓的正来劲儿呢，冷冷道：“我现在哪儿也不去，我就待在这。”

付雪晴一下被搞愣了，耐心劝她：“刚才咱们在微信里不是说好了，请你过来帮帮忙吗？你上次不是帮你爹地破解出了一个用隐写术隐藏的密码吗？”

“爹地？谁是我爹地？”小丫头凶巴巴瞅了一圈，“我就是一个没爹没妈的小野孩。我什么都不会干，就会让人讨厌，我过来就是让你们讨厌我来了。”

她气呼呼地拽过来一把椅子往地当中一放，大剌剌地坐上去，抱着胳膊，跷着二郎腿，鼓着腮帮瞪着眼，跟只小青蛙一样。

付雪晴碰碰吴凡，“她这是怎么了？你们闹别扭了？”

吴凡没法解释，直接问：“你说的那些资料在哪呢？”

“这孩子没事吧？”付雪晴忍不住问了一句。

“没事，耍小脾气呢。”吴凡随口敷衍，“把那些犯罪嫌疑人的材料拿给我看看吧。”

那边早已经给他整理好了十一个符合凶手特征的犯罪嫌疑人材料。

吴凡翻开一看，这些人的个人信息以及嫌疑特征都记录得非常详细，他想知道的几乎全都包括在内了。由此可见，付雪晴是个相当细心，领悟力很高的人。和这样的人合作确实是一件很愉快的事情。

吴凡不由得感叹，假如这样的女人结了婚，说不定会是一个贤妻良母呢，真是羡慕陆恒的运气。而他吴凡，一个和连环杀手同流合污的人，与付雪晴的差别就像黑夜与白天，恶魔与天使。

他是个没有明天的人，他的人生里仅剩的目的就是隐藏自己，像冬眠的野兽一样继续活下去。

“怎么样？”付雪晴急切地催问。

吴凡回过神，发现一圈人都在目不转睛地瞅着自己，连忙集中精力仔细阅读材料。

这几个犯罪嫌疑人的个人资料上都显示出比较好的工作和兴趣品位，当然，这些信息有可能都是虚构的。因此，付雪晴挑选出聊天中一些可疑的交谈，打印下来给吴凡看。

吴凡认真看过所有材料，筛选来筛选去，最后把其中三份材料抽出来放在桌上，“这三个人我觉得最可疑。我这几天仔细研究过三起案件发生之前，凶手在勾搭三个女人时候说话的习惯。凶手说话逻辑分明，层次清晰，说明他很有修养，而且很善于察言观色。他既可以彬彬有礼，同时又能十分知趣，很会挑逗人。这个人在现实中一定十分虚伪，却很善于迷惑人，甚至人际关系还不错。我选择的这三个人是说话习惯最接近凶手的人。”

付雪晴瞄了一眼那三个人的材料，一个自称是股票分析师，网名叫“BruceChen”，另外一个是私人医院的牙医主任，网名“灯草先生”，还有一个是酒吧老板，网名“北回归线”。

“这三个人有提出过约会吗？”吴凡问。

和这三个男人聊过天的几个女警纷纷给出了回答。“BruceChen”和“北回归线”提出过约会见面，“灯草先生”还没有。

“你们没有立刻答应见面吧？”吴凡问那两个负责钓“北回归线”和“BruceChen”的女警。

她们都说没有。

吴凡点点头，“这就好，对这样的人要有耐心，他们更喜欢半推半就的那种类型。”

“接下来你有什么打算？”付雪晴问。

“想办法把他们约出来，但也不能操之过急。一步步来，注意他们的反应，这很关键。”

付雪晴对女警们说：“谁负责对接这三个男人，继续跟进。”

三位女警各自登上交友论坛，向目标人物发送提前设计好的台词。最先回复的是“北回归线”，过了两个多小时“BruceChen”也有了回复，最后是“灯草先生”。

三台电脑同时工作，吴凡站在三名女警身后，看着她们在网上和犯罪嫌疑人聊天。

欧阳姗姗发现没人搭理她，也觉得百无聊赖，把小脑袋伸过来一起看着屏幕上都在聊什么，看着上面时不时冒出来的露骨语言，也有点儿脸红发烧，不好意思往下看。

几个小时过去了，三个犯罪嫌疑人陆陆续续都上钩了，最后和女警们约定好了见面时间和地点。

越到最后才越关键，这就如同在耐心等待着一条毒蛇慢吞吞地爬出洞穴一般。

付雪晴把三个犯罪嫌疑人最后的留言全看了一遍，发现他们提出的约会地点不是在咖啡屋、酒吧，就是直接在旅馆开了房，看不出任何圈套的意味，她之前的兴奋度瞬间降到了冰点。

“白忙活了一下午，居然全不是。”她不由得叹气。

“为什么这么说？”吴凡问。

“如果真是凶手的话，怎么可能会提出直接见面，连见面地点都直接给好了。按照凶手的行事风格，一定会设下一个圈套的不是吗？就像把白若琳引到超市的储物箱，把周秀娜引到图书馆储物箱和洗浴中心卫生间一样。可是眼前这三个犯罪嫌疑人直接就定地点了，完全没有隐藏自己的意图。”

吴凡想了想，“你说的或许对，也可能我们在媒体上放出的烟幕弹并没有骗过凶手，他收手了，进入了冷却期。但也不能排除凶手就在这三个人中间的可能，因为他们说话的风格与凶手十分相像。”

“如果真有凶手在里面，那为什么不像之前那样隐藏自己呢？”

“作为一个惯犯，他会在连续作案的过程中逐渐形成一套适合自己的作案手段，并且不断提升这种犯罪技巧。在这三起案件中，凶手的作案手段就体现出了不断提升的特征。”

“你说得没错，但是那三起案子还是大同小异，很像是同一个人做的，可是现在你选的这三个人完全看不出一点凶手的影子……”

对于付雪晴的疑问吴凡并不意外，“对于犯罪惯技，我还有一点儿补充。有些罪犯的犯罪手段会保持长时间的一致性，有些罪犯则会不断地提升手段。还有一种情况是，同一名罪犯会突然之间完全改变自己的犯罪手段，这样的特例也是有的。那就是当环境突然改变，让罪犯感受到了巨大的威胁，就有可能突然之间改变之前的作案手段。”

“难道会改变得完全看不出来吗？”付雪晴问。

“我不能百分之百确定，不过仔细分析一下这起连环案件，凶手之所以设计得如此复杂，就是为了洗脱自己的嫌疑。由此看出，他是个十分谨慎小心的人，他肯定也在暗中关注这三起案子的动向。之前受理案子的分局把案子作为个案处理，正中他的下怀，他便无所顾忌地继续按照之前的模式作案。但是现在我们已经并案处理了，连肖亚楠都被逼得自杀了。这件事肯定对他产生了很大震动。一旦他感受到危险，完全可能收手，或者重新设计一套新的作案手段。”

“那么新的作案手段是什么，你能看出来吗？”

吴凡望着三台电脑屏幕，摇摇头，“这个我就不知道了，恐怕现在也只有凶手自己知道他想干什么。”

“好吧，那我们就会会这三个犯罪嫌疑人。‘BruceChen’和‘灯草先生’都是明天见面，‘北回归线’是后天。兵分两路就可以，我这就安排人手。”

“其实也不用两路，一路人就够用。”吴凡说着把“灯草先生”的材料抽出扔在一旁，“这个人可以排除掉。”

“为什么突然把他排除了？这个人的情况和另外两个人差不多呀？”付雪

晴有些纳闷。

“你忘了我在做侧写的时候说过，凶手工作不错，而且有很灵活的时间。‘灯草先生’却非要把约会时间定在晚上 7 点以后，或者周六下午和星期天，说明这个人有固定的工作。他自称是私人医院的牙医主任，我觉得这是他瞎编的。牙医主任的工作是比较灵活的，也不用坐班。而这个人的工作早八晚五，甚至连周六也要占用。”

“既然这样，那我们明天就先去会会这个‘BruceChen’。他要在咖啡厅见面，我亲自去。如果是他，直接就把他拿下。”

吴凡倒没有那么乐观，“即使这个‘BruceChen’是凶手，以他一贯的狡猾谨慎，也保不齐会耍花招。说不定他还会像之前那样，找其他男人冒充，也很有可能。”

“那没关系，就算见面的不是凶手，他也会想办法把我引到作案的地方，到时候真凶肯定会出现的。只要是他，就不怕他耍花招。即便不是，一天后我再去见见那个‘北回归线’。”

吴凡见付雪晴信心满满，也不多说什么了，“可以，不过你需要改改平时的装束，穿成凶手喜欢的样式。”

“凶手喜欢什么样式？”

“偏成熟风韵一点儿的，你平时的着装比较青春靓丽，虽然能凸显好身材，不过那不是凶手的口味。”

听到有人夸自己身材好，哪个女人都不免高兴一下，付雪晴有点儿难为情地问：“我还是不太明白什么样的算是成熟……”

吴凡想了想，“没关系，一会儿我陪你去挑一件合适的衣服。”

欧阳姗姗在一旁看着，撇撇嘴，谁说吴凡不会泡妞，这不也挺老手的吗？

她见所有人都不搭理她，尤其是吴凡连看都不看她一眼，心里越想越赌气，忽然大声道：“不是还有一个犯罪嫌疑人吗，你们不管了？”

她这一嗓子倒是引起了不少人注意，纷纷转头，不解地望着她。

欧阳姗姗起身走到桌前，指了指那份被吴凡排除在外的犯罪嫌疑人“灯草先生”的材料，“这个人你们就不管了吗？”

吴凡感觉这小丫头想捣乱，说道：“这个人已经被排除在外了。”

“那你一开始怎么不把他排除在外，还说他说话的逻辑很像凶手？”

“他说话是有点儿像，但是他不符合凶手的条件，所以才被排除了。”

欧阳姗姗小脑瓜摇得跟拨浪鼓一样，故意抬杠：“你所谓的不符条件不就是指他工作不灵活吗？那万一是因为他临时家中有事，或者刚刚调动了工作呢？或者还可能是他爹妈，他老婆的爹妈出事了，他妈跳广场舞跳骨折了，他老丈人中风住院了呢？这些都能干扰他的日常时间啊……”

吴凡一下被问得不知该如何回答，旁边两名女警有些忍俊不禁，在那儿偷笑，更让吴凡没有面子。

吴凡沉着脸说：“犯罪侧写分析出的是最大的可能性，如果按照你这样说的话，所有主动勾搭的男人都有嫌疑，都应该被查？”

“对呀，如果做事严谨的话，一个都不能漏过。”

当着这么多人的面，小丫头摇头晃脑没完没了，摆明了是跟吴凡杠上了。

吴凡忍无可忍，训斥道：“你小孩子懂什么，别在这胡闹！”

欧阳姗姗吃软不吃硬，让吴凡这一吓更来劲儿了，小脖子一梗，“谁在胡闹了，我可是付队长请来办案的。跟你有什么关系？再说了，你凭什么教训我，你是我什么人啊？”

吴凡说一句，她一百句等着，实在不想纠缠下去，他索性不理欧阳姗姗，转而跟付雪晴商量如何与凶手约见，把欧阳姗姗晾在一边。

欧阳姗姗见没人理她，噘着小嘴，走过去一把从桌上抢过“灯草先生”的材料，“哼，你们不查他，我去查他！”

“随便你，这个人根本就不是。”吴凡说。

“哼，我乐意！”欧阳姗姗拔着脖子气呼呼地走了。

吴凡心中微感歉意，想到自己的真实身份，他也实在不愿意再伪装下去，给一个差点儿变成自己猎物的小女孩做爹地。

他现在只能努力排除杂念，把全部心思都放在案子上。

他和付雪晴商量了一下明天约见犯罪嫌疑人的步骤，付雪晴做了简单安排，然后让大家都回家休息。

她和吴凡两个人还有其他事情。

“你准备给我挑什么样的衣服？”付雪晴一边开车，一边问。

“现在还不清楚，等去了才知道。”吴凡说。

“你不是要去服装店给我买套衣服吧？”付雪晴眉飞色舞。

吴凡还真是那么打算的，他给付雪晴指路，两人来到了市中心的商业步行街。

吴凡驾轻就熟地走到了一家服装店前。

付雪晴和他一起走进店内。看着四周悬挂的风格新颖的服装，付雪晴疑惑地说：“你怎么确定穿这家店的衣服凶手就一定会喜欢？”

吴凡没吱声。

这家店就是头些天他和白若琳一起买衣服的那家店。为了和凶手见面，白若琳特意跑到这里买了一套高档连衣裙，你说凶手会不会喜欢。

导购小姐殷勤地跟在他和付雪晴身后，热情地询问情况，还主动给他们推荐：“您看看这边，这是我们最新款的连衣裙。”

吴凡抬头一瞅，正是白若琳看中的那套黑色蕾丝连衣裙，厌恶地挥挥手，“那个不行，太丑了。”

东挑西选，他给付雪晴选了一套和白若琳那套衣服反差最大的，这样看起来，心里才好受一点。那是一套灰绿色的衬衣裙，乍一看颜色有点儿旧，裙子还有点儿短，不是特别惹眼。

“这穿上能好看吗？”付雪晴对吴凡的眼光深表怀疑。

“要不再试试别的？”导购小姐在一旁建议。

“不，就这件衣服。”吴凡十分坚决，对付雪晴说，“又不是让你觉得好看，只要罪犯觉得好看就行了。”

“罪犯会喜欢这样的？”付雪晴拿着衣服在身上比量。

导购小姐吓得直往后退，发现这两位顾客都不正常。

“小姐先别走，给我挑一件中号的。”付雪晴喊住正要溜的导购小姐。

导购小姐一脸纠结地给她挑了一件裙子，付雪晴拿着进了更衣室。

吴凡足足等了十分钟，付雪晴才拉开帘子姗姗走出。

吴凡抬眼一瞅，焕然一新的付雪晴亭亭玉立地站在自己面前，他不由得呆住了。

灰绿色的裙子穿在她身上显出一股复古的个性，还有一丝怀旧的冷艳气质，收腰设计的褶皱裙摆显得两条腿愈加修长，加上付雪晴本身精致的五官和一头波浪秀发，更显得光彩照人。

一旁的导购小姐也备感惊艳，对付雪晴说：“这个衣服是衬衣款式，还有流行的穿法，我帮您弄一下。”

她凑上前，解开付雪晴领口下的两颗纽扣，这样一来恰好露出一点雪肤，性感悄然释放，与裙摆下雪白的玉腿纤足相得益彰，风情若现，妖娆得令人窒息。

付雪晴发现吴凡和导购小姐表情迟钝，转身看了一眼更衣镜，也被自己惊艳到了。

由于职业关系，她对自己的外表不太在意，即便是休闲装也多以轻松方便为主，她还是头一次打扮得这么有女人味，望着自己镜中娇羞的魅影，脸颊悄悄泛起一抹潮红。

导购小姐跟着夸赞：“您男朋友真是好眼光，知道什么衣服最适合您。”

付雪晴原本红润的脸上更添羞涩，一时间手足无措，不知该如何解释，忙不迭地避开吴凡的目光。

吴凡也比较尴尬，对导购小姐说：“那就这件了，包上吧。”趁机躲开付雪晴跑到前台交款去了。

离开服装店，一向大气爽快的刑警队长一下子变得沉默寡言，走路也开始低头垂肩，迈小碎步了。

吴凡也觉得很别扭，想说话又不知道该说什么。

“吴凡……”付雪晴努力装出平时说话的样子，“这件衣服多少钱啊，我把钱转给你。”

“不用，这主意是我出的，钱当然我付，万一我没找到凶手呢，就当作是辛苦费吧。”

吴凡回头一看，付雪晴居然还穿着那套连衣裙呢，都有点儿不会迈腿走路了。

看见吴凡瞅自己，付雪晴窘迫得不得了，急忙解释：“都是你刚才走得太快，我还没来得及换下来呢，咱们找个洗手间吧，我得换下来，穿这个感觉漏风，还是穿裤子舒服些。”

“不用换了。”吴凡笑着说，“其实你穿裙子很好看。”

“真的吗？”付雪晴认真地问了一句，低头瞅瞅自己两条大长腿。

吴凡认真地点点头，和她一起瞅。

哪知道付雪晴忽然又翻脸了，“别看了，有什么可看的！”

吴凡急忙把眼睛转到别处。

两个人沉闷着走了一段路，谁也不知道该说点儿什么。

吴凡看了看时间，已经 7 点多了，想问付雪晴要不要去吃点东西，但这时候有人给付雪晴打电话。听她说话的口气，肯定是陆恒无疑，听说付雪晴来买衣服，他也要过来，和付雪晴逛逛夜市。

等付雪晴挂了电话，吴凡马上告辞，付雪晴怎么也留不住，他可不想当什么电灯泡。

他横穿步行街，走到地铁站门口，不禁回头看了一眼远处的付雪晴，在夜晚璀璨迷离的灯影中，伊人翩翩，风姿绰约，令人怅然若失。

一种从未有过的孤独感油然而生，吴凡忽然发现，原来自己身边已经没有一个亲近的人了。

白若琳的背叛，欧阳姗姗的决裂，现在连付雪晴也要嫁人了。除了那个冷冰冰的出租房，他似乎也没有其他地方可以去了。

也许像他这样的人根本不配拥有正常人的生活，他就像一只徘徊在深夜的动物，那些见不得光的秘密永远只能隐藏在黑夜中。

那一夜，他独自躺在床上，做了噩梦。

他梦见了鬼男，梦见他们坐在一起聊天喝酒。

欧阳姗姗歪着头坐在他们旁边，手脚被绑在椅子上。

他还梦见了预测死亡的兔子，戴着毛茸茸的兔子面具，用一条锁链牵着一串死人站在他四周，这些人都是凶杀案中的死者，一个个一言不发地望着他，灰白色的眼球里没有任何内容。

他从噩梦中惊醒，跌跌撞撞地爬下床，惊恐万分地从衣服口袋里找出那张与鬼男的合影，撕得粉碎，从25层的阳台上撒出去。然后他呆呆地看着纷纷扬扬的碎片被夜风裹挟着消失在远处……

这个唯一能连接他罪恶过去的证据也彻底消失了。

他应该，不会再回去了吧。

第二天对大多数人来说又是普通忙碌的一天，但是对付雪晴和准备行动的刑警来说，却是焦躁不安的一天。

吴凡的侧写到底准不准，马上就要到了验证的时刻。

那个狡猾的犯罪嫌疑人会上钩吗？

不到最后一刻，所有人都没有把握。

付雪晴挑选的幽会时间是在下午3点，“BruceChen”丝毫没有犹豫便答应了。见面地点是“BruceChen”挑选的咖啡厅，看起来浪漫而普通。

吴凡提前三个小时便赶到刑警队。

付雪晴那边已经准备得差不多了。她挑选了四个人装成顾客与她同去，到时候伺机而动，一旦发现“BruceChen”有任何可疑情况，马上就将他按住。当然，前提是“BruceChen”露面。不过，万一他是凶手的话，也很有可能到时候又玩什么花招。

吴凡看着打扮得光鲜亮丽的付雪晴，身上穿的连衣裙正是他昨天挑选的那套，这次还特意穿了一双高跟鞋，更加显得她身材挺拔修长。

吴凡说："我也跟你们一起去吧。"

"怎么，你还不放心我吗？"付雪晴居然还有心情开玩笑，故意摆了一个造型，"姐姐现在是不是魅力十足？"

吴凡笑了笑，没接话。

他们提前两小时出发，来到楼下正准备上车，忽然陆恒来了。

"你要来怎么不提前跟我说一声？"付雪晴说。

"是付叔叔想和我聊聊天。"陆恒指了指楼上。

当着这么多部下的面，付雪晴有些难为情，催促他："那你赶紧上去吧。"

陆恒"嗯"了一声，没有马上走，他从头到脚打量着付雪晴，从来没见过她这种穿搭上班，"你们这是要去哪儿？"

"去开个会。"付雪晴随口编瞎话。

"开会？"陆恒将信将疑地看了看其他几个便衣打扮的刑警，最后一眼看见了吴凡，"怎么吴老弟你也在这儿？"

"我……"吴凡见付雪晴给他递眼神，顺嘴道，"我们这是要去报社开记者招待会。"

"记者招待会？"陆恒听着都新鲜。

付雪晴怕再往下说穿帮了，赶紧招呼大家上车离开。

吴凡上车以后，忍不住问她："你刚才怎么不实话实说，为什么要骗他？"

# 第十五章　欧阳姗姗遇险

“你的计划我昨天提了一嘴，他马上表示反对，不让我去做诱饵，说太危险。其实这有什么，那些穷凶极恶的罪犯我亲自抓的还少吗，只是那时候我们还不认识，他不知道罢了。”付雪晴说话的口气满不在乎，但是脸上却难掩喜悦。

吴凡感慨，看来谈恋爱的女人都会变得小鸟依人。

半小时后，两辆车开到了约会地——云岛咖啡厅。

他们在距离咖啡厅还有百十米的街边停下了，几个人先坐在车里观察一下周围动静。

这家咖啡厅不在闹市区，位置有一点儿偏，左边是河岸广场，后面是青年公园。咖啡厅就位于广场边的一个角落。

付雪晴拿出事前准备好的地图，对照着眼前的位置研究了一会儿，通过对讲机向两辆车里的警察做了分派：“咖啡厅前后有三条路，一会儿张洋、孙忠勇、顾晓军你们按照之前的计划伪装成路人，把这三条通路守住，我和张钧在店里。正常情况下，我们能直接把犯罪嫌疑人控制住。但万一犯罪嫌疑人携带凶器，咖啡厅里客人多，我有可能会把他放到外面进行抓捕。你们守在外面的人也要时刻保持警惕。”

“知道了。”

“收到，队长。”

警员们一个个摩拳擦掌，跃跃欲试。

此时的付雪晴俨然变成了一位英姿卓越的女将领，沉稳干练，冷静果敢。

她安排完，看了一眼吴凡，“你就待在车里吧，哪里也不要去。”

“我还是跟你一起进餐厅吧。”吴凡提议，“万一凶手故技重施，又骗来一个男人做掩护，想把你引到其他地方。我在也能帮你出出主意。再说，就算是凶手露面了，你虽然身手好，可是赤手空拳什么都不带，还是有点儿危险，多我一个人也多一份把握。”

“谁说我赤手空拳？”付雪晴笑嘻嘻地反问。

“你不是？”吴凡疑惑地打量她，身上只穿了那条贴身连衣裙，脚上是高跟鞋，连个挎包都没有。

付雪晴把裙摆一掀，原来在大腿上箍着一条绑腿枪套，上面插着手枪和手铐。放下裙摆刚好遮住。

准备就绪，其余几名便衣刑警提前下车，四散分开，吴凡随后下车，先进了咖啡厅。

付雪晴又等了一会儿，看看时间差不多了也推门下车，按照吴凡的建议她戴上一副小巧的墨镜，装出几分矜持的样子，走进了咖啡厅。

现在离下午 3 点还有十五分钟，咖啡厅里没几个人，装潢也很有格调，周围流淌着舒缓的音乐，空气中飘浮着焦甜的味道。

她扫了一眼与“BruceChen”约好的雅座，座位上还是空的，犯罪嫌疑人还没来。

她又看了看周围，张钧坐在不太显眼的地方，吴凡坐的地方更远，两个人一个在喝咖啡，一个在看杂志，隐藏得还不错。

付雪晴走到正对张钧那个方向的座位坐下，这样“BruceChen”来了只能坐在她对面，正好背对张钧，方便控制。

当然，这一切安排都是他们的一厢情愿，付雪晴盼望着这个一直躲藏在暗处的家伙这一次能亲自出现。

她刚坐下不到五分钟，一个深色风衣，戴着茶镜和八角帽的男子推门走进咖啡厅，看气质像是一个搞文艺的。

他站在门口停顿了一下，目光直接落向付雪晴的座位，随后不紧不慢地走到付雪晴身边，微微倾身，礼貌询问：“打搅了，小姐，请问您是在等人吗？”

付雪晴轻轻拉下一点眼镜，装出一副略显懵懂的神情，“是啊，请问您是……BruceChen 先生？”

男人轻轻颔首，颇有风度地坐在了付雪晴对面，“想必您就是何许人了。”

付雪晴浅笑嫣然，茶镜之后的一双锐利的眼睛仔细打量着面前的男人。心中画出无数个问号。

这家伙就是“BruceChen”本人吗？

到底是不是他们要找的凶手呢？

或者又是一个被人利用的木偶？

这个男人话不多，只是招手叫来服务员点了两杯咖啡，态度始终彬彬有礼，并没有像网上聊天时那么放浪不羁。

越是这种隐而不发的越让付雪晴一时间难辨真假，何况他还戴着个眼镜，连眼神都看不见。

老实说，付雪晴对男女幽会这方面也没什么经验。上大学那会儿谈过一次，然后单身了好些年，最近才遇到陆恒。但基本都是男生主动，她虽然按照吴凡说的把自己装成了熟女，但是熟女怎么勾人怎么说话，她心里完全没数，又不敢轻易开口怕把对方吓跑了。

坐在远处的吴凡眼看着两个人像木头一样杵在那里谁也不说话，干着急使不上劲儿，早知道昨天晚上教教付雪晴怎么发嗲了。

不过看那男人弱不禁风的样子，就算付雪晴一个人，拿下他也不在话下。

看他俩这顿咖啡还得喝很长时间，吴凡闲着无聊，想玩会儿手机，发现有两条未读短信。发信人显示的是“欧阳姗姗”。

他现在实在不知道该怎么同这个小姑娘相处，一看见她，就仿佛能折射出自己阴暗的本来面目似的。她对自己越亲近，他就越别扭。

他犹豫了一下，还是把短信点开瞄了一眼内容。

突然，他眼睛瞪大了。

短信只有短短一句话——

我在那男人车上，他说要带我去吃饭，不知为什么他把车门锁死了，从里打不开，我问他去哪儿吃饭他也不说，忽然感觉有点儿怕……

第二封短信内容与第一封内容一样。

发短信的时间是在半小时前，两条短信相隔五分钟。

吴凡猛然想起昨天晚上在刑警队，欧阳姗姗吵着要去调查那个被排除在外的犯罪嫌疑人“灯草先生”。当时大家都以为她在耍小孩子脾气，谁也没当真。这丫头不会是真去和那个人见面了吧？

吴凡记得“灯草先生”提出的约会时间在下午 2 点。现在刚好是 2 点 30 分。

吴凡急忙给欧阳姗姗打手机，可怎么打也没人接。

直到这个时候，他才有点儿慌了。

眼下，他还和付雪晴一起执行任务呢，又没办法告诉付雪晴，斟酌了一下，他起身悄悄离开座位出了咖啡厅。

他找到了一个守在门外的便衣刑警，跟他商量能不能抽调出一个人陪他一起去找欧阳姗姗。

人家马上摇头拒绝，告诉吴凡执行任务的时候坚决不能离岗，建议他回警队报警，让其他人解决。

吴凡看这情形，除了付雪晴发话，这些人根本不会听他的，索性自己想办法。

他想了想，只好先从便衣那儿要来几个认识的人的电话，先打给卢广通，卢广通正在开会，根本没心思搭理他，建议他去当地派出所报案。

吴凡没辙，又想到了赵楠，给她打电话说明情况，问她能不能定位欧阳姗姗的手机号，赵楠倒是毫不犹豫便答应了。

吴凡把欧阳姗姗的手机号告诉她，赵楠给她发来一个程序包。吴凡打开之后，是一个坐标地图，欧阳姗姗的位置就显示在地图的红圈位置。

吴凡不敢耽搁，马上拦住一辆出租车，让司机以最快速度赶到欧阳姗姗所在地。

他刚上车不久，忽然又接到欧阳姗姗发来的一条短信——

他不让我走，还用链子拴住我的手脚，还有刀，我该怎么办啊……

吴凡再打电话，依然没人接听，他怀疑是不是欧阳姗姗遇到危险，故意把手机设置成静音了。

如果“灯草先生”一直在她旁边看着，她恐怕也不敢拨电话报警。

看这情况，他现在是唯一能救欧阳姗姗的人。

二十分钟后，出租车终于赶到欧阳姗姗所在的位置。

他狂奔进公寓，还没等保安反应过来，大声问：“刚才是不是有一个男人带着一个十四五岁的小女孩进来了？”

几个保安愣愣地望着他，像是没听明白他说什么。

吴凡用力一拍台面，把几个人吓一哆嗦，“我问你们话呢！”

其中一个颤颤巍巍回答：“没有你说的小女孩……”

“没有？”吴凡把手机掏出来拍在她眼前，“手机定位她现在明明就在你们公寓里，你怎么还撒谎？”

那个保安回过神，也急了，“我怎么撒谎了，没有女孩进来就是没有啊，我们这里有监控，不相信咱们就查监控。”

情急之下，吴凡又掏出手机，给欧阳姗姗发了一条短信——

你在哪个房间？

等待的时间无比漫长，他希望欧阳姗姗现在还安好。

大约过了五分钟，欧阳姗姗忽然回了一条短信——

5层，不知道哪个房间。

吴凡朝保安喊道：“马上来人跟我去 5 楼，我要挨个房间看！”

几个保安还有点儿犹豫。

吴凡眼睛快喷火了，“两周前发生了一起杀人案，不会是想再发生一起吧！”

他这话起到了震慑作用，几个保安没敢多言，马上出来两个人带着电梯卡和他一起乘坐电梯上楼。

吴凡心急如焚，唯一有点儿安慰的是欧阳姗姗暂时活着。

他现在摸不透凶手的意图，欧阳姗姗根本就不是他喜欢的类型，他却没有拒绝。这是吴凡没有侧写出来的，也是最令他担心的地方。

5 层到了。

电梯门一开，吴凡就冲了出来，最后挑选了三间最有可能避开摄像头的死角房间。

他这完全是按照凶手的作案模式来寻找凶手。

当最后一扇房门打开，吴凡一迈进屋，眼前的景象就把他惊呆了。

欧阳姗姗手脚都被绑着，正双目紧闭，一动不动地躺在床上。

吴凡一瞬间血灌瞳仁，又悔又恨！

忽听有人在卫生间里拍门，他一脚把门踹开，就看见一个光着身子的男人站在里面，似乎刚洗完澡，只在腰间围了一条浴巾。

男人警惕地瞅着他，“你谁呀你，进我房间干什么？”

吴凡满眼杀机，抬腿就是一脚。男人直接被放躺在地。

吴凡薅着他头发把他提起来，左右开弓，拳拳到肉，恨不能把男人打个稀巴烂。

几个服务员见吴凡发了疯，早就吓得跑没影了。

吴凡拖着奄奄一息的男人走出浴室，往地上重重一掼，心头仍不解恨。

他一抬头，忽然看见刚才还躺在床上的欧阳姗姗坐了起来，正瞪着那双漆黑剔透的大眼睛一眨不眨地望着他。

吴凡惊喜不已，急忙跑过去抓着她左看看又看看，“你还好吗？你哪里受伤了没有？”

欧阳姗姗忽然哈哈大笑，“爹地你果然还是在乎我的，我太开心了！”

吴凡呆呆地望着她，感觉这丫头是不是受刺激了。

就见欧阳姗姗一抖身子，身上的绳子就全都掉了下去。

吴凡惊讶地望着她，似乎意识到了什么，“你没被绑架？”

“就凭他这智商也想绑架我？”欧阳姗姗得意扬扬地坐在床上悠荡着两条小腿。

吴凡心里的火苗一直往脑袋上蹿，“万一他控制不住自己，伤害你怎么办？”

“这个我当然也想到了，所以我一开始装得很乖巧呀，一进房间就催他赶紧洗澡，等他一进去我就把门给锁上了。”

“旅馆卫生间的门怎么能从外面锁上？”吴凡纳闷。

“爹地你果然聪明，这个细节都能想到。其实我今早就买了一个外装简易插销。”

吴凡刚才踹门的时候确实没注意这个。那个“灯草先生”光顾着快点儿洗澡了，当然也没注意。

欧阳姗姗最后总结，“主要是爹地你突然对我这么冷淡，我就是想测验一下是真的还是假的。看到你这么焦急的样子，我就放心了。”

吴凡忍无可忍，暴跳如雷地吼道：“这种恶作剧你也能干！你是不是昨天晚上在警队的时候就憋着坏水呢？”

欧阳姗姗被震得直捂耳朵，老老实实点头承认。

“现在可倒好，因为你的恶作剧，我把人家打成这样，怎么收场？”

欧阳姗姗劝他：“这个你不用担心，他就算不是凶手，也不是什么好人啊。一双色眯眯的眼睛就跟长在我身上似的。你是我爹地，扁他不是天经地义吗？”

吴凡越发感觉这熊孩子可恶，真想把她的屁股打成八瓣。

欧阳姗姗却跟只阴谋得逞的小狐狸似的，笑逐颜开。

另一边的咖啡厅里。

一个女服务生端来了两杯咖啡。

“BruceChen”看上去似乎很有耐心，始终保持着彬彬有礼，怎么看都不像是一个心理变态，他越不说话，付雪晴越干着急，一边抿着咖啡，一边想着该如何开口试探这家伙。

“何小姐……”“BruceChen”终于慢吞吞地开口了，“我不知道您是不是姓何，我猜的。”

开始耍手段了？

付雪晴俨然一笑，“我确实姓何。”

“是吗。很感谢您今天过来，看来我们是有缘之人，难怪我看小姐有些面熟呢。一会儿我们喝完咖啡就出去散散心吧。”

付雪晴刚想说好，猛然想起吴凡提醒她要装清纯，于是羞涩地一笑，“我是外地人，刚调来江州工作半年多，对这里还不太熟悉，您知道什么好地方吗？”

“我的确知道。”“BruceChen”露出诚恳的笑容，笑容里隐藏着几分深意，“保证服务周到，让何小姐满意。”

付雪晴适时地摘下墨镜，用她在镜子里练习了无数遍的“勾魂眼”朝对方眨了一下。

她对自己的颜值还是颇为自信的，对方正在勾引她，她顺水推舟地勾他一下，这家伙焉能不上钩。

可是“BruceChen”的反应并没有像她意料那样，他脸上表情变了变，看上去十分惊愕。

付雪晴心里纳闷，难道她脸上有什么东西？

“你怎么了 BruceChen 先生？”她忍不住问。

“BruceChen”目光有些发呆，似乎还没有反应过来，嘟哝了一句，似乎在咒骂：“该死的，怎么是你？”

这话声音不大，可是付雪晴耳朵特别灵，听见了。

她心头一震，这话是什么意思，难道这个人认识自己？

# 第十六章　付雪晴失踪

细品这人说话的口音，还有刚才他一直用标准的普通话和自己说话，装得文绉绉的，无意中冒出的这句话却带着本地口音，付雪晴忽然觉得在哪里听到过。

她瞪大双眼仔细观察面前这个男人，八角帽和茶镜把他外表特征掩盖了不少，但是轮廓还在。

付雪晴越看越觉得这个人眼熟，好像在哪里见过。

对面的男人发现付雪晴在打量自己，有点儿慌了，手忙脚乱地站起来，不小心把咖啡杯碰洒了。

“您要去哪儿？”付雪晴问。

“我……我要方便一下。”他匆忙离座，往卫生间方向走。

付雪晴也离开座位，跟在他身后，同时朝便衣张钧做了一个隐蔽性的手势，让他通知守在后门外的人提高警惕。

“BruceChen”走着走着一回头，就看见付雪晴跟在自己身后，身子一僵，隔着墨镜也能看见他整张脸都抽搐了一下。

“何小姐，我要上卫生间，你怎么也跟来了？”他努力保持着镇定。

“我也要上卫生间啊。”付雪晴微笑。

“哦，那……那没什么……”他慌慌张张走进通往卫生间的小走廊，往左拐是男卫生间，往右拐是女卫生间。

他走到男卫生间门口，回过头，发现付雪晴依然站在他身后，这下他有点儿慌了，“你站在那儿干什么？”

“等你啊，Bruce……不，应该是洛光达，洛先生，我刚才差点儿都没认出来你。”

洛光达激灵灵打了个寒战，一时间站在卫生间门口忘了该进还是该出。

“如果洛教授不想方便的话，咱们可以坐下来好好聊聊。”

付雪晴现在胸有成竹，早知道要见的人就是那个大学辅导员洛光达，她都用不着这么兴师动众了。

然而她却忽然感觉眼前景物有些发花，她想往前走几步，发现手脚发软，有些头重脚轻。

她扶着墙，眼前一阵天旋地转，心头大骇，不由自主地想起那三个误食了迷药的女人。

难道洛光达刚才给她下药了，她居然毫无觉察。

付雪晴强忍着头昏，拼着一口气朝洛光达冲过去，洛光达急忙闪身钻进了卫生间，关上了门……

二十分钟后。

洛光达费力地从卫生间狭窄的窗口爬出，跳到窗外。

他辨别了一下方向，匆匆忙忙沿着咖啡店后面一条小路往前跑，刚跑了十几步，一个站在路旁打电话的人冷不防扑了上来，把他推倒在地。

“警察！不许动！”

对方一声喊喝把他吓得魂不附体，打个滚爬起来就往前跑。身后那个便衣紧紧追赶。

紧跟着又从其他方向冒出两个便衣警察。

他犹如惊弓之鸟，还想找空子逃走，又有人撵过来，把洛光达前后左右的路都堵死了。洛光达慌不择路还想挣扎，被众人一起抓住，按在地上戴上了手铐。

“凭什么抓我，凭什么抓我！”他脸贴着地，嘴里还在大声叫屈。

几个警员把他拉起来，互相看了看，这才注意到少了一个人。

少的居然是队长付雪晴。

有人问张钧："你不是和付队在一起吗，她人呢？"

张钧也有点儿蒙，"我看见她一直跟着这家伙，还给我发信号让我通知你们。我联络完你们就追出来了，我还以为她一直在追这家伙呢。"

几个警员四下看看，也没有发现付雪晴的影子。

"队长会不会还在咖啡厅里？"有人猜。

于是几个人押着洛光达回到了咖啡厅，但依然没有找到付雪晴，他们这才有点儿着急，给付雪晴打电话，却发现付雪晴的手机关机了。

张钧踹了洛光达一脚，"你说，你把付队长怎么样了？"

"谁是付队长？"

"少装糊涂，就是和你见面的那个女人。"

"她？"洛光达一脸的莫名其妙，"我没把她怎么样啊？她刚才追我，我顺着厕所窗户逃走，之后就被你们抓住了。"

几个警员又把男女卫生间里里外外都找遍了，可依然没有找到付雪晴的踪迹。

犯罪嫌疑人抓住了，队长却不见了。

事已至此，他们只好先押着洛光达回到了刑警队。

卢广通听说这件事也觉得很奇怪。

他更没想到付雪晴对这起连环案件一直没有终止调查。

洛光达的个人信息很快被他拿到手了，想不到这个人居然还是一个大学教授。

看他这样子不像是练家子，付雪晴的身手卢广通可是心里有数的，他不太相信这个大学老师真有本事把付雪晴制服。

不过失踪的毕竟是付雪晴，如果不赶紧想办法，之后的麻烦可就大了。远的不说，消息刚一传到刑警队，一向稳重的局长付天明就坐不住了，亲自跑到楼下询问情况。

这也不奇怪，再怎么说，失踪的是他亲生女儿，平时工作上，付天明对女儿还颇为严厉，甚至还及不上普通警察，但是关键时候毕竟血浓于水。

付天明也罕见地发火了，亲自跑到审讯室和卢广通一起审问洛光达，非要问出付雪晴的下落不可。

洛光达看上去很软弱，可是嘴巴却很硬，摆出了一副知识分子的清高姿态，“两位警察同志，我已经再三申明，我和付雪晴的失踪没有任何关系。你现在不分青红皂白就抓我，完全有悖司法精神和你们的职责。”

“少跟我们拽文，为什么把你找到这里你不清楚？”卢广通厉声道，“你以为你今天和付雪晴见面是巧合吗？”

“最近连续发生一系列凶杀案，我们已经了解到，凶手是通过上网钓鱼的方式引诱被害人上钩，在约会的时候设计加害目标的。而你洛老师，或者应该叫你 BruceChen，你是付队长在上百个犯罪嫌疑人中筛选出来的。她今天就是计划设圈套来抓捕犯罪嫌疑人，却没想到抓住了你。”

洛光达有些口干舌燥，咽了口唾沫，辩解道：“你说的什么凶杀案，我完全听不懂，我从来没有害过任何人，我只是平时无聊上网聊聊天，因为志趣相投，聊得投缘就见面喝杯咖啡，仅此而已。我根本不知道要和我见面的人是付雪晴警官，这一切根本就是一个巧合。”

卢广通冷笑，“看你人模狗样的，还真是恬不知耻。你自己在网上都聊过什么你不记得了吗？你告诉我这是志趣相投？你说的那些话我随时都能给拿出你一段，你要不要自己看看？”卢广通拍拍桌上厚厚一摞的聊天记录。

洛光达有些发慌，“我那只是……只是在网上聊天时随口开的玩笑，今天就是想见网友聊聊天，没想干什么……”

“如果你什么都没干，和你见面的付雪晴又是怎么消失的？”

“我都说了，我什么都没干，她一个大活人怎么可能说消失就消失呢？肯定是她有急事离开了。”

"满口胡言，她当时跟着你一起走进的卫生间。如果你什么都没做，为什么要跳卫生间窗户离开，而不走正门呢？"

"当时卫生间的门把手坏了，我拧了两下没拧开，只好翻窗户出来了。"

"那你为什么要跑？"

"因为突然有人追我，我也不知道是谁，本能地就想跑。"

"你还真是会狡辩。"卢广通恨得牙痒痒。

洛光达得理不饶人，"你们一口咬定是我干的，那就请你们先找出证据来呀！"

没等卢广通发作，心急如焚的付天明已然忍无可忍，用力一拍桌子，"洛光达，事到如今，你还敢狡辩。付雪晴就是在追赶你的时候失踪的，我们到现在都联系不上她，分明就是出了意外……"

洛光达耸耸肩膀，居然还礼貌地笑了一下，"我也很想知道她在哪里，不过很遗憾，我帮不了你们，希望她能平安无事！"

付天明一下子从座位上站起来，气得浑身直哆嗦。一时间还真拿这家伙没办法。

卢广通灵机一动，抓住这个机会配合付天明，也慢慢站起身，绕出了桌子，凶神恶煞一般逼向洛光达。

洛光达被吓了一跳，脸色有些发白，"你……你想干什么？"

卢广通是从基层民警一步步干起来的，早年碰的案子都是一些地痞流氓，社会混子，没点儿手段这些人怎么可能老实交代，他脸蛋子往下一沉，一般罪犯立刻都老老实实的。

他走得很慢，带着一股无形的压迫感慢慢走近洛光达，双眼阴鸷地盯着洛光达，仿佛要择人而噬一般。

他看得出洛光达是真怕了，他问洛光达："我问你最后一遍，你到底把那个女警察藏到什么地方去了？你如果交代，或许还有机会争取宽大处理，否则……"

卢广通眼看着就要逼到洛光达面前了，洛光达仰头看着他凶神恶煞的模样，吓得浑身发着抖，磕磕巴巴道："我……我真不……不知道……我没绑架她……"

他这种反应倒让卢广通犯了难，这家伙到底是装的，还是真不知道？

这时候有人拉开审讯室门，侯小亮探头进来，对卢广通说："队长，这边发现了一些新情况，您过来一下。"

卢广通心知肚明，这小子肯定是在隔壁观察室看见自己遇到麻烦，过来解围的，倒是挺机灵。他正好有这个台阶下，暂时中止审讯，跟侯小亮一起出了审讯室。

一出门，卢广通就开始抱怨："你也看到情况了，这家伙嘴巴很硬，一时半会儿审不出个结果。可现在，必须知道付雪晴的下落，连付局都亲自督阵了，麻烦啊。"

"队长，我倒是有个主意。"

"什么主意？"

"我刚才和张钧聊了一会儿，他今天也是和付雪晴一起出去执行任务的，他说，其实今天去的不只是他们五个人，还有一个人中途离开了。"

"是谁？"

"吴凡。"

"吴凡？"卢广通有些奇怪，"他怎么也跟去了？"

"谁说不是呢，我听张钧说，原计划是付雪晴带着他和吴凡两个人守在那间咖啡厅里，其他便衣守在外面。付雪晴与洛光达见面，吴凡和他埋伏在两边，伺机而动。可是不知道为什么，吴凡中途突然一声不吭就离开了，这是不是有点儿反常？"

"你怀疑付雪晴失踪和吴凡有关？"

"付队可是有身手的，寻常人怎么可能轻易就把她制服了？"

卢广通想了想，半信半疑，"可能吗，吴凡和付雪晴一向关系不错，他绑架付雪晴干什么？再说，吴凡这个人要点儿小聪明还行，你让他绑架一个大活人，他有那个胆子吗？”

“可是卢队您忘了，头些天你在抓白若琳的时候遭人袭击，虽说表面上都说是那个戴兔子面具的人干的，还有个奇葩的名字叫什么预测死亡的兔子，但是你心里真就那么以为吗？毕竟谁都没看到面具底下的那个人到底长什么样，发生袭击的地方偏巧还在吴凡家，你抓的又是吴凡女友，这么多巧合放在一起，谁能不怀疑？”

卢广通沉吟片刻，“如果真是他，他为什么要绑架付雪晴？”

“这个就难说了，往好了想，可能是两个人故意商量好了，又要偷偷摸摸干什么。往坏了想……也备不住吴凡那小子是看上了付队长，一时鬼迷心窍……”

“你这话什么意思？”

“您想啊，吴凡一个记者，为什么总找机会跟付队长套近乎呢？单纯是为了写报道？哼，鬼才信……说起来付队长可是个大美人呢，现在又已经有了男友，他得不到手，没准就想出了什么歪道……”

“胡扯，这种没根据的话你可不能乱说啊……”卢广通急忙打断侯小亮。

“我也希望是我乱说，可是事情就摆在眼前，卢队。付队长不可能平白无故就失踪吧，要么是因为洛光达，要么是因为吴凡，就这么两个人了，洛光达咱们现在已经拿住了，还有一个吴凡，您得自己拿主意……”

卢广通想了一会儿，“那好吧，你先带人去把吴凡带过来。”

“得嘞。”侯小亮眼中冒光。上次切磋输给吴凡的事他还耿耿于怀，不管付雪晴失踪与吴凡有没有关系，这次都能趁机整治整治他也能一解自己心头之恨。

侯小亮去了半个小时，把吴凡带到了卢广通面前，连手铐都戴上了。不过在吴凡身边还跟着一个小女孩。

卢广通瞧着这小女孩觉得眼熟，猛然想起她是吴凡的干女儿。怎么这小丫头也跟来了？

他疑惑地看了看侯小亮。

侯小亮连忙解释："我找到吴凡的时候，这小女孩就和他在一起。她说她能作证，她亲眼看见了犯罪经过。但是她也不知道付雪晴现在在哪儿，我干脆就把他们都带过来了。"

侯小亮拔了一下欧阳姗姗，"快跟队长说说吴凡是怎么绑架付雪晴的。"

欧阳姗姗大眼珠一翻楞，鄙夷地给了侯小亮一个大白眼，"谁告诉你我爹地绑架了付雪晴？我爹地一直跟我在一起好不好？"

"这是怎么回事？"卢广通狠狠瞪着侯小亮。

侯小亮又气又急，指着欧阳姗姗的鼻子说："小丫头，你刚才可不是这么说的，你明明说你目睹了吴凡的犯罪经过。"

欧阳姗姗不慌不忙地回答："喂，大叔，你看着年纪不大，怎么记性这么不好！我只说我目睹了犯罪，可没说是我爹地犯罪呀。"

"你口口声声说吴凡一直和你在一起，那犯罪的除了他还有谁？"

欧阳姗姗歪着小脑袋上下打量他，"我说这位叔叔，您这脑子能破得了案吗？我说我一直和爹地在一起，我也目睹了犯罪，这两个前提怎么能推导出我爹地犯罪了呢？你至少应该想明白，我这话的言外之意是我爹地也是目击者吧？冒昧地问一句，您是不是从上初中开始就靠打小抄考试啊，要不然我觉得您连初中毕业都困难……"

"你……你这个……小丫头……"侯小亮气得舌头都直打卷，却只能干瞪眼。总不能削欧阳姗姗一顿吧。

卢广通实在不想看下属太丢脸，岔开话题问欧阳姗姗和吴凡："你说你们目击的案子，是什么案子？"

欧阳姗姗就把之前的遭遇讲述了一遍，卢广通这才恍然，他问吴凡："莫非你在咖啡厅突然离开就是为了去救这女孩？"

"是啊。当时事出紧急，我根本无人求助，我还给你打过电话呢，你让我去派出所报警，你忘了？"

卢广通脸一红，这才想起来吴凡之前是给自己打过一通电话。他当时也没有仔细听就给搪塞过去了。

“现在可以把我手铐解开了吧？”吴凡朝卢广通扬了扬双手，“话说，你们刑警队整天走马灯似的抓人。我算是抓进来最频繁的一个吧？”

他这话里带刺，把卢广通和在场警察都奚落了一通。

侯小亮气急败坏地吼吴凡：“那我抓你的时候，你为什么不解释清楚？”

“我这人只喜欢跟明白人说话，和糊涂人说话太累。”

侯小亮又被噎没词了。

吴凡也没心思与他纠缠，稍稍正色，对卢广通道：“当然了，我也才听说付雪晴失踪了，过来也是想了解了解情况，到底发生了什么事情？”

“你真不知道付雪晴去哪儿了？”卢广通问。

吴凡摇摇头，“我离开咖啡厅之后就没跟付雪晴联系过。”

从卢广通这些人的反应中，吴凡也意识到了情况的严重性，“难不成‘BruceChen’这个人就是我们要找的凶手，他劫持付雪晴逃走了？”

“‘BruceChen’我们已经抓到了，但是付雪晴还没有找到。”

“没有找到？我记得付警官当时带去了四个人。这么多人抓一个应该不会出什么意外啊。”

“我们也这样想，可是就在付雪晴追赶洛光达的过程中，她莫名其妙地失踪了，没有人看到她是如何失踪的，找遍了咖啡厅也没有找到，连一点痕迹也没留下。”

“你先停一下。”吴凡打断他，“你刚才说到‘洛光达’，难道这个‘BruceChen’就是洛光达？”

“对，就是他。怎么，你认识这个人？”

吴凡当然认识他，眼前瞬间浮现出了一个身材瘦高，前额饱满，发际线后移，戴一副眼镜，风度翩翩的知识分子形象。

他是肖亚楠的大学老师，为了调查犯罪嫌疑人肖亚楠，吴凡和付雪晴还特地去过洛光达家。

想不到他居然会是那个在网上的“BruceChen”。

吴凡在脑子里迅速把案件重新梳理了一遍，豁然想通了很多疑点，喃喃道：“原来这个人就是和肖亚楠同居的男人。那么肖亚楠自杀似乎也能说得通了。”

“怎么，肖亚楠自杀还有什么隐情？”卢广通忙问。

“我和付雪晴一直都不认为她是凶手。那份认罪的遗书应该是真凶伪造的，不过是恰好利用了肖亚楠自杀。其实肖亚楠自杀另有原因，现在看来，很可能和洛光达有关，说不定就是为了保护他的名誉呢。这下逻辑就合理多了……”

# 第十七章　陷入黑暗

卢广通听得也是一知半解，“看来你对这个洛光达也很熟悉了，我们现在认为他才是连环杀人案的真正凶手，这一点你没有什么异议吧？”卢广通罕见地询问起吴凡的看法。

“没有。”吴凡说，“付雪晴这次本来就是在下套钓犯罪嫌疑人，‘BruceChen’是我们的怀疑对象之一。只是我们不知道他的身份，想不到就是洛光达。”

“现在的首要问题是，让他说出把付雪晴藏在了什么地方。”

“怎么，他还没有认罪？”

“没有，这家伙比想象中难对付，我们现在不知道付雪晴的情况，担心拖得太久她会有危险。怎么样，你有没有办法？你和付雪晴一起查的这个案子，知不知道罪犯有什么弱点？”

吴凡想了想，“我和付雪晴离开警队的时候碰巧看见她男朋友陆恒了，你也知道他是心理医生，他还尤其擅长催眠术，可以让人在催眠的状态下回忆起全部东西，哪怕是他不想说的。我们不妨找他试试。”

“你以为我们没试过吗？”卢广通露出不屑的神情，“陆恒现在就在警队，你过来之前，他给洛光达催眠了好半天，结果压根就催眠不了他，还说什么是因为洛光达故意抗拒他。要我说，催眠术这玩意儿也就是传得神乎其神，其实不过就是一些忽悠人的小把戏。否则审案子还用我们警察干什么，直接找一些催眠师过来不就够了？”

吴凡可是亲眼见识过陆恒的催眠术，确实没有那么神奇，但也不像卢广通以为的那么简单。不过由此可以看出，洛光达不是个好对付的家伙。

“洛光达现在在哪儿？”吴凡问。

“在审讯室，我带你去。”

侯小亮在一旁听着听着，发现话味不对，卢队这架势不是在求吴凡帮忙吗，这小子也配？

他心里不服气，正想插嘴，卢广通瞪了他一眼让他别多事。

卢广通把吴凡带到审讯室。

吴凡看见局长付天明也在，老头子正在拍桌子审犯人，可是付天明对案子了解有限，也说不出什么一二三，翻来覆去只是那几句话。

犯罪嫌疑人洛光达似乎也看出了警察的三板斧，嘴巴越发硬起来，偶尔被问急了，就干巴巴地回一句“我没杀人”“我什么都没干”。

吴凡还是头一次看见付天明发这么大火，不过这也难怪，自己女儿丢了，他肯定比谁都急。

吴凡站在审讯室门口不知道该不该进，卢广通把他推进了屋。

付天明回头看见卢广通带着一个人回来，先是一愣，转而认出了吴凡，“吴记者，你来干什么？”

不等吴凡开口，卢广通抢先解释：“付局，这个人一直都和付雪晴一起办案，他对这个案子的细节十分了解，对凶手的特点也很了解，你不妨让他试试。”

付天明将信将疑地看着吴凡，“你能行吗？”

“我试试。”吴凡说，“付雪晴是我朋友，我也希望尽快找到她。”

他的回答让付天明心里更没底，但也没再多说什么，相当于默许了。

站在门外的侯小亮忍不住凑到卢广通身后，耳语道：“卢队，你怎么突然这么抬举这小子了，他可是屡次冒犯您，还把您……”

卢广通往门外退出两步，低声道："现在这种非常时刻哪还能顾及个人恩怨，付雪晴好歹也是副队长，她失踪了，或者真出了意外，后果有多严重你想不到吗？我虽然很讨厌吴凡，但是有一点必须承认，这小子确实有些道行。他之前给凶手做过一个犯罪侧写，付雪晴就是按照他的办法才把洛光达抓住的。不管怎样，眼下我们需要的是能人，何必太拘小节。"

此时，吴凡走到洛光达面前，洛光达抬头看着他，脸色有些异样，但是没说话。

"洛教授，想不到我们会在这里见面吧。"吴凡率先开口，语气倒是很平静。

洛光达警惕地看着他，"你别想要手段从我这里套话，别痴心妄想了，我没犯罪，你们赶紧放了我！"

吴凡没与他争辩，突然问了一句："你是从什么时候开始与肖亚楠同居的？"

刚才还激动不已的洛光达神情突然僵硬，眼神下意识地躲闪吴凡，喉结上下梭动。

"我对肖亚楠的状况了解得很清楚，她有神经症人格，一种对爱的病态需要。这一点或许你早就感觉到了……"吴凡自顾自地往下说，"她是在单亲家庭长大的，从小缺少关爱的她逐渐形成了这种扭曲的爱情观。她不在乎被谁爱，但一定要被爱。这种欲求不满的神经质状态让她很难获得真爱，一旦被抛弃，她的表现更加歇斯底里。她在大学里就接连自杀过两次。第二次自杀是你把她送进医院的，我猜你就是在那个时候乘人之危，开始与她交往的，对吧？"

洛光达露出很痛苦的表情，叹了口气，"她当时太柔弱，太无助了，我一开始只是想尽我所能地帮助她，可是没想到日久生情，后来就不能自拔了。"

"算了吧。"吴凡冷笑，"看你上网泡妞的本事，明显是个老手啊。肖亚楠长相不差，又是主动送上门的，你当然却之不恭了。你俩同居了多久？"

"一个多月吧。其实，我们是两情相悦。"

“两情相悦？是啊，肖亚楠刚刚经历过创伤，需要从伤痛中慢慢恢复，再加上她本身的病态人格，对你而言再好上手不过了，而且她对你百依百顺，生怕你也抛弃她，以至于最后她为了你自杀。”

洛光达动动嘴唇，想要争辩，吴凡没给他说话的机会，“就在她自杀前的那天晚上，隔壁邻居说，她和一个男人发生了争吵，还哭过。这个男人就是你吧？你和她见面之后，她就死了，这和你脱不开干系吧，洛教授？”

吴凡这边说的话，卢广通站在门口也听得清楚，他们没想到这个案子里还有这么多曲折。

“我只是和她拌几句嘴而已。”洛光达嘟哝了一句。

“拌嘴？因为什么拌嘴？”

“因为……因为我感觉我和她的关系要暴露了。”洛光达说，“你们之前找我打听她的情况，还说她牵扯到一起杀人案里，我当时其实很慌。我随后问过她，她一开始不愿意说，那天晚上我就跑到出租屋，当面质问她是不是惹了什么大祸，杀了人……”

“她怎么说的？”

“她当然矢口否认了。但是她提到过，有两个警察去她打工的会所查案子，好像是和她前男友吕超的遇害有关。她还说其中一个男警察头些天来过一趟出租屋，问她认不认识邱晓杰，总之说了一些莫名其妙的话。”

肖亚楠提到的那个“男警察”自然就是吴凡了。

吴凡说：“你们就聊了这些，肖亚楠不至于自杀吧？肯定还有其他原因。”

洛光达迟疑了一下，“我倒是不相信她会杀人。但是这个麻烦她惹得太大了。一旦警方认真查下来，我和她的关系肯定要曝光。这个影响可不比杀人小。对她名声有损不说，连我也要受她连累，我能不生气吗？那天晚上我大骂了她一通，然后提出和她分手。”

“她怎么说？”

“她当时还不愿意了，又哭又求饶的，甚至还给我下跪，让我原谅她。她说她要证明她对我真心实意，会尽她所能来维护我，还絮絮叨叨说了一大堆。我当时烦透了，推开她就走了，临走的时候我好像说了一句气话，我说‘你有本事就证明给我看’。我不知道，是不是因为这句话刺激到了她，让她做出那种傻事，但我真是无心的。”

因为分手所以自杀，听着倒也符合肖亚楠的性格。

吴凡不置可否地望着恬不知耻为自己开脱的洛光达，“你刚才说你不相信肖亚楠会杀人，是因为你不相信，还是你有理由确信她不是凶手？”

“我……我不明白你的意思。”

“我们在肖亚楠的电脑里发现了一封遗书，里面详细记录了她的犯罪计划，以及谋杀三个男人并嫁祸三个女人的过程。”

洛光达露出很惊讶的表情，“有这样的事，我完全不知道，你的意思是，肖亚楠真是杀人凶手？”

他的反应就好像他真的什么都不知道一样。

“你那天晚上和肖亚楠在一起，你没看见过她电脑上的那封遗书？”

“没有，我在的时候她还没有开始写遗书呢。应该是我走了之后她写的吧。我不知道她杀了人，要不然我肯定会报警的。”

“是吗，你还真是会说。”吴凡顿了顿，“不过，我们后来发现，那份遗书其实是伪造的。”

“伪造的？”

“对。里面所坦白的作案手段其实并不完全符合实际，如果肖亚楠是真凶的话，她没必要在认罪的遗书里撒谎。因此，这份遗书肯定是伪造的，而伪造遗书的人才是真正的凶手。或者说，某个人是利用了肖亚楠自杀，把杀人的罪名强加在了她头上。这个人一定是很熟悉她的人。”

洛光达脸色陡变，“你意思是我伪造了那封遗书，我是凶手，说了半天你还是想嫁祸我。我重申一遍，我没有写过什么遗书，我更不是什么杀人凶手！”

“你既然如此清白，那为什么一开始要撒谎呢，我和付雪晴去找你的时候，你还故意装作和肖亚楠不熟悉。”吴凡俯下身，注视着洛光达的双眼。

“那是因为我和肖亚楠的关系，我不想传言出去败坏名声，现在我和她已经分手了，我们之间没有任何关系。我也没犯罪，就这么简单！”

“你以为你不承认，我们就没有证据了吗？据我所知，在肖亚楠的出租房里失踪了一台黑色笔记本。我们相信那里面肯定有我们需要的证据。”

洛光达皱了皱眉，疑惑地瞅着吴凡好几秒钟，始终没吱声。

吴凡回头对卢广通说：“如果可以的话，最好对洛光达的家和办公室进行搜查。”

卢广通站着没动。

吴凡一愣，这才意识到自己的身份，怎么可能指使得动一个刑警队长。

他只好求助付天明：“付局长，我觉得有必要去犯罪嫌疑人家搜一下……”

未等他继续说，站在卢广通身后的侯小亮打断他：“还用得着你说吗，卢队长早就想到了，抓你回来之前我已经带着人去过他家和工作单位了，根本就没有你说的那台什么黑色笔记本！”

当侯小亮这句话脱口而出时，吴凡看见洛光达脸上露出一个鲜明的嘲笑。付天明和卢广通也注意到了。

侯小亮丝毫没有意识到自己说漏了嘴，信心满满地继续道：“该查的我们的人自然会查。连被害人家属我们都通知了，陆陆续续都会赶到这里。这些都用不着你费心。你只要做好你该做的事情就行了……”

啪——

付天明猛拍桌子，把侯小亮吓了一跳，不知所措地闭上了嘴。

付天明脸都青了，指着侯小亮对卢广通说：“马上把你的人带走，教教他怎么审案子。”

侯小亮还没明白怎么一回事，不知所措地看看付局长又看看卢广通，“卢队，我……”

卢广通低声训斥：“就不能管管你那张嘴。走！”说着沉下脸，把侯小亮拽走了。

审讯室里只剩下了三个人，一个犯罪嫌疑人，一个局长，一个记者。

吴凡逼视着洛光达，“我在那间出租房里见过那台黑色笔记本电脑，你就是用那台笔记本分别与三个男被害人和三个女被害人联系的，没错吧？那上面有你的聊天记录。”

“我不懂你什么意思。”洛光达说，“我没有什么黑色笔记本。”

“说话不要太绝对，你到底有没有，警察打听一下就能知道。”

“我……”洛光达犹豫了一下改口道，“我是有过一个，不过丢了。”

“什么时候丢的？”

“丢好些天了。”

“你刚才为什么要撒谎？”

“我只是说我现在没有，这也算不上撒谎吧。”

“你少在这玩文字游戏，你知道我在说什么。”

“我不知道。何况，有黑色笔记本电脑的人多了，你们总不能因为这个就定我有罪吧？”洛光达扶了一下眼镜，镜片后的一双眼睛闪过一丝狡黠的光亮，嘴角不由自主露出叵测的笑意，“你们一会儿拍桌子，一会儿恐吓我，一会儿又装作胸有成竹地诳我，说到底，你们是没有找到我的杀人证据，对不对？你们也找不到我劫持付雪晴的证据。否则，你们早就拿出来了。我觉得与其你们在这里浪费时间审问我，倒不如去找我杀人的证据，或者去找那个失踪的女警官。实在找不到证据，就把我放了，这样是不是更有效率一些？”

面前这个看上去很有涵养的知识分子远比想象中更难对付，他会想尽一切办法甚至通过要无赖来为自己开脱。吴凡毕竟没有审问犯人的经验，一时之间无言以对。

他抱歉地看着付天明，朝他无奈地摇摇头，走出了审讯室。

付天明随后追了出来，“吴记者你这是什么意思？难道你放弃了？”

吴凡叹口气，“我已经尽力了，我们现在如果找不到直接能证明洛光达有罪的证据，他是不会认罪的。”

“那我女儿怎么办？你平时和她关系很好，难道关键时刻你就放手不管了吗？”付天明现在有病乱投医，对吴凡也发了火。

“我当然希望能尽快知道付雪晴怎么样了，只是……”吴凡停顿了一下，“我怀疑洛光达不是我们要找的人。”

“这话怎么讲？”

“付雪晴失踪的时候，听说洛光达是从卫生间逃走的，付雪晴也是在卫生间里失踪的。我当时不在现场，没法计算从洛光达和付雪晴一起走进屋卫生间死角到洛光达被抓中间间隔了多久，我感觉时间应该不会太长吧。想在这么短的时间里让付雪晴失踪，这简直有点儿不可思议。”

“你什么意思？”付天明疑惑地看着他，“你怀疑付雪晴是被别人绑架的？”

还未等吴凡开口，卢广通走过来说道：“我询问过当时在场的几个警察，咖啡厅有段通往卫生间的走廊确实是个死角，付队长当时跟踪洛光达进入走廊后，两个人在那里停留了大约二十分钟，之后付雪晴失踪，洛光达翻窗逃走。如果洛光达来硬的，以付队长的身手，他未必能得逞。但如果他偷袭，或是使用什么阴招，那可防不胜防。二十分钟足够制服一个人，并把他转移了，何况女人体重轻，转移起来也比较容易。”

吴凡又提出质疑：“可是当时有三名便衣刑警在咖啡厅外，一名在咖啡厅里，前后都没有退路，又如何转移付雪晴？”

“那我问你，就算是其他人干的，他又是如何把付雪晴从这些警察的眼皮子底下带走的呢？这不是同样的难题吗？”

吴凡一下子被问住了，卢广通倒是不白给，一下就抓住了他话里的漏洞。

卢广通说：“这个案子的凶手非常善于使用各种诡计，三起案子里，他都成功地隐藏了自己，你们查了那么久也没有直接查到这个人，不也只能用钓鱼的办法来引凶手上钩吗？何况你怎么知道，他在与付雪晴见面之前有没有做过精心的安排，万一他又钻了我们常人思维的空子，别出心裁地设计出一个绑架藏人的方式，我们短时间里，也未必就能马上发现。但是现在事出紧急，我们必须马上找到付雪晴，让凶手开口是最简单的办法。把你找来也是因为你和付雪晴在一起比较了解案子，或许能帮我们找到凶手的破绽，不是让你来质疑我们的！”

吴凡看着焦急万分的付天明和面沉似水的卢广通，犹豫再三，说道：“其实我是怕……洛光达可能不是我们要找的凶手。”

“你开什么玩笑？”卢广通眼珠子都快瞪出来了，“他可是你和付雪晴掏出来的犯罪嫌疑人。付雪晴为了抓他现在还下落不明呢，你突然告诉我们他不是凶手，你是疯了吗。你可别忘了，你还专门做过一个详细的犯罪侧写呢，你的侧写我看过，你假设的凶手与洛光达相当吻合，现在凶手也抓住了，你反而要打自己脸？”

“我也不想这样干。但是确实出现了意外情况。”吴凡实话实说，“其实我在刚才质问洛光达的时候就发现了一个疑问。你们还记得我提到了一台失踪的黑色笔记本电脑吧，我和付雪晴都认为那台笔记本就是凶手用来上网勾引被害人的工具，里面有他的犯罪记录。我认为笔记本就是洛光达的，所以我才故意提到，本想看看他的反应。但是侯小亮随后说，你们并没有找到那台笔记本。当时洛光达的反应想必你们也都看见了……”

卢广通以为他要揪住侯小亮的把柄不放，皱起两道浓眉，“你到底想说什么？”

“我想说的是洛光达的反应，你们都是有经验的老警察，不觉得他的反应很奇怪吗？”

“我刚刚提到笔记本电脑的时候，他的反应居然是一脸困惑，似乎不知道我在说什么，随后又露出满脸的嘲笑，似乎在嘲笑我们无能。”

“吴凡，你没必要在这个时候指桑骂槐吧。”

“你误会了，卢队长。我觉得他不是在嘲笑侯小亮，而是在嘲笑我们的判断。我仔细琢磨过他前后的反应，可以推测出三种含义，第一，那台失踪的笔记本就是洛光达的笔记本。第二，洛光达似乎并不清楚那台笔记本的重要性。第三，那台笔记本或许被什么人拿走了，而拿走笔记本的人，比洛光达更可疑。”

吴凡话音刚落，卢广通发出一阵冷笑，“你这算是什么推理，看几个表情就能得出结论？付雪晴不是说你擅长犯罪侧写吗，你刚才这算是读心术不成？你还真是多才多艺。”

吴凡知道卢广通在挖苦他，说：“我不懂什么读心术。我就是感觉洛光达的反应很古怪，说说我自己的想法。当然了，我能做的也只有这些，你们是警察，最后还要你们做决定。”

他看眼下自己多留无益，干脆告辞了。

吴凡忧心忡忡地往刑警队楼下走，心里也十分为付雪晴担心。

好端端一个人怎么可能说消失就消失呢？

如果她是被绑架了，会被藏在什么地方呢？

如果她遇害了，也不可能那么快被处理干净尸体。

他希望付雪晴还活着，那他至少可以做点什么……

他该如何做呢？

他正心烦意乱，无意中路过刑警队大厅，里面聚集了很多人，六名被害人的家属，能找来的全找来了，正由警察们给他们做笔录。还有些对案情不太了解的男方家属仍然把女方当成是凶手，对女方家属破口大骂，警察还得在一旁调解，搞得场面很混乱。

这些人里有两个女人吴凡之前见过，一个是邱晓杰的富婆女友张萍，一个是张爱明的妻子华雯。

张萍嗓门大，正扯着脖子对几个焦头烂额的警察嚷嚷："你们说说你们到底是怎么回事，一会儿说凶手是这个人，一会儿说凶手是那个人，你们到底能不能破得了案子，该不是拿我们寻开心呢吧？"

那几个警察对案情进展了解得也不多，自己都难圆其说，越解释越能让人抓住漏洞，急得满头大汗。

华雯似乎也想说点什么，却插不上嘴，偏在这时候，她一扭头看见了吴凡。

她凝视着吴凡回忆了片刻，忽然把他认出来了。

吴凡朝她点点头，正想离开，华雯却走过来，叫住他："吴警官请留步，我有事找您。"

"找我？"吴凡不解地看了她一眼。

上次他是和付雪晴调查张爱明的死因时，与他妻子华雯见过一面，当时华雯的表现很冷淡，之后就再也没有见过面。

华雯向吴凡解释："其实我这些天心情一直没有平静下来过。想不到自己丈夫会遭遇这样的灾祸，我都不知道是应该可怜他，还是应该怨恨他……我之前一直想要逃避，但事情既然已经发生了，谁也改变不了，现在我想清楚了……"

"你……到底想跟我说什么？"吴凡有些困惑。

"嗯，是这样……上次你们不是找到我家打听过我丈夫吗。我这些天翻来覆去地总想这件事，忽然想起来一件东西，可能跟我丈夫有点儿关系。正好今天你们找我过来做笔录，我就带过来了，也不知道有没有用。"

"什么东西，你交给警察了吗？"吴凡问。

"还没来得及呢，碰巧就看见你了。"华雯说着从手拎包里掏出一个银色的手机递给了吴凡。

“手机？”吴凡没想到会是这个东西，接过来看了看，是一个触摸屏的手机，“我记得张爱明的手机已经被收到警队了，这个也是他的？”

“这个不是。是别人丢的手机，究竟是谁的我也不知道。”

吴凡更加困惑，“这个手机有什么问题吗？”

“我想起来，我丈夫出事前那几天经常拿这个手机打电话，说话还故意不让我听见，我当时是有点儿怀疑。就在他出事的头一天晚上，我从他兜里翻出了这个手机，打开看了看内容，这分明是一个女人用的手机，相册里还有这个女人的一些自拍照，看上去是一个挺漂亮的女人。我当时就起了疑心，他拿着一个女人的手机偷偷摸摸打电话干什么？”

“那你问过张爱明这是怎么回事吗？”

“我当然问了，他当时态度很不好，嫌我多事。他告诉我说，这手机是他捡到的，失主是一个外来出差的女模特。他正准备找时间把手机还给她。我说，既然这样，你为什么还偷偷摸摸地打电话？他一听就火了，和我吵了一架，说我不可理喻，气冲冲地穿上衣服就去了单位，一晚上都没回家。没想到第二天他就出事了……”

“然后这个手机就一直留在了你家？”

“是。”华雯承认，“自从张爱明出事之后，我这些天经常胡思乱想，但我总是怀疑会不会他遇害跟这件事有关系。后来听说你们抓住了一个女凶手，我还想会不会就是丢手机的那个女人和我丈夫不清不楚地出了什么矛盾，一时气愤把他给杀了。家丑不可外扬，你们过来打听情况的时候，我也没好意思开口。今天我把手机拿过来也是做了一番思想斗争的。”

华雯口中所说的女凶手自然就是周秀娜了，但是听她话中有话，似乎这里面还有什么隐情。而且吴凡还注意到一点，假如张爱明捡到过周秀娜的手机，那为什么周秀娜要谎称自己是模特呢？

带着种种疑问，吴凡点了一下手机，屏幕亮了，还剩一格电。居然还没设密码，手机壁纸就是一个十分艳丽的美女照片，他很轻易地就点进了手机里面，直接打开了相册。

里面大部分都是一些自拍照，与壁纸上是同一个女人。很多照片都拍得十分性感惹火，甚至还有一些比较暴露的私密照。

吴凡霍然明白了华雯难于启齿的原因，“你是不是怀疑，你丈夫因为看了人家这些照片，起了歹意，想要用交手机要挟人家献身？”

华雯一脸哀怨地点点头。

吴凡很认真地对她说：“华太太，实话对你说，你丈夫虽然有些不检点，跑去跟人家约会，但也仅此而已，他并没有乘人之危要挟失主。可以说，他是被对方下套给算计了，做了冤死鬼。”

“真的？”

“真的。因为和她约会的那个女的叫周秀娜，并不是照片上这个女人，周秀娜只是幼儿园幼师，也不是什么模特。”

“原来是这样。”华雯的情绪这才转好了一些。

“但我有件事想跟你确认一下。你丈夫有没有说过，这部手机是在什么地方捡到的，希望你好好帮我想一想……”

华雯仔细回忆了一会儿，“我记得那天晚上吵架的时候，他好像是说过一句，说这个手机是他在会所捡到的。”

“会所？难道是至尊休闲会所？”

“哦，对，就是那儿，他在那家会所办了 VIP 会员，没事经常去放松放松。”

“原来是这样啊。”吴凡似有所悟，眼中慢慢闪现出惊诧的神情。

“有什么问题吗，吴警官？”华雯困惑地望着吴凡。

“没什么，你帮了我大忙，谢谢你！”

吴凡来不及解释，回去找卢广通，听说卢广通已经带着不少人下楼了，准备亲自去找付雪晴。

他急忙往楼下赶，在楼梯上碰到了正在上楼的陆恒。

他和陆恒打了一声招呼，陆恒没吱声。

他一反常态，寒着脸凝视吴凡片刻，突然给了他一拳，把他打个趔趄，嘴角破了，血也淌了下来。

温文尔雅的陆恒此刻变成了一头狮子，怒不可遏地把他推到墙上，“我都听说了，是你给付雪晴出的馊主意，让她去钓凶手是吗？亏你想得出来，你怎么不让你女朋友去？”

“这是个意外，我也没想到会变成这样，对不起。”

陆恒把他狠狠往墙上一撞，“我就问你现在她人在哪儿，你说啊？”

吴凡一脸歉疚地对他说：“我向你保证，我一定会把你女朋友带回来。”

他拨开陆恒愤怒的双手，头也不回地走下楼梯。

刑警队楼下，卢广通已经集结了十几个人，正要上车出发。

吴凡急忙拦住他，“卢队长你要去哪儿？”

卢广通看见他嘴角还在淌血，皱了皱眉，“你这是怎么了？”

侯小亮在一旁说：“我刚才看见付队长的男朋友过来了，还用问，八成是因为他出的馊主意让付队长失踪了，被人家男友教训了一顿。”

“哪都有你，少管别人的事。”卢广通训斥了他一句，对吴凡说，“我当然是去找付队长了，总不能所有人都守在警队审一个顽抗到底的罪犯。付雪晴是在云岛咖啡厅失踪的，我就不相信，洛光达还能有天大的本事能把付雪晴送到天边去，就是掘地三尺，我也要把人找出来！”

“那我也跟你一起去！我想或许我还能帮上忙！”

卢广通瞅了他两眼，“随便你！”

吴凡上了卢广通的车，旁边坐的居然是侯小亮，一言不发，满脸敌意地瞧着他，新仇旧恨，吴凡是彻底把他得罪了。

四辆警车，十几名刑警同时出发，拉起警笛朝向目的地一路狂飙。

空旷的河岸广场仿佛突然之间热闹起来。

四辆警车呈半圆形停在咖啡厅周围。

卢广通带着十几名刑警下了车，亲自分派任务，准备以咖啡厅为中心，地毯式向外搜索。

吴凡建议卢广通："我记得咖啡厅里好像有监控摄像头，应该查查监控。"

"这我知道，用不着你提醒。"卢广通一向不喜欢别人指手画脚。

吴凡犹豫了片刻，说出了心里话："不瞒你说，卢队长，我怀疑付雪晴的失踪跟洛光达无关，是其他人做的。"

"这话你刚才已经说过了，但我需要的是证据，懂吗？除非你能找到比洛光达更可疑的犯罪嫌疑人出来。没有根据的推理都是瞎猜。何况，我现在最关心的不是凶手，而是付雪晴，她到底在哪儿，活要见人死要见尸！"

付雪晴从昏昏沉沉中慢慢清醒过来，或者说是被冻醒的。

冰冷潮湿的空气针刺着她的皮肤，她此刻正躺在一块坚硬粗糙的木头板子上。

她一惊之下想坐起来，这才发现手脚都被铁链拴住了。

这是在哪里？

难道在坟墓里？

她要死了吗？

刹那间，黑暗、羞耻和拘禁犹如一只只互相纠缠的恶鬼，将她拖进绝望的深渊，让她陷入从未有过的恐惧中……

卢广通检查过男女卫生间，没发现能藏人的地方。窗户朝向后面的公园，如果想带着人翻窗户逃走，很难不被埋伏在那里的便衣发现。为了以防万一，他还是派人把外面都搜索了一遍。

男卫生间的门把手倒是有些不太好使。洛光达就借题发挥，说什么门打不开，自己不知道付雪晴是如何失踪的。

卢广通走出男卫生间，回到小走廊上，这里左右还有两扇门。侯小亮正带着两个刑警挨个房间搜查。这两个房间都堆了不少东西，窗户上还安装了防盗栏。

“怎么样？”卢广通问。

侯小亮拽下警帽挠挠脑袋，“这间屋子是储物室，咖啡店里的货物都存放在这里，都检查过了，没有能藏人的地方。防盗栏也都完好无损。就算有人在这里把付雪晴制服，藏在房间里，也没办法运出去，再说这里也没地方藏。除非是肢解成小块分批带出去……”

“告诉你多少次了，多动动脑子好不好？”卢广通骂了一句，“在这种地方截肢大活人，还没等动手就会被发现的，再说时间也不够啊……”

侯小亮被骂得很泄气，“我这也是实在想不出有什么可能了。”

“对门那间屋子是干什么用的？”

“哦，那里是杂物间，专门存放垃圾用的，这家咖啡店用的都是可回收垃圾，看着挺环保的。”

卢广通穿过走廊，走进对门的杂物间。

虽说是放垃圾的地方，这里的卫生环境倒还整洁，那些用过的可回收垃圾都被放在纸壳箱里，整整齐齐靠墙码放。

卢广通掐着腰观察着那些纸壳箱，大小勉强也可以装下一个人。他打开一个箱子往里看了一眼，里面是一个黑色的垃圾袋。

他端详垃圾袋，正在微微出神，侯小亮走了进来，“卢队，这里我们也都检查过了，没发现付雪晴留下的痕迹。”

“这些箱子你们也都检查了？”

“检查了，没有。”

“如果是有人被装在箱子里运走呢？”

“那也太扎眼了，肯定会被发现的啊……”

两人正聊着，这时候一个警察急匆匆走到门口，“卢队长！监控里发现了一个可疑的人。”

“发现了？”

卢广通一震，马上离开杂物间，跟着那名警员走进了经理室。

咖啡厅里只有一个监控摄像头，处理器在经理办公室。

吴凡正守在显示屏前，旁边坐着咖啡厅经理，周围还站着两个警察。看见卢广通进屋，吴凡连忙摆手让他过来。

卢广通脸上闪过一丝疑惑，走到显示器前。

“这是三个小时前的监控录像，你来看看这个人！”吴凡说着，把暂停的录像从头播放。

摄像头安装在进门左侧的天花板上，拍到的正好是前台到门口这一块的用餐区。

卢广通看见稀稀落落坐了四五桌客人，但没有看见付雪晴和洛光达，估计当时他们已经进了卫生间。在剩下这些人里，他并没有发现哪个人可疑，不知道吴凡是通过什么判断出来的。

他忍不住问：“你说的可疑人在哪儿？”

“哦，还没出现呢……我把视频往前退得有点儿多。”

又过了大约半分钟，吴凡忽然一指屏幕，“他出来了。”

卢广通顺着他手指的地方，看见从通往卫生间的走廊方向走出一位穿着蓝色工作服的人，他正推着平板车不紧不慢地往外走，车上堆放着三个纸壳箱，两个在下面一个放在上面。

卢广通马上认出来，这个纸壳箱就是放在杂物间用来装可回收垃圾的箱子。

这个人推着这些垃圾绕过前台从侧门离开了，这期间遇到过两个服务员，也都熟视无睹，没有一个人过问这个人。

卢广通马上对经理说：“这人是你们这里的员工吧，马上把他叫过来！”

男经理抻着脖子，看了看视频中那个人，有些不知所措，“警察同志，这个人不是我们这的员工。他是垃圾回收公司的。”

“垃圾回收公司？”

“我们店里用的都是绿色环保的产品，用过的垃圾都可以回收。所以定期有人来我们这里回收垃圾。通常都是一周来一次，正常应该下周来，不知怎么这次早了好几天。”

“那你们总应该认识这个人吧？他叫什么？”

“我们不认识，他们公司平时派来的人也都不是同一个人。”

卢广通的火往上撞，“那公司名字你们总是知道的吧……”

话音刚落，吴凡道：“就算找到那家公司，估计也没有用。”

“你这话什么意思？”卢广通语气有点儿不善。

“首先，付雪晴应该是被这个人带走的，我猜测她是被装在下面其中一个纸壳箱里了，这一点我们能达成一致吧，卢队长？”

“哼，然后呢？”

“从作案过程来看，这个人是早有预谋，而非临时起意。”

“你认为洛光达还有同伙，他们声东击西绑走了付雪晴？”

“这一点我不确定，如果真是那样，那他们胆子也太大了些。当然，或许还有一种可能，洛光达只是一个被利用的诱饵，还有更狡猾的家伙躲在他背后。这家伙也就是偷走洛光达笔记本电脑的人。我甚至觉得之前那三起案件也和他有关，这种经过周密计划的阴谋，巧妙隐藏自己嫁祸别人的作案风格似乎一直都没有变。如果他真是废品回收公司的职工，不会给我们留下这么明显的线索，引着我们去抓他吧？而且一个普通的蓝领职工也没有那个财力去养生会所注册什么 VIP 会员吧？”

“你说什么，什么 VIP 会员？”卢广通狐疑地看着吴凡，有些惊诧，“莫非……你已经知道凶手的下落了？”

“七八成把握吧，还得感谢它。”吴凡说着从衣兜里掏出一个银色的手机，打开手机相册递给了卢广通。

卢广通接过来一看，全是一些美女照片，浓眉一皱，“这是什么东西？”

“这是第二位被害人——张爱明的妻子华雯给我的。据她说，这部手机是张爱明在至尊休闲会所捡到的，手机的主人是一个外地过来的女模特，很漂亮是不是。里面还有一些很诱人的照片，不信你自己往下看。”

“不用了，你说吧。”

“华雯给我提供的这个线索，忽然帮我解决了一个之前一直想不明白的难题。付雪晴花费了很大精力把三男三女六名被害人的手机、电脑全部都检查过了。结果只发现了凶手在网上勾引女被害人的聊天记录，却没有找到勾引男被害人的聊天记录，连可疑电话都没有。我们那个时候就一直想不通，凶手究竟是通过什么办法来勾引男被害人的，直到我发现了这部手机……”

卢广通疑惑不解，“用手机如何勾引？”

“我想到了一个很有趣的办法。打个比方，假如你是休闲会所的一名 VIP 会员。你正在会所里休息呢，忽然发现脚边有一部手机，你会不会捡起来看一眼？当你打开手机，发现这是一个大美女的手机，你会不会想要亲手还给她呢？如果可能的话最好还要来一次美丽的邂逅？何况，如果手机刚好落在男人脚边，当他们看到相册里这个女人的照片，那简直就是一条送到猫嘴边的鱼啊。而这位美女只要准备三个手机，找个合适的时机扔在这些馋猫脚边，过几个小时之后再给自己手机打电话，只要捡到手机的男人一接电话就上钩了……

"她只要告诉这些男人用这部手机和她保持通话便可。等这些男人亲自向她交还手机的时候，她顺便就能把手机回收，自然就消除了彼此的联系记录。我猜凶手就是这样做的。虽然是一个很巧妙的法子，但出现了一点意外，她只成功回收了两部手机，唯独张爱明因为和老婆吵架把手机扔家了，只顾着猴急地赶去和她幽会，留下了这个漏洞。"

卢广通方才恍然大悟，瞬间也想明白了很多，"如你所说，这个凶手选择男被害人并不是随机的，而是故意的对吗？"

吴凡点点头，"来之前，付雪晴查到，至尊休闲会所里的 VIP 会员中有一个小群体。凶手既然能从中挑选被害人，自然深有了解，很有可能本身也是 VIP 会员。"

"那你们就没有发现任何可疑的人员？"

"VIP 会员本身就有上百个，有不少还是社会名流。想要深入调查难度很大，所以才想先借助钓鱼的办法。没想到却被凶手钻了空子。"

卢广通把目光转到已经定格的视频画面上，那个穿着蓝色工作服的犯罪嫌疑人正弓着背用力推着平板车。

他心头一动，飞快敲打键盘上的后退键，把画面退到能大致看清这个人正脸的位置，这才注意到，这个狡猾的家伙居然戴了一次性口罩，鼻梁上还架了一副窄框小眼镜。不过从身材看，这个人确实是女性体态。

他怎么也想不到，他们一直面对的凶手原来是一个诡计多端的女人。

"一定要尽快找到这个女人。"卢广通叫道，"我们现在有她的手机号码，有她的照片。就算她用的是假号，去至尊休闲会所挨个人头查，我也要把她揪出来。"

吴凡却没他这么兴奋，冷冷道："你怎么知道那些照片就是她本人呢？"

卢广通又像当头被泼了一盆冷水，呆愣了好几秒钟，咬牙道："实在不行，我就去查道路交通监控，这家伙就算能伪装成废品公司的人，她想把付雪晴拉走也得需要车吧，想办法锁定她的车，就能知道她去了哪里。”

“这是个办法，但是要先和交通队联系，再进一步查找，估计得浪费不少时间。”

“这也不行那也不行，难道你有什么更好的办法？”卢广通气呼呼地问。

“这个女人既然想把付雪晴劫持走，至少说明她不会马上杀死她。以通常的规律来说，失踪四十八小时以内存活率会超过百分之五十。最佳营救时间是在前十二个小时。现在距离她失踪已经过了三个多小时，我们还有八个多小时可以详细布置。”

“布置什么？”

“再等一等……”

“还等？原来你也没想出来。难道我们就在这里坐以待毙，等着你想办法不成？”

“当然不是。”吴凡冷静地望着卢广通，“我在等回复。”

“回复？哪里的回复？”

“当然是刑警队那边的，我在来的路上给赵楠发了短信，让她帮我查些资料。”

“查什么资料？”

“很快你就能看到了，你现在手里有十几个人，或许够用了。”

黑暗、屈辱、恐惧，犹如冰冷的潮水一般，一波波将她淹没……

她无助地躺在冰冷的木板上，那四根锁链耗尽了她所有力气，她已经彻底放弃了挣扎。

在寂静的黑暗中，她度过了最初的狂躁，大脑开始变得迟钝。她不知道自己被锁在这里多久了，两个小时还是四个小时？或者是一天？两天？

她最担心的不是有人会马上杀死她，而是担心自己被永远遗弃在这里，慢慢渴死，饿死，然后腐烂变形，化作一具恐怖发臭的尸体，就像她无数次在命案现场见过的那些尸体一样。只是她从未想过，自己终有一天也会变成像它们一样。

就在她恍恍惚惚之时，突然有一只消瘦的手掌放在了她身上。

她的皮肤本能地发出战栗。

那只手慢慢向下抚摸她的身体，像条不停蠕动的虫子一样，让她感到无比恶心。

她突然惊醒，奋力挣扎，一阵阴冷嘲弄的笑声传进她耳中。

那只肆无忌惮的手突然勾屈成爪，用尖尖的指甲在她的小腹上抓出五个血道。

她失声惨叫，换来的却是黑暗中那个魔鬼无比得意的笑声。

忽然一只手在她脸上抓了一把，把蒙在她眼睛上的黑布扯掉。

她眼前终于出现了光亮。

她闭了一会儿眼，重新睁开，在混沌的光线中，她看见了灰突突的棚顶和墙壁，四周连一扇窗都没有，这里就算不是坟墓，也差不太多。

“你终于醒了，小美女，睡得可还满意？”那个声音幽幽响起。

“这是哪儿？”她惊慌地问。

“当然不是在咖啡店，你是我好不容易运回来的。”

“我怎么什么都想不起来？”

“在你们点咖啡的时候，我趁服务员不注意，往你的咖啡杯里放了一点迷药。现在药力刚过。怎么样，你对现在这个造型还满意吗？看看你自己……”

屈辱和愤怒充满了她内心，她怒喊：“你到底想干什么，洛光达，你这个浑蛋！”

“洛光达？嘿嘿嘿，怎么，你还想着让那个男人来不成？”

这声音又刻薄，又尖锐。她猛然意识到，这分明是一个女人的声音。

她转过脸，沿着那个嘲笑的声音望过去。

看到的却是一个戴着眼镜和口罩的人。

见她发呆，那人说："怎么，听不出我的声音吗，您可真是贵人多忘事啊，付雪晴警官。"

"你认识我？"付雪晴心头一紧。

那个人慢慢揭下口罩，摘掉眼镜，露出一张女人的面孔。

借着昏暗的灯光，付雪晴似乎感觉这个人有些眼熟，仔细辨认了一会儿，骇然惊呼："是你……"

她想喊出这个女人的名字，可是话到嘴边才猛然想起，自己根本不知道这个女人叫什么名字。

"陶彩霞。"女人说。

"陶彩霞……"付雪晴喃喃重复。

她这辈子都不会忘了这个女人的名字。也不会再轻视任何人，哪怕是一个看起来再平庸不过的人。

"原来你和洛光达是同伙，你们夫妻合伙作案！"付雪晴说。

"哼哼。"陶彩霞狭长的鼻腔里喷出嘲弄似的声音，那张家庭妇女的黄脸颊被昏淡的灯光映得无比阴暗，"你都要死了，还不知道是怎么一回事吗？"

她的口气中极近羞辱，分明就是一个充满怨毒的女人。

付雪晴深吸一口气，"我并没有勾引你老公，我只是在网上下套抓罪犯，没承想把洛光达钓到了。"

"少替自己狡辩了！你跟他在网上打情骂俏，说的那些话我全都看见了。你和其他那些勾引我丈夫的女人没有任何区别。"

"其他女人？"付雪晴从陶彩霞的话里听出了一些意味，"你指的其他女人是那些案子里的女犯罪嫌疑人吧？"

"哼，你总算还没有蠢到家。不错，就是那些女人。"

“难道这三起案子纯粹是为了针对那三个女人？”

“要不然你以为呢？我可不是一个心狠手辣的女人，实在是这些女人太不要脸，像苍蝇一样整天围着我丈夫转悠，一心想找机会下嘴。赶吧又赶不走，我实在是忍无可忍，才想办法把她们一个个像苍蝇一样碾死。”

“原来你才是那个躲藏在暗中，费尽心机谋划一切的罪犯。”付雪晴现在全听明白了，但是想想又觉得不可思议，“你这个犯罪动机不觉得很荒唐吗？其实是你丈夫管不住自己，喜欢到处拈花惹草才对吧。有一件事我现在还想不明白，上网和这些女人聊天，勾引她们的人，究竟是你还是你丈夫？如果是你，说明你戏演得好，如果是你丈夫的话，那就说明他本身就是……”

“你再敢胡说八道！”陶彩霞扑上去狠狠一巴掌扇在付雪晴脸上，把她打住了嘴，半边脸都肿了起来。

陶彩霞眼神中慢慢聚集着怨毒，语调也带着幽怨：“我丈夫可是受人尊敬的大学老师，温文尔雅，谈吐不俗。我们从高中的时候就相识了，我不顾家人的反对，毅然决然地跟了他，经历了这么多年的风风雨雨，我们一直恩恩爱爱，他从来就没让我失望过。可是越优秀的男人就越有一些女人在打他主意。我忍，我一直在忍，没想到这些女人得寸进尺，甚至连他的女学生也跳出来抢我丈夫，那个不知廉耻的女人竟然还租了一个房子，拽着我丈夫和她过起日子了。她要拆散我的家，我不能再忍了！我要让你们这些人一个个生不如死！”

陶彩霞发出阴森森的冷笑，“我折磨她们的手段想必你已经见识过了吧。我不仅仅要她们的命，我还要摧毁她们的精神。把她们一个个都变成杀人犯，把属于她们的一切都统统夺走，只留给她们一条苟延残喘的命，东躲西藏，最后还要被警察抓住枪毙。只有这样，我才觉得解恨……哦，对了，你知道我打算怎么对付你吗？之前的法子不能再用，你已经知道了，我得为你想一个别致点……”

她用那只干枯粗糙的手掌肆意抓捏着付雪晴的身体，就像在抚弄一只可怜的动物。

付雪晴拼命扭动身体，想要把那只鬼爪子一样的手甩开，大声警告她："我是警察，你敢对我怎么样，快放开我！"

"警察，呵呵。勾引我丈夫的女人都该死。"陶彩霞捏住付雪晴的下巴，另一只手伸出一根手指，用尖利的指甲从她的脖子画一条线划过她的身体，仿佛要把她切成两半，"你说，我要是用角磨机把你锯成两半怎么样？"

付雪晴从她疯狂的眼神中看得出，她一定说到做到。强烈的恐惧瞬间攥住了她的心脏，让她不由自主地打着哆嗦。

付雪晴的恐惧让陶彩霞很满意，"不过呢，我不怎么喜欢太血腥的东西，主要是收拾起来比较麻烦。我想到了一个更干净省事的惩罚方式。看见地上那个柳条箱了吗，和你躺着的木板是同一个箱子。我一会儿会把那个箱子扣在你上面，用钉子把你钉在箱子里。趁你睡觉的时候，我已经在地上挖了一个坑，正好够把你的棺材放进坑里。我再和一点水泥，把坑填平。然后，你有的是时间在黑暗中慢慢享受特别为你准备的游戏。你觉得怎么样，还算刺激吗？"

如此残忍变态的杀人方法在陶彩霞口中变成了轻飘飘的话语，却让付雪晴从头到脚都开始结冰。她终于意识到，这个女人已经疯了。

在极度的惊恐混乱中，付雪晴强迫自己保持理智，她必须想办法自救，不能任由这个疯子随意蹂躏。

她不知道陶彩霞把自己带到了什么地方，也不知道警队那边是什么情况，什么时候能找到自己。

她失踪的消息应该已经惊动了整个警队，也许大家正在寻找她呢。她现在最担心的是，他们还没有搞清楚凶手的真实身份。那才是最大的麻烦。

如果她的手机还在身边，也许警队那边还有可能通过定位找到这里。

绝望和希望同时纠缠在一起，煎熬着她残存的意志。

一个个熟悉的身影在她脑海中飞快闪过，卢广通、陆恒、父亲、吴凡、赵楠、田鹏刚、张钧……

现在不管是谁，哪怕是她最讨厌的人，只要能出现在这里，她都会由衷地感激。

“你已经准备好了吧？”陶彩霞见她不说话，问道。

付雪晴瞪大眼睛注视着她，这个毫不起眼的家庭妇女已经变成了魔鬼。她的生死就掌握在这个魔鬼手中。

不管结局怎样，付雪晴都要尽可能地拖延凶手，为自己争取时间，多一分钟，就多一分钟的希望。

付雪晴冷笑一声，“反正我都要死了，你还不如让我死得更明白一点儿。”

陶彩霞瞧着她，似乎猜透了她的心思，“无所谓，反正根本就不可能有人找到这里。我只要赶在明天早上之前把你埋起来就行。在这之前，我可以陪你聊聊天。”

她说着从口袋里掏出一个苹果手机。

付雪晴心头一紧，那正是她的手机。

陶彩霞把手机放在付雪晴手边，“如果你现在能打通电话，兴许还能救自己一命。”

付雪晴惊疑地看着她，但还是下意识地抓紧手机，想点开屏幕，可是无论她怎么按，屏幕始终漆黑一片。

她忽然明白了，“你把电池弄坏了！”

“只不过在水里泡了一个小时，还把芯片烧了。卫星定位肯定是找不到你，这点儿常识我还是有的。”陶彩霞忍不住吃吃笑起来。

付雪晴掩饰住心中的失望，平静地说道：“那好，我第一个问题，你丈夫参与作案了吗？”

陶彩霞收敛笑容，翻一下眼珠，“我说了那么多，你还没听明白吗？当然没有了。”

“那他知道你杀人这件事吗？”

“这个我还真不清楚，应该是没有吧，否则以他的胆子，早就吓死了。”

“但是我不明白，既然周秀娜、白若琳、董倩这三个女人都是洛光达在交友网站上勾引的女人，你又是通过什么手段把她们引入圈套的呢？难道洛光达就没有发现？”

“哼，怎么，在你眼里我就像一个无知的怨妇吗？”陶彩霞戏谑地说道，“其实办法很简单，我在洛光达的笔记本电脑里安装了一个木马软件，我可以远程操控他的电脑。他和那些女人说过什么话我都一清二楚。我还盗了他的账号，以他的名义把那些女人约出来，引入我事前设计好的圈套里。之后发生的事，肖亚楠在遗书里都写得很详细了。我只不过是假借了她的口而已，就不用多说了吧。”

“你操控的电脑是洛光达的黑色笔记本吧，原来是你把它偷走的。可是你接二连三这么做，洛光达怎么可能一直都没有觉察呢？”

“洛光达的电脑水平很一般。当我准备替他接手那些女人的时候，我就会把他的账号密码修改了。他登不了自己的账号，自然就看不到我和那些女人的聊天记录。他也不太当回事，转身就跑到别的网站开个账号寻找新目标，本来对他来说这也只不过是一个游戏而已。对我来说，他在网上怎么折腾我不管，只要不是来真的就行。等到你们查到肖亚楠家，我便趁机去了一趟她家，把那台笔记本拿走了，顺便给你们留下一封遗书。本想着把罪名都推到那个女人身上，但你们警察似乎比我想象得聪明一点儿，居然没有中计。”

“这么说，肖亚楠是你杀害的。”

“当然不是了，她的确是自杀的。而我从一开始也根本没打算直接杀她，就像对付其他三个女人一样，我更喜欢借别人的手杀死这些女人。死不过是一种解脱，在那之前，我要让她们生不如死。对付肖亚楠的手段跟其他人稍稍有所不同，她一直和洛光达同居，我不方便直接动手。所以，我倒不如用她当成一个挡箭牌。”

“挡箭牌？”

“毕竟是连环杀人。只要洛光达不停地找女人，我就不会停止收拾那些女人。所以，我就不得不考虑风险因素。我尽可能地把每一次案子都设计得复杂巧妙，也是想尽可能地保护我不被发现，但谁也不敢保证你们警察能始终不会觉察。一旦你们发现这是一起连环杀人，而且顺藤摸瓜开始往下挖，我就需要一个挡枪的人物。肖亚楠就是最佳人选。”

付雪晴有点儿开窍了，“所以你选择男被害人，并没有像你丈夫一样去网上找，而是专门在肖亚楠打工的至尊休闲会所挑选目标，就是准备嫁祸肖亚楠用的。”

“不错。”

“你是通过什么方式勾引他们的？这三个人的电脑和手机我们统统检查过，没有发现任何聊天记录。”

陶彩霞得意扬扬道：“我买了几个黑卡手机，上网找了一些网红模特的私家照片导进手机里，再导入一些无用的数据假装是正常人用的手机一样。这样一连制作了几个美女模特的手机。我本人也注册了一个至尊休闲会所的 VIP 会员。洛光达也曾经是那里的 VIP 会员，说起来，他和那个肖亚楠还是在那里认识的呢。后来是我强迫他退了会员。不管怎样，我对那个会所很了解……

“挑选目标其实很容易，除了吕超是我故意要选择的，因为他是肖亚楠的前男友。我接近他们，趁他们不注意时把手机扔在他们附近，然后躲在远处观察他们，等这些人捡到手机后，看到里面的美女私房照，怎么可能不心痒痒？我随后就给那个手机打电话，就这样我们便联系上了。我的声音不算老，再学着装嫩一点儿，他们马上就上钩了。聊过几次等时机到了，我让他们去我选好的旅馆，要亲自感谢他们，他们以为遇到了天大的艳遇呢，焉有怀疑的道理？”

“连这都想到了，你可真是能算计啊……”这句话是付雪晴由衷的感叹。这个女人真是一个普普通通的家庭妇女吗？看着还真够可怕的。

付雪晴还有一个疑问，“这么说那三个男人也都是你杀死的？你当时就在案发现场对吗？”

“当然了。”

付雪晴最想知道的是，陶彩霞究竟是如何隐藏自己不被发现的。

还没等她往下问，陶彩霞的手机响了。

那清脆的铃声在幽暗的坟墓一样的房间里回荡，有种说不出来的诡异。

陶彩霞慢慢掏出手机看了一眼，脸色显得有些不自在。

她还是接听了电话，对面传来了洛光达的声音：“你在哪儿，老婆？”

“我在上班啊。”陶彩霞不假思索地编瞎话。

“你晚上从来都不加班啊，现在都快晚上7点了。”

“是吗？”她有些诧异。

这里是地下仓库，根本看不到外面的天色，不知不觉已经这么晚了。

她只能继续往下编：“今天单位临时有些情况，我回去稍微晚一点儿，你怎么样？”

“什么……什么我怎么样？”洛光达那边有些迟疑。

“我听说你今天不在学校，你出去办事了？”

“是……是啊，有点儿棘手的事情。不过现在都解决完了，我刚到家。”

“那就好。等我一会儿，我很快回去。”陶彩霞一边打着电话，眼睛一边看着付雪晴，嘴角露出一丝冰冷的笑意。

挂了电话，她对付雪晴说：“你们的人已经把我丈夫放了，我估计他们是把咖啡厅翻了一个底朝天，才终于意识到他并不是绑架你的人。”

“那你说不定已经暴露了。”付雪晴说。

“你想多了，付警官。”陶彩霞不屑一顾，“你以为我会那么莽撞地绑架你吗？只要不留下直接线索，又有谁会怀疑到我身上呢？只要我把你处理干净，就没人能猜到凶手是我。”

付雪晴大声道：“从来就没有完美作案，你总是会留下作案痕迹的，至少你注册了至尊会所的 VIP 会员，只要发现你的名字……”

“不要激动。”陶彩霞伸手捂住了付雪晴的嘴，“问题是就算我留下痕迹，你们就能发现吗？你们警队里有谁认识陶彩霞这个名字呢，如果我不告诉你，你也不知道吧？”

付雪晴瞬间哑口。

“何况，就算将来你们怀疑到我头上，你们也没有证据能证明我是凶手。这个世界上其实是有完美作案的，就像完美的函数图像一样，即便一个曲线无限接近数轴，也永远不可能相交。等我把你埋在这里，就等于给你们警方设计了一个永远无法相交的函数图像，就算他们穷尽毕生也永远别想找到你这个真相的交点。这就是一道永远无法破解的完美悬案。”

付雪晴的心慢慢结冰。她承认陶彩霞说的是实话，如果她今天不是在这里，也几乎不可能怀疑到这个女人头上。

“行了，我和你说得已经够多了。我得赶紧把你处理掉，回家给我丈夫做饭。经过这次经历，我相信他会收敛很多。你知道，我们感情其实是很好的。”

# 第十八章　致命初吻

陶彩霞不再多话，走到柳条箱旁边，把丢在上面的一副毛绒手套戴上，双手托起柳条箱走向付雪晴，把付雪晴从头到脚扣在箱子里。

求生的本能让付雪晴万分惊恐，她拼命挣扎，拉扯锁链，大喊大叫。

陶彩霞劝她："你还是节省一些体力吧，一会儿把你埋起来以后，你还能多坚持一会儿……"

她一边说着一边拖着柳条箱慢慢走向墙角已经挖好的地洞。

付雪晴躺在箱子里徒劳挣扎，她心中充满了绝望与委屈。

她不想就这么被杀死，埋在这个暗无天日的地方。

谁能来救救她！

哐——

地下仓库的铁门忽然被人撞开。

一个人毫无征兆地闯了进来。

这个突变连陶彩霞都没有料到，不由得松开箱子，看向门口。

等她看清楚闯进来的人是丈夫洛光达时，更加震惊。

夫妻俩你看着我，我看着你，一时间都呆在那里不动。

"你，你怎么会在这里？"洛光达终于问。

"你不是在家吗，你怎么来了？"陶彩霞问。

就在他俩出神发愣之时，门外又冲进来两条人影，其中一个穿着警服。

"你被捕了，陶彩霞！"警察高喊。

陶彩霞霍然瞪着丈夫，"刚才的电话是警察叫你打的，你骗我！"

"我能怎么样？"洛光达比她还激动，"警察都把我当成凶手抓起来了！原来是你，都是你害的！”

付雪晴躺在柳条箱里看不见外面，但是听得清清楚楚，知道警队的人赶过来了，一时间心中惊喜，百感交集。

就听有人唤她名字，“付雪晴，付雪晴，你在哪儿？”

她刚想回答，可是猛然想起自己现在这个样子，哪好意思开口。

正在她犹豫不决时，罩在身上的箱盖忽然被人掀开，付雪晴一刹那看见了吴凡那张焦急紧张的脸。

她心头震颤，吓得急忙闭上双眼装死。

“你没事吧？”吴凡大声问，伸手还摇晃她。

付雪晴装死装到底，更不能睁眼吭声了。她现在恨不得陶彩霞赶紧把她埋了。

可是下一刻，她就为这个做法悔之晚矣了。

她紧闭双眼，突然感觉一只手捏住了她的下颏，还没等她反应过来，一个柔软滚烫的东西就压在了她嘴巴上。

她一下子就明白过来发生了什么，这可是她的初吻啊。还没来得及给初恋，也没来得及给陆恒，就这么草率地让人给夺走了。

她刚想喊吴凡住口，吴凡一口气已经灌进了她嘴里。这家伙肺活量还真好，这口气直接把付雪晴两片肺叶给灌满了。

吴凡紧跟着又马上给付雪晴做压胸，把付雪晴吸进去的那口气又全压了出去，然后再给她人工呼吸。

付雪晴现在连解释的机会都没有了。手脚还给铁链锁着，想打吴凡两下都不行。她心中无比悲催，自己守身如玉这么多年，没想到初吻就这么没了。

砰——

一声尖锐的枪声在地下室炸响。

所有人瞬间扭头看向枪声响起的地方。

正在给陶彩霞戴手铐的警察满脸困惑地望着本已束手就擒的女人，又低头看看自己身上。

他看见腹部的衣服上有血迹，这血迹正在迅速向周围扩散，染红了大片衣服，一阵剧痛随后传来……他这才意识到什么，呆呆地望着陶彩霞，望着她手中冒着青烟的枪口，缓缓倒下……

站在警察身后的洛光达吓得浑身发抖，“你……你杀人了……”

陶彩霞阴冷地撇撇嘴，“我早就杀人了，有什么大惊小怪。”

她调转枪口指向吴凡和付雪晴，“既然已经暴露了，我不在乎多杀几个！”

吴凡费力地吞咽了一下，问付雪晴：“她把你的枪拿走了，你枪里还剩下多少发子弹？”

“至少两发。”付雪晴说。

“那我还是跟她讲和吧。”

吴凡脱下外套，把付雪晴的身体盖住，慢慢站起来，看着陶彩霞，“我想你在开枪打死我们之前，一定有话想问我。”

陶彩霞眯了一下双眼，“不错，我的确是有个疑问。你们这次来了几个人？”

“我和他。”吴凡指了指躺在地上的警察，“再加上你丈夫。”

“胡扯！你要我！”陶彩霞扬了扬枪口，一副马上要开枪的样子。

“没骗你，是我偷偷把你丈夫放出来的，虽然我认为他不是凶手，但是刑警队长和局长都不相信我，他们都认定了你丈夫是凶手，根本不相信你这个女人能杀人。我实在没有办法，只好找人偷偷把你丈夫放出来，让他帮我们找到你。”

“是这样吗，老洛？”陶彩霞喝问洛光达。

洛光达看了吴凡一眼，哆哆嗦嗦地朝陶彩霞点点头，“对……是他放了我。”

吴凡说：“我们跑到你单位，找了很久才碰巧找到这里。”

陶彩霞这才有所放松，哼了一声鼻音，讥嘲道：“看来我还真是高估了你们刑警队。不过，你小子又是怎么怀疑到我头上的？”

“我们之前最先怀疑的是你丈夫，我曾经给凶手的犯罪行为做过一份详尽的犯罪侧写，并且根据这份犯罪侧写钓到了你丈夫。但我现在才知道，我的侧写其实是包括你们两个人的行为，所以我一度被误导了，好在大方向是正确的。真正让我怀疑到你的是你留下的一个漏洞。”

“什么漏洞？”

“你难道忘了，你虽然利用手机假扮模特成功钓上了张爱明，但是他在去旅馆和你见面的时候，并没有带上你的手机。那部手机一直留在了张爱明家里，然后我从他妻子那里得到了这部手机。”

陶彩霞神情一凝，“仅仅靠一部手机就能猜到我的作案手法，你倒有点儿道行，我之前看见你时，还真没想到你是个厉害角色呢，不过单凭这些还不足以找到我吧。”

“猜到了作案手法，往下就容易多了。能深谙至尊休闲会所的内部情况，来去自如地选择目标，十有八九就是那里的 VIP 会员。我特意让人在里面查找，结果找到了你的名字。”

“你之前并不知道我和洛光达的关系吧，我在那几百个 VIP 会员里也不起眼，你怎么会一下子就认出了我，难道是有人告诉你的？”陶彩霞不由自主地看向洛光达。

洛光达吓得都快没脉了。他从来没见过老婆如此凶神恶煞。

“你想多了，并不是你丈夫帮忙。”吴凡说。

“那你是怎么发现的？”

“因为我想到了凶手是如何做到，在案发现场来无影去无踪的办法。”

陶彩霞的瞳孔骤然收缩。

“三个案发现场，星光旅馆、金河夜总会，还有白沙宾馆这三个地方几乎被警察搜了个底朝天，监控摄像头也都反反复复看了无数遍，甚至连客人名单都查过了，但就是没有人发现凶手的踪迹。或者说是警方一开始的方向就搞错了，他们只想着如何为已知的犯罪嫌疑人找证据定罪，却忽略了一些不起眼的细节，恰恰有一个地方没有人仔细核查过……”

“什么地方？”

“工作人员。就在来之前，我让警队的人把这三个场所的工作人员名单全部汇总到一起，专门寻找同名同姓的人员名单，包括最近一个月刚刚离职的，结果真的发现了一个同名同姓的人就是你陶彩霞。你一个月前在金河夜总会做临时保洁员，案发后不久便辞职了，然后你又跑到星光旅馆做保洁，最后是白沙宾馆。你利用自己特殊的身份自由出入案发现场，如出一辙的手段被你反复使用。就因为谋杀案设计得过于复杂，你这个作案身份居然成了盲点。

“锁定了犯罪嫌疑人的名字，再进一步查这个人的身份，我才知道，原来你和洛光达是一家人。当我看到你的履历，我才意识到，我之前居然忽视了一个如此符合犯罪侧写的罪犯。你丈夫是大学老师，而你的学术造诣更是在他之上，你二十五岁就拿到了机械制造及自动化专业的博士学位，之后一直在科研机构工作至今，一直是高级工程师职称，拿着国家的学术津贴。像你这样的高级科研人员，逻辑思维能力肯定高人一等，难怪你设计的案子会如此复杂又丝丝入扣，简直就是一道数学难题，这倒是很符合你的思维习惯……

“你选择的那些作案地点其实也都是你或者洛光达平时去过的地方吧，包括那些旅馆、超市、洗浴中心，甚至科技图书馆。在你计划作案的时候，这些再普通不过的地方全部都变成了你的作案元素。你运用数学解析的方式来设计犯罪，这的确是一个天才的犯罪构思。尽管你只是一个看着很普通的女人，却照样可以凭借着高智商轻而易举地除掉你的目标。你的真正目标应该就是那三个和你丈夫交往的女人吧？”

陶彩霞沉默了片刻，忽然发出一声怪笑，“还真是低估你了，不错，你全都说对了。我这么做就是为了收拾那些勾引我老公的女人。”

“你这么大费周章，就为了这么简单的原因，值得吗？”吴凡反问。

陶彩霞看了看灰头土脸的洛光达，“你知道我为了这个男人放弃了多少吗？”

“我在研究所一干十几年，一边工作一边顾家，干了十几年仍然是一个普通的科研人员。有多少当初还不如我的人早已经功成名就，成了著名专家。而我现在几乎都快变成单位里一个打杂的了。可是我付出了这么多，得到了什么回报？那些女人像苍蝇一样没完没了，拉着我丈夫一次次约会不说，还要霸占他，和他搭伙过起了日子，我忍不了，也不能忍！”

“这种事也不能光埋怨那些女人，你应该先管管你自己的丈夫。”

“你说什么呢？”陶彩霞突然发飙，气得浑身哆嗦，连枪口都跟着抖。

付雪晴急忙提醒吴凡：“你不能说洛光达，一提他，她就受刺激！”

“你怎么不早说。”

吴凡抱怨也晚了，陶彩霞端着枪慢慢朝他逼近，“你再说一遍，小子。”

吴凡咽了一口唾沫，“我只是……”

“你以为我不知道你那点儿鬼心思吗？来的根本就不只你们两个警察，你们整个刑警队都来了吧？而且已经将这里团团包围了，没错吧？你刚才说的那番话不过是想稳住我，等待增援……”

吴凡心头大惊，没想到被这个女人看穿了。

自从他推测出罪犯的真实身份，卢广通就调动了整个刑警队的力量全城搜捕陶彩霞。

经过分析，他们认为陶彩霞最可能劫持付雪晴去的地方就是她的工作单位重工研究所，为了确认还让洛光达打电话试探过。

不过，这个研究所格局比较复杂，还有很多地下室。陶彩霞的手机信号十分微弱，警员们只能根据大概位置分散搜索。

吴凡这一组幸运地找对了地方，但是发生了意外。陶彩霞用付雪晴的手枪打死了和吴凡同来的刑警，现在只剩下吴凡孤身一人，形势岌岌可危。

陶彩霞瞧着吴凡紧张的表情，似乎完全看开了，“其实就算被你们发现了也没什么，我也曾想过，如果老洛管不住自己，我这样一直杀下去，也保不齐哪一天就会露馅。”

“既然你明知道，又何必铤而走险呢？还是那句话……”吴凡看着她指向自己的枪口，没敢往下说。

“什么话？”陶彩霞平静的神情让人看着阴鸷鸷的，她似乎猜到了吴凡想说什么，“其实你们男人都一样管不住自己，凭什么非要说我丈夫的不是，如果没有那些女人勾引你们，你们也不会不顾自己的家，说到底都是因为这些该死的东西存在……”

陶彩霞的目光忽然落在了付雪晴身上，她朝吴凡摆摆枪口，“你给我让开，我佩服你这种有本事的人，还不想杀你，留着你这样的警察，还能多清除一些社会垃圾。就像我做的一样，我们都是在清除社会垃圾。”

“她也是警察，你别搞错了。”吴凡大声道。

陶彩霞神情冷漠，“她能勾引我丈夫，就说明她与那些被清除的垃圾没什么本质区别。我在被捕之前，要最后清除一次垃圾。请你让开，我的枪法可不怎么好，伤到你就怨不得我了。”

她微微调转枪口，瞄准了付雪晴。

“你快躲开吧。”付雪晴躺在吴凡身后，小声催促他，“我走不了了，咱们两个没必要都搭上。一会儿她开枪的时候，你就趁机赶快往外跑，她应该是没练过枪，打不中你的……”

吴凡非但没躲，反而移动身子故意挡在陶彩霞的枪口前。

陶彩霞面露惊愕，瞬间杀意大盛，“你想为这个垃圾死？”

“她不是垃圾，她是警察。”吴凡纠正，“你也根本没必要觉得自己有多委屈就迁怒于别人。我的未婚妻白若琳就是被你陷害的三个女人中的一个，就是你口中的垃圾。当我知道她背着我和别的男人幽会，我对他们的憎恨并不比你少……”

陶彩霞神情一僵，惊愕地望着吴凡，手里的枪不由自主地垂下。

“所以我能理解你的痛苦。只是你选择的方式错了。报复并不能让你更快乐，也不可能帮你挽回失去的人。就像我的女友，你的丈夫，他们还是会一如既往地放纵自己，因为人生观不同，在他们看来，我们已经不能满足他们了……”

陶彩霞缓缓看向洛光达，眼中慢慢噙满泪水，声音颤抖着问他：“他说的是真的吗，你永远不会回到我身边了？”

洛光达急忙辩解：“不不，你别听他胡说八道，我怎么可能抛弃你呢老婆，我已经知道错了。那些女人都死得活该，都是她们主动勾引我的，我一时没把持住才犯下大错。现在我才知道，只有你才是最爱我的。你原谅我吧，老婆……”他说到最后声泪俱下。

陶彩霞叹口气，“可惜已经太晚了，光达，如果能重来一次该有多好。”

“老婆……”

陶彩霞再次举起手枪对准了吴凡和付雪晴，“现在你们都听明白了吧，我所做的一切都没有错，至少我挽回了他的心，我也替这个社会清理了垃圾。我知足了。”

“她……她想干什么？”付雪晴紧张地问吴凡。

吴凡脸色铁青，一颗心不断往下沉，“她要跟我们同归于尽！”

陶彩霞对吴凡轻轻摇头，“不，我不打算杀你，你回去找你女朋友吧，我相信经过这件事，她也会回心转意的，就像我丈夫一样。你如果真心爱她，就应该给她一次机会。不过……”

她瞥了一眼付雪晴，“她我不能留下，与其留着她将来祸害其他男人，不如我把她带走。你给我让开！”

“等一下！”

吴凡话音刚落，陶彩霞的枪就响了。

枪声过后，吴凡低头瞅了瞅自己身上，没看见自己受伤，又看看陶彩霞。

陶彩霞枪口指着棚顶，警告他：“我不会打枪，下一枪就不知道会打中什么了，赶紧走吧，给你最后一次机会。”

事到如今，吴凡反而平静地笑了笑，“你看哪个男人会把女人丢下自己逃走的。”

陶彩霞惊愕地望着吴凡，眼中涌动着一些纠结的东西，片刻之后，她咬咬牙，“你找死！”

她抬手又一枪，这一枪是奔着吴凡胸口瞄准的。

吴凡身子晃了晃，跪倒在地。

“吴凡！”付雪晴惊呼。

陶彩霞冷笑着慢慢走近吴凡，“要死了吗？有件事我搞不懂，她又不是你女朋友，你为什么要为这个女人送命？”

吴凡虚弱地笑了笑，没说话。

陶彩霞充满猜疑地瞅着他，“难不成……你喜欢这个女人？”

她眼中遍布杀机，“原来你也是个不可救药的男人。”

她把枪口抵在吴凡头上，吴凡这时候反而吃吃地笑起来。

“你笑什么？”陶彩霞问。

“你真是一个可怜的女人。”

“你说什么？”

“你看似聪明却很愚蠢，你一直在自欺欺人，给自己失败的婚姻和不忠的丈夫找借口开脱。”

“你……”陶彩霞几乎要气昏过去。

就在她分神的一刹那，原本奄奄一息的吴凡劈手抓住了抵在自己脑门的手枪，身子瞬间弹起，一头撞在陶彩霞面门，牙齿崩落，鲜血飞溅，把陶彩霞撞飞出去。

他顺势夺下陶彩霞的手枪，身子晃了两晃几乎摔倒。付雪晴这才注意到，鲜血正从他身上淋漓落地，已经淌下一摊血迹。

“你受伤了！”付雪晴惊叫。

“放心吧，她那一枪没打准，只是断了一条胳膊。”吴凡忍着剧痛故作轻松道，“响了这么多枪，卢广通他们肯定能听到了吧，接下来要做的就是等他们来了。”

“那你能不能先帮我解开。”付雪晴红着脸说。

吴凡一想也是，她现在这个样子要是让卢广通他们看见，以后还怎么见人。

他拖着受伤的胳膊，帮付雪晴解开手脚上的锁链。

付雪晴躲在他背后，手忙脚乱地把衣裙整理好，可是裙子被陶彩霞剪了好几道口子。吴凡索性把自己的外套披在她身上。

付雪晴低着头，根本不敢抬眼看吴凡，那绯红的脸颊艳若桃李，娇羞不可方物，看得吴凡不禁有些痴了，仿佛忘记了身在何处，忘了他们彼此是谁。

就在这时候，一直呆立在远处的洛光达做出了一件很不可思议的事情。

他突然发起疯，冲向了躺在地上不住呻吟的陶彩霞，发了疯似的又踢又打，“都是你，你这个杀人犯……我的名誉全让你给毁了，我还差点儿让你冤枉成了杀人犯，我怎么找了你这个蠢女人，我全让你给毁了，蠢女人……”

付雪晴也没把洛光达拉开，直到卢广通带着人赶过来，洛光达还在不停地骂，不停地打，陶彩霞就像死了一般一动不动。警察们好不容易分开了两个人，把陶彩霞搀扶起来带走了，就在她经过吴凡和付雪晴眼前时，他们才发现她始终睁着眼睛。

在她那张血迹斑斑，青肿变形的脸上，那双呆滞灰白的眼珠就那样一眨不眨地瞪着，那里没有任何情绪，只剩下绝望与悲哀。

吴凡和付雪晴相顾无言，付雪晴悄然伸出手抓住了吴凡的手。

三个小时后。

付雪晴被送到江州人民医院，极度紧张的神经突然放松下来，让她彻底虚脱，昏了过去。

不知昏睡了多久，她忽然苏醒，看见自己正躺在病房里挂点滴。陆恒坐在床边，一脸温柔地望着她。

她忽地一下坐起来，可是身子刚起来一半就感觉头晕目眩，又栽倒在床上。

陆恒抚摸着她的额头，“你现在应该好好休息，不能乱动，想要什么就告诉我。”

“吴凡怎么样了，他还好吗？”付雪晴急切地问。

“他啊，没什么大碍，子弹没有打到骨头，只是伤了皮肉。”

“哦。”付雪晴悬着的一颗心这才放下。

她想了想，还是扶着床沿慢慢坐了起来，“他住在哪个病房？你扶我过去看看他吧。”

陆恒拗不过付雪晴，只好扶她下床去找吴凡，结果发现吴凡根本就不在病房。

两个人问过了医生、护士，谁也不知道他是什么时候离开的。

付雪晴问陆恒：“他现在受了伤，你说他能去哪呢？”

陆恒摇摇头，“谁知道呢，他就是个怪人。”

“喂，真搞不懂你呀爹地。你现在受着伤呢，不在医院好好歇着，跑到我家里干什么？”欧阳姗姗望着一条胳膊挂着绷带的吴凡，十分疑惑。

“好些天看不见闺女，想你了。”吴凡一脸真诚地对欧阳姗姗说。

欧阳姗姗一愣，小脸腾地一下红了，骂道：“少肉麻了，你要真想我，还能把我丢下一个多星期不管，肯定是因为其他事情。老实交代，到底是为了什么？”

“什么事都没有，你别瞎猜了。”吴凡拿起桌上的水果先把嘴巴堵上。

“不对，不对，肯定不对。”她就摇头晃脑地分析道，“付雪晴和你在同一个医院里，你又是为她受的伤，这不正是你们两个发展感情的大好时机吗，你怎么反倒跑了呢？这里面肯定有问题……”

吴凡咔咔地咬着苹果，故意不搭理她，心里却七上八下。

他越不搭理欧阳姗姗，她就越感兴趣，她凑到吴凡身边，瞪着一对大猫眼，似有所悟地瞧着吴凡，“爹地，你不会和小雪姐姐发生了什么不可告人的事情吧……”

“瞎说什么，我们两个去抓凶手了好不好，要不怎么受的伤？”吴凡嘴里含着一块苹果，含糊不清地说。

“那你嘴唇上沾的唇膏是怎么回事？”

唇膏？

吴凡霍然想起，自己给付雪晴做过人工呼吸，肯定是用力过猛不小心沾上的。本来付雪晴平时不太用化妆品，这次是为了钓到犯罪嫌疑人特意浓妆艳抹了一番。没想到却给吴凡留下了“犯罪证据”。

吴凡怕解释不清，干脆编个瞎话打发欧阳姗姗：“我这两天嘴唇干，早上用白若琳留下的唇膏润润唇。”

“别扯了，爹地，你说的那是润唇膏，你嘴巴上那是唇彩，而且还是星钻红，那得多风流的大老爷们儿能用这东西润唇啊。说，你到底做了什么见不得人的事情？”

“我什么都没干。”吴凡赶紧吃苹果。

“我才不相信呢，难不成你被持枪女凶手强吻了？”

“咳咳咳——”吴凡差点没让苹果给噎死。

“这算什么反应？”

“哎哟，不行了，我失血过多，头晕得不行，我得赶紧去休息了。”吴凡叼着苹果急急忙忙往自己住过的卧室跑。

“爹地，等一下……”

欧阳姗姗越喊吴凡跑得越快，他前脚刚一进屋，就传来一阵恶犬咆哮，吴凡连滚带爬地跑出来，“怎么屋里还养狗啊？”

“忘了告诉你，自从你上次说不认我这个女儿之后，你原先住的那个屋我就养狗了。”欧阳姗姗歉疚地望着吴凡，“我再给你换个房间吧，爹地。”

由于枪伤一直隐隐作痛，让吴凡难以入睡。他吃了几片止痛药，一直折腾到快天亮才稀里糊涂地睡了一觉。感觉没睡多久便被电话吵醒了。

他一睁眼才发现，窗外已经天光大亮了，他用没受伤的左手从床边拿过手机，一看竟是付雪晴打来的电话，呼啦一下从床上坐了起来，咽了口唾沫，小心地接了电话。

付雪晴在电话里的声音一如既往，问他现在在哪儿。

“我在欧阳姗姗家，呃不，是我那栋别墅里。”吴凡还没忘了为欧阳姗姗圆谎。

他还以为付雪晴接下去要问他昨晚为什么离开医院，没想到付雪晴问他什么时候带欧阳姗姗来警队。

“带欧阳姗姗去警队做什么？”他不禁问。

“你忘了吗，让欧阳姗姗过来破解那张羊皮纸的密码呀。上周虽然把她找过来了，可是她要性子什么也没干。现在案子虽然结了，但是贴在肖亚楠背上的那张羊皮纸上的信息始终没有破解出来。如果方便的话，一会儿就带她过来吧，今天周六。”

# 第十九章　羊皮纸里的炸弹

说完付雪晴就把电话挂了，也没问吴凡有没有时间。

吴凡只好去把还在睡懒觉的欧阳姗姗叫起来，欧阳姗姗本来一百八十个不愿意，可一听是付雪晴打来的电话，立马就精神了。

“怪哉，怪哉，她居然主动给你打电话，这可真是奇事。”欧阳姗姗穿着睡衣跳下床，抱着胳膊，捧着下巴在地上溜了两圈，“有原因，这里面肯定有原因。难道小雪姐姐看上你了？”

“少瞎掰了，昨天晚上陆恒在医院陪了她一宿。”

“唔……”欧阳姗姗狡黠地瞅瞅他，“我忽然发现，爹地你其实对小雪姐姐蛮关心的啊，你不会是……”

吴凡脸一沉，“哪那么多废话，你到底去不去，不去我自己去。”

“不不，我去，我当然去啦，去看好戏。”欧阳姗姗兴致勃勃地说。

吴凡和欧阳姗姗赶到刑警队时，付雪晴已经在那里等他们了。

付雪晴虽然表面上装得一本正经，却始终有意避开与吴凡目光接触，说话的时候眼睛一直在瞅别处。

吴凡注意到付雪晴今天只涂了一点薄薄的唇膏，幸亏没再用昨天那款大红的唇彩，这要是让欧阳姗姗看见，自己跳进黄河都洗不清了。

付雪晴发现吴凡盯着自己看，一时间手脚更没处放，下意识把嘴巴闭得严严的。

吴凡也觉得尴尬，没话找话道：“陶彩霞的案子已经都审完了？”

“嗯，昨天押回来连夜审的。她都一五一十地认罪了。这个案子里，她是唯一的凶手。作案动机说起来也很简单，陶彩霞纯粹就是为了报复洛光达出轨。不过这个女人始终把责任推到那些女人身上，认为是她们在不停勾引她丈夫，她迫不得已必须惩罚她们，要让她们身败名裂，生不如死。”

“那洛光达呢，他怎么处理的？”

“已经无罪释放了。”

“放了？”吴凡有些惊讶。

“虽说陶彩霞杀人是因他而起，但是没有任何证据表明他参与了作案。何况陶彩霞已经把所有罪名都揽下了，而洛光达又统统矢口否认，把自己摘得干干净净，所以也只能放了。”

“那你觉得洛光达一点儿都不知道他老婆的所作所为吗？”

“陶彩霞说她利用木马软件可以远程操控洛光达的电脑，与那些女人联系，然后修改了洛光达的账号密码，所以洛光达完全不知道她背着他去和那些女人见面。洛光达也是一口咬定自己毫不知情。他们夫妇在这一点上倒是不约而同的默契。”

“那么洛光达到处勾引那些女人怎么算？”

“那只是道德问题，但不能说他犯了罪。”

“道德问题……”吴凡不觉地冷笑，“这个虚无缥缈的词救了多少浑蛋，那些害人不见血的家伙甚至比很多罪犯更无耻。”

“不要那么愤青好不好？社会这么大，什么样的人没有？身为警察，我只能遵照法律行事……行了，跟我来吧，王麟他们都在物证科等着呢。”付雪晴故意走在前面，吴凡和欧阳姗姗跟在后面。

欧阳姗姗偷偷捅吴凡，不解地说：“你俩刚才怎么像什么事都没发生过一样啊？”

“我们本来就什么事都没发生。”

“切，一看就是装的，你们两个故意谁都不看谁，以为我瞎啊。”欧阳姗姗朝付雪晴的背影努努嘴，露出一丝狡诈，“不信我帮你试试她？”

还没等吴凡反应过来，就见欧阳姗姗跑到付雪晴身边，故作天真地问：

“小雪姐姐，我爹地想请你吃饭，你什么时候有时间呀？”

付雪晴忽然崴了一下脚，欧阳姗姗赶紧扶住她，“你没事吧，小雪姐姐？”

“没……没事。”付雪晴加快脚步，一瘸一拐地一溜小跑进了物证科。

欧阳姗姗得意扬扬地瞅着吴凡，一脸的八卦相。

物证科长王麟一看见吴凡和付雪晴来了，目光往他们身后一瞄，便落在了欧阳姗姗身上，上上下下打量了她好几眼。

“这位小姑娘就是付队长上次提到的那个，能破解隐写术的小天才吧？”他问付雪晴。

“嗯，就是她。今天正好星期六，我特意把她找来了。”

王麟皮笑肉不笑地瞧着欧阳姗姗，“这位小朋友还真是难请呢，上周听说她来了，我就一直在物证科等她，没想到小朋友不赏脸，没过来。这次不会再中途放我们鸽子了吧？”

付雪晴知道这位王科长一直对上次的事耿耿于怀，他一直都觉得把一个初中生找来帮忙破解羊皮纸图案就是在贬低他。后来他实在破解不了，才勉强答应让欧阳姗姗试试，但也仅仅是为了堵住别人的嘴，打心底里他也没瞧得起欧阳姗姗。

“上次是事出有因，这次不会了。”付雪晴尽量委婉地说。

欧阳姗姗补充道：“上次我心情不爽，今天我高兴就过来给你们帮帮忙。”

王麟火气一下就冲上脑门，冷笑道：“好啊，小朋友，我倒想看看你是怎么破解隐写术的。”

他气哼哼地吩咐助手：“小张，你去把那张羊皮纸拿来。”

助手去不多时，拿过来一个物证袋，正是粘在肖亚楠后背的那张羊皮纸。

“就是这个啊。”欧阳姗姗拿过来，左看右看。

“是啊，就是这个，小姑娘你还需要什么工具吗？”

“处理速度快一点儿的电脑，还需要一台扫描仪，BMP Secrets、Confidential、Stegsolve 这些软件都有吧？”

“你要的全都有。”

“那就没什么了。”

欧阳姗姗挑了一个电脑桌，把羊皮纸放在扫描仪器里开始扫描，把上面的图案复制进电脑里，熟练地打开图像分析软件开始进行像素分析。

吴凡之前见过她的操作，清楚欧阳姗姗的电脑水平，倒是不太担心。

王麟倒是带着一副挑衅似的冷笑，掐腰站在欧阳姗姗身后。还有一些技术员也不禁好奇地凑过来，想看看这个传说中的天才少女到底怎么个天才法。

欧阳姗姗鼓捣了大半个小时，最后伸了一个懒腰，长吁一口气。

“怎么样，破解出来了？”付雪晴满怀期待地问。

“我破解不了。”

付雪晴头上飞过一只大乌鸦——破解不了你高兴个什么劲儿。

吴凡疑惑地问：“你上一次不都破译过隐写术吗？”

“这一次不一样。”欧阳姗姗说，“我用了好几种解析软件通过不同办法进行分析。可这张图案里根本就没有隐写术的密语，就是普普通通的一张图。”

“没有隐写术？”这可大大出乎吴凡的预料。

“会不会是用隐形墨水写的？”欧阳姗姗忽然很天真的猜测。

“我们都检查过了，没有什么隐形墨水。这张纸就是普普通通的羊皮纸，没有做过任何手脚。”王麟说。

“这样啊……”欧阳姗姗耸耸肩。

王麟见她无计可施，十分得意，故意瞧了瞧付雪晴和吴凡，清了清嗓子，把早已经憋在肚子里的话统统说出来：“以我多年的经验和我们这些出色的技术人员，还从来没有破解不了的技术难题。我们对这张羊皮纸已经做过了最权威的检测，我早就告诉过你们这里面没有什么密码，如果有，我们早就发现了。还用得着特意叫一个小孩子过来。”

他故作无奈地摇摇头，转身去忙活别的事情。

欧阳姗姗这时候幽幽地冒出一句：“年纪只是和消耗大米饭的总量成正比，经验丰富在相同智力水平的物种之间具有优势，可以更容易地获得食物和交配权，但对于创造性技能没有任何帮助。”

“你……你小小年纪竟然……竟然口出不逊！”王麟霍然转身，指着欧阳姗姗，气得都大舌头了。

“我只是阐述一下客观事实，不是针对老爷爷您。”欧阳姗姗心平气和地安慰他，“其实您在和您相同智力水平的种群里还是很有优势的，真的。”

王麟差点儿没背过气，怒不可遏地指着欧阳姗姗，血压噌噌往上飙。其实他刚刚五十岁，在欧阳姗姗嘴里听着跟七老八十似的。

付雪晴总不能让这一老一少打起来，想拉着欧阳姗姗赶紧走，没想到欧阳姗姗这次说什么也不肯走了。

“这个密码还没有破解，怎么能半途而废？”

王麟挤按睛明穴，揉着太阳穴，勉强把血压降下来，鄙夷地瞅着欧阳姗姗，“小朋友，请不要无理取闹好不好？这张羊皮纸根本就没有什么密码！”

“谁说没有密码啦？你找不到，不代表别人也找不到。所以说，经验丰富也不总是好事，有时候会让人变得特别固执。”

王麟血压一下又上来了，“你刚才已经检查了那么半天，明明是你自己说没有隐写术密码的。”

“我的确是说过这张图案里没有用过隐写术，但我可没说这里面没有密码啊。我这话里的逻辑不难理解呀。”

“那你告诉我，这幅画里的密码是什么？”

“我觉得密码就是画本身。”

“你开什么玩笑？”王麟气乐了，“这可是八百年前的古画，难道密码是八百年前的古代人留下的？”

“你知道这幅画画的是什么吗？”欧阳姗姗拿起那张羊皮纸，冷不防问了一句。

“当然是古代人了，欧洲的古代人。”王麟脱口而出。

欧阳姗姗也不和他争辩，指着画面上那个拿着竖琴的金发男子说：“这个是希腊神话中的太阳神阿波罗，相传他发明了竖琴，所以说他也是音乐之神。”

“太阳神头上不是应该有光环吗？”王麟有些不服。

“一般在西方的绘画习惯中，头上有光环代表大能和神通，通常是天父上帝，或者圣子耶稣和圣母马利亚特有的标志，这是代表了西方人对宗教的尊崇。而希腊罗马神话中的人物则代表着浪漫主义文化，绘画中都是以真人形象出现的。”

王麟张口结舌，有些挂不住脸了，狡辩道：“扯这些又能说明什么，你不是说有密码吗，就这么一幅图密码在哪儿呢？”

“密码不是指这个阿波罗神像，而是旁边这个好像柱子一样的东西。”

“这有什么问题？”

“我刚看到这幅画的时候就感觉有些奇怪，因为古典的西方绘画都习惯遵守黄金分割点的比例，可是你们看这幅画的构图设计不感觉别扭吗？阿波罗的坐姿基本上就处在比较合适的位置了，右手的竖琴更让画面保持平衡。可是，旁边偏偏多出一个奇形怪状的柱子，让人看着整个画面都往右边倾斜。即便是几百年前的古代画家也不可能画出这么笨拙的画。所以，我觉得这个柱子似的东西有可能是后来添加的，不相信的话，你们可以现在就检查一下。”

王麟回过身喊道：“小罗，郭阳，图案是你们两个负责检测的，你们给她说说。”

话音刚落，走过来两个男技术员，一个个低着头。郭阳为难地说：“我们光留意检查那个人物肖像了，没太留意旁边那个柱子，也许……也许……”

王麟好悬没气死，挥挥手让他们一边去，回过头对欧阳姗姗说：“既然你口口声声说画里面那根柱子就是密码，那就说明你已经看出来了，就请说说吧。”

欧阳姗姗说：“其实我刚才在检测隐写术的时候，一直都在想这根柱子到底如何藏密码。后来我才发现，这东西根本就不是柱子。”

“不是柱子是什么？”

“是一个喷水池。”

“喷水池？”王麟拿起那张羊皮纸重新看，但怎么看也看不出是一个喷水池。

“你得有点儿空间想象力。”欧阳姗姗从桌上的笔筒里抽出一根铅笔，从文件堆里随便拽出一张打印纸，翻到背面空白处，照猫画虎地把羊皮纸上的那根柱子临摹下来，画得不太像，马马虎虎也能看明白。

“其实这根所谓的柱子是由三部分组成的，我画得比较夸张，但是能看清楚。”欧阳姗姗又从笔筒里抽出一把裁纸刀，把那张纸切成三份。把上下对调，中间的图案翻转了一下，重新拼在一起。

王麟端详了老半天，“这样看着倒是有点儿像喷水池，那又能说明什么，密码呢，密码在哪儿？”

“这就是密码的答案。”

“这算什么答案？”

“你难道就没有想起来点儿什么？你平时都不逛街呀，老爷爷？”

“你一口一个老爷爷，谁是老爷爷……”

付雪晴脱口道：“这么看好像是东方商业中心里面的那个喷水池。”

“还是你聪明小雪姐姐，就是那个欧式的三层喷水池，全江州没有第二家。”欧阳姗姗很肯定地说。

王麟不以为然道：“我还以为是多难的东西，这算哪门子密码，不过就是小孩子过家家的游戏。”

“就算是过家家游戏不也照样把人难住了吗？”欧阳姗姗反唇相讥，“智商差异就体现在了创造性思维上，墨守成规的人永远不知道变通。”说着还故意吐舌头气他。

王麟涨红了脸，气得无言以对。

吴凡联想到上一次的羊皮纸图案，问欧阳姗姗：“除了这个图案之外就没有其他提示了吗？比如说日期什么的？”

“当然有日期了，你们注意看羊皮纸上这根柱子上的花纹，是不是还有一些零散的字母，这些字母拼在一起就是拉丁文——Martii Ⅱ。”

“什么意思？”

“3 月 2 日，我刚好懂一些简单的拉丁文。”

“今天已经 3 月 4 日了。”付雪晴脱口道，脸色微微发白。

吴凡也神色凝重。

不知底细的人莫名其妙地看着他们三个人的对话，完全没有意识到情况有多严重。

上一次，预测死亡的兔子用羊皮纸上的美杜莎头像暗示了一个被囚禁在地狱谷的人质，幸亏吴凡赶到及时，才把那个男人救了，倘若这一次，他依然囚禁了一个人怎么办？

“不能等了，我得赶紧过去。”付雪晴对吴凡说。

“我跟你一起去。”

付雪晴瞧了一眼他那条受伤的胳膊，“你这样还是算了。好好养你的伤吧，我带人去就够了。”

“没关系，我比较了解这个人，说不定我还能帮上你的忙。”

付雪晴有些犹豫。

欧阳姗姗插嘴道：“你就让我爹地和你一起去吧，你还没看出来吗，他那是不放心你，如果再有人开枪，他保证还能替你挡枪。”

付雪晴脸一红，没再多说什么，匆忙逃出了物证科。

欧阳姗姗朝吴凡吼一嗓子：“还不赶紧跟着，傻呀！”

吴凡稀里糊涂地也跟了出去。

半小时后，付雪晴亲自带着一队警员赶到东方商业中心。

这里是江州市比较大的综合型商场，而喷水池就位于一楼大厅的公共区域，算得上是东方商业中心里最有特点的标志了。

一帮神色凝重，身穿警服的人突然闯进商场，让不少游客看见都不觉地停下脚步，惊奇地望着他们。

一众人走到喷水池所在的地方，数米高的喷水池犹如一个庞然大物般耸立在眼前。透明的水帘从顶端的圆池倾泻到下一层，再从下一层倾泻到底层。流水源源不断，雕刻在水池周围的鸟兽寂静无声。

付雪晴观察了一下四周的环境，并没有发现什么异常，游人依旧往来穿梭，眼中所看到的一切都平常得不能再平常了。

她疑惑地看了看吴凡，“真是搞不明白，这家伙总不能在大庭广众之下再囚禁一个人吧？”

吴凡仰望着不停往外溢水的喷水池，说：“你说那里面能装进去一个人吗？”

他话一出口，不只是付雪晴，周围的人脸色都变了。

“上去搜！”

付雪晴一声令下，马上有几个警员脱下鞋子，挽起裤腿，开始往喷水池里爬。

爬到第二层喷水池的一个警员忽然惊呼：“有发现！”

他说话间从水里拿起一个四四方方的盒子，体积并不大，上面好像还连接着一些电线。

“什么东西？”付雪晴问。

那名警察定睛一看，表情刹那间就僵硬了，结结巴巴道：“好……好像是……定时炸弹……”

所有人瞬间僵在了那里。

这是谁都没有想到的意外。

紧接着另外两个在水池里搜索的警察也惊呼出声。

“这里还有一个！”

“这里也有！”

前后共发现了三枚定时炸弹。

这些炸弹都是防水的，在水里依然不断跳动着红色的数字，并发出滴滴的响声。

“还有多长时间爆炸？”付雪晴问发现炸弹的警员。

“半个小时。”

“不如我们开车把炸弹拉到空旷的地方丢掉？”

付雪晴瞬间做出了判断，“这里是闹市区，附近几乎没有什么空旷的地方，马路上又经常堵车，转移炸弹风险太大。”

于是，她命令警员马上疏散周围人群，并且通知了武警防爆大队。

谁也不知道这三枚炸弹有多大威力，如今只能尽可能地把伤亡降到最低。

幸亏这里距离防爆大队不远，十五分钟后，防爆大队的拆弹专家火速赶来，穿着犹如钢铁侠一样的防爆服，着手处置炸弹。为了把体积巨大的防爆器材运进商场，还砸碎了一块玻璃幕墙。

此时，商场一楼的人几乎退得干干净净，只剩下一座空空荡荡的大厅。

付雪晴等人也都退到了商场外，她紧盯着手表，焦急地等待着防爆专家。

# 第二十章　白若琳的任务

随着爆炸时间的逼近，众人谁都不说话，整条大街上仿佛瞬间变得悄无声息。

就在距离爆炸时间还剩下两分钟时候，商场的大门里终于走出了两个拆弹专家，他们脱下厚重的防爆服，朝付雪晴他们招招手，示意他们过去。

其中一个拆弹专家手里托着一个盒子样的东西，正是其中一枚定时炸弹。

“已经没有危险了吧？”付雪晴谨慎地问。

那个拆弹专家露出调侃的表情，“这东西其实本来也没有什么危险。”

“什么意思？”

“那只是三枚假炸弹，虽然制作得十分精细，但是里面根本就没有爆炸物，看起来像是恶作剧。”

刚才还如临大敌的警员们一时间都有些不知所措。

付雪晴问吴凡，“那家伙到底想干什么？”

吴凡知道她指的是预测死亡的兔子，他也满脸困惑，“我不知道，这家伙从来不按套路出牌。”

“难不成，他这么大费周章就是为了戏耍我们？”

吴凡忽然想起了什么，问几个拆弹专家，“那你们在炸弹里还发现什么东西没有？”

几个拆弹专家没听太明白，“东西？你是指什么？”

“就是类似于……”吴凡一时之间也很难解释清楚。

他与预测死亡的兔子这几次交锋，对他的犯罪模式已经大致有了了解。如此大费周章地用羊皮纸画把他们引到这里来，肯定不是单纯地想用几个假炸弹搞恶作剧，十有八九又会通过什么方式来预测下一起谋杀案。

“嗯，就是除了炸弹之外，你们还有没有发现其他可疑的东西？”吴凡问几个拆弹专家。

几个拆弹专家听得一知半解，纷纷摇头。

吴凡走到喷水池边，绕着巨大的喷水池转了一圈，四周的环境也都看遍了，实在找不出还有什么可疑之处，不免有些气馁。

那些刑警队的警员们见虚惊一场，一个个也都松懈下来。

付雪晴见状也只能收队撤退，留下两个人与商场方面沟通，想查查监控，看看能不能找到投放假炸弹的犯罪嫌疑人。

吴凡心事重重地回到刑警队，因为有伤在身，折腾半天也很倦了，他跟付雪晴打个招呼，想回家歇息。

就在他快要走出刑警队大门时，他忽然想起了白若琳，听说她和周秀娜都是今天办手续释放。

他犹豫了一下，转身走向临时羁押室。自从白若琳被捕之后，他还从来没跟她面对面接触过呢，想到马上要和她见面，吴凡却感觉有些别扭。

两个曾经亲密无比的情侣突然之间形同陌路，感情这东西其实就像水晶杯一样，精美却又易碎。

等他来到临时羁押室才听说，白若琳两个小时前已经被释放了。

吴凡有些疑惑，掏出手机看了看。白若琳并没有给他打电话，也没有发短信。

她和吴凡一样也是孤儿，根本没有所谓的亲人可以投奔，她不和自己联系还能去哪里呢？难道她没脸见自己？

吴凡正在反复思量，正在这时候又进来两个人，是一对中年夫妇，一进门便急急忙忙跑到看守所打听：“民警同志，请问白若琳在哪里，我们要见她。”

民警把刚才同吴凡说过的话又对他们说了一遍，听说白若琳已经离开了，这对夫妇都无比失望。

看守这时候一眼看见吴凡，指指他，对那对夫妇说：“这位吴先生是白若琳的男友。他也来找白若琳，你们不妨和他沟通沟通？”

那对夫妇齐刷刷地看向吴凡，眼神都有些怪异。

吴凡正觉得奇怪，那个头发有些斑白的中年男子突然冲过来，一把揪住吴凡的衣裳，怒吼道："原来是你小子把我女儿拐走了，她这次摊上事是不是也和你有关？你把我女儿毁了，我饶不了你！"

男人挥舞着拳头还要打吴凡，旁边的中年妇女也上来凑热闹，边骂边推搡吴凡。吴凡胳膊有伤，根本没法反抗，被两个人按在墙上眼看就要挨揍。那个看守见形势不妙，急忙上来拉架，好不容易才把他们分开。

吴凡摸了摸脖子上被挠出的血檩子，郁闷地看着那对夫妇，"你们找错人了吧，我根本就不认识你们。再说了，你们是白若琳的什么人？"

"我们什么人你不知道？"男人指着自己鼻子说，"我们是白若琳的父母！"

"什么？白若琳有父母？"吴凡一下愣住了。

"废话，她当然有父母了，我就是白若琳的父亲。说，我女儿现在到底在哪里？"男人怒不可遏地瞪着吴凡，仿佛在面对一个罪不可赦的浑蛋一样。

吴凡无可奈何地摊开手，"我完全不知道你们在说什么。我和白若琳是自由恋爱，她也从未跟我说起过你们，她一直都告诉我她是一个孤儿，而且我对她过去的生活一无所知。"

这两个自称白若琳父母的人停止了叫骂，神情有些发呆，但眼神中仍然对吴凡充满怀疑。

吴凡说："我过来也是想找她，没想到她已经离开了。这样吧，你们如果不介意，我们一起去找找看。等你们见到她，自然就能澄清误会了。"

中年夫妇看吴凡也不像是那种不正经的人，说话也句句在理，便同意了。

三个人离开了刑警队，彼此简单介绍，吴凡才知道男人叫白江明，女人叫刘华。他们住在北河，离江州上千里。这些年一直在寻找白若琳。

吴凡嘴上和他们闲聊，心里却疑窦渐生。

他想来想去，白若琳在江州能去的地方除了他们租的房子，再就是公司和几个单位同事家了。

他先带着白若琳父母去了一趟白若琳的公司，一问得知白若琳并未来过。他又给白若琳身边熟悉的几个同事打电话，得知白若琳也没有去找她们。

吴凡最后回到了他和白若琳的公寓，可是依然没有白若琳的身影。

这下吴凡可有傻眼了，想不出这个女人被释放后还能去哪里。

白江明和刘华没有找到女儿，脸色都很难看，瞅吴凡的表情又有点儿像看恶棍了。

“你小子不是要花招诳我们吧？我们可不饶你……”白江明语气中带着警告的意味。

吴凡无奈道：“这里就是我和白若琳的住处，刚才去的是她工作的地方，那些工作人员说什么你们也都听到了。她现在到底去哪了我也不知道。如果你们还不相信，可以报警。”

他晃了晃吊着绷带的胳膊，“实话告诉你们，你们女儿这次被抓是她自己惹的祸。我费了九牛二虎的力气才把她捞出来，还差一点搭上这条胳膊。我不亏欠你们女儿，更不亏欠你们，她和你们之间到底有什么矛盾，我从来就不知道，她也从未跟我提过。既然不相信我，还是你们自己找到她的时候自己问吧。”

吴凡的一通话倒把白若琳的父母说没词了。

他们不再纠缠吴凡，白江明要了吴凡的手机号码，对吴凡说：“我们这几天就住在江州，直到找到女儿为止，希望你刚才对我们说的都是真话。”

目送他们离开，吴凡颓然地坐在客厅里，双眼发呆。

他现在十分茫然。

之前一直觉得白若琳是一个十分简单而单纯的女人，可是忽然之间发现自己连她都越来越看不透了。

她为什么要隐瞒自己的身世？

她为什么要欺骗自己？

她到底经历了什么？

各种各样的问题纠缠在心底，搅得他心烦意乱。原来不仅仅他自己有秘密，很多人都一样。

他又渴又累又心烦，起身到饮水机连接了几杯水仰脖喝下，然后坐到沙发上打开电视，随便调了一个外国电影消磨时间。

看着看着，困意袭来，他靠在沙发上打起了盹。

迷迷糊糊中，感觉有个人影从门外悄然走进来。

他忽然想起，白若琳父母离开时开着大门自己忘了关，他想站起身，身上却软绵绵的使不出力气。那个人影已经来到了他面前。

他抬起头定睛一看，站在眼前的人正是白若琳。

她面容消瘦，身上还穿着那条黑色的蕾丝连衣裙，裙子已经变得脏兮兮，沾满了污渍。

这些天，她穿着这条裙子出了轨，惹上了杀人案，东躲西藏，又被关进了刑警队。人生的大起大落她全经历过了。如今，她终于又回到了他身边。

“你现在能给我一个解释了吗？”吴凡说。

“我知道，我对不起你。”白若琳的声音很平静，平静中又似乎隐藏着欲言又止的东西。

“这就完了？”

“我知道，我这次能获救，你为我付出了很多。”

吴凡压抑着愤怒，露出一丝冷笑，“可是我怎么感觉不出来你有多少诚意呢。之前，我还以为你只是一时糊涂，直到遇见你的父母，我才知道你连自己的身世都对我隐瞒。你确定你从一开始，就打算和我一起生活吗？”

白若琳陷入了沉默，良久才开口：“我的确没有打算真嫁给你。”

吴凡惊愕地望着眼前这个无比陌生的女人。即使已经开始怀疑她，可是听到白若琳亲口承认，还是令他备感震惊。

“那你为什么还要和我在一起？”他问。

“因为有人让我接近你。”

“谁？”

“一个戴兔子面具的人。”

吴凡全身的血液瞬间凝结。

他难以置信地望着白若琳，“你……你和预测死亡的兔子是一伙的？”

“站在你的角度，也可以这么说。”

吴凡激动得差点站起来，可是他手脚发软，全身无力，额头不停地往外冒虚汗。

“你还是不要乱动，我在饮水机里下了药。”白若琳提醒他。

“不过你不用担心，只会让你麻痹一段时间，不会要了你的命。”

“你刚才回来过？”吴凡有气无力地问。

“是啊，我离开刑警队之后就回来了，一直在等你。”

此时的白若琳异常沉稳冷静，这还是他认识的那个白若琳吗？

“你想杀我？”吴凡厉声道。

“你不用紧张，我没打算伤害你。只是不希望我们说话的时候，你太激动……”

现在不管白若琳说的是真是假，吴凡也只能相信。

他越想越觉得惊骇，“我们交往至少有两年了吧，难道从那个时候开始这个预测死亡的兔子就出现了？”

“他就是在那个时候找到我的。”

吴凡冷汗下来了。

他之前一直以为，预测死亡的兔子就是一个对凶杀案感兴趣的天才狂徒，喜欢扮演上帝的角色给警方出各种难题。而自己也是因为擅长破案才和这家伙扯上了干系。直到听白若琳亲口承认，他才意识到，原来这家伙早就盯上自己了。

那么，他所惹上的麻烦远比他之前料想得更多。

他以为撕碎了和鬼男的合影就能掩盖自己的过去，那简直是太天真的想法。

“他到底是谁？”吴凡问。

“我不知道，我没有见过他的真面目。”

“你骗我。”

“我要是真想骗你，就不会找你说这些了。其实我也只见过他一面而已。他如果想和我联系，都是靠手机或者其他方式。我对他的了解也并不比你多多少。”

吴凡将信将疑地看着她，“那你们为什么会盯上我，目的是什么？”

“我也不清楚。我的任务只是陪在你身边，你也可以理解为监视。”

“监视我什么？”

“我负责在你身上安装窃听器，可能他想了解你。”

“我身上有窃听器？”吴凡激灵灵打个寒战，急忙低下头瞅自己。

“你现在身上没有。”白若琳说，“他给了我一个纽扣电池那么大的窃听器。我平时给你换衣服的时候，就把窃听器安装在你的腰带扣里，或者鞋底上。但是这些天我们没在一起，所以你身上没有窃听器。”

吴凡一直把预测死亡的兔子看得无比神秘，却万万没想到，自己的行踪原来一直都在他的掌握之中。

“他为什么要这么做？”他追问白若琳。

“我不知道，他一向只是命令我，从来不解释。”

“那你到底是什么人，你为什么要听他的？”

白若琳没有继续解释，沉默了一会儿，接着说：“我告诉你这些，是因为我不想再欺骗下去。你对我很好，还救了我一次，我想还你这份人情。”

“可是我还是什么都没听懂。预测死亡的兔子到底是谁？他到底想对我做什么？这些我都想知道，如果你真想还我这个人情，希望你如实告诉我。”

“我说过，这些我都不知道。我只是被他利用的人。但或许，我能在其他方面帮到你，比如说你们这次发现的那张羊皮纸图画……”

“原来你也知道羊皮纸图画，上面的密码我们已经破译了，不过是一起假炸弹恶作剧。那家伙往东方商业中心的喷水池里扔了三个根本不会爆炸的定时炸弹，不过就是在虚张声势。”

白若琳摇摇头，“你没有我了解这个人，他做任何事情都是有目的的。”

吴凡一怔，“你是指他这一次照样会预测一起谋杀案？”

白若琳稍有迟疑，“我不太明白你的意思，你一直称呼他预测死亡的兔子，就是因为你觉得他能预测杀人案？”

“听上去很不可思议，我不知道他用的是什么手段，但他之前的确成功预测过两起谋杀案了。第二次预测的就是你会卷入谋杀中。难道他没有提醒过你吗？”

白若琳愕然片刻，露出一丝苦笑，“也许他已经用不着我了吧。但我要告诉你的不是那几个假炸弹，或许也不是你说的什么预测谋杀案。现场应该还有其他东西……”

吴凡一惊，“其他东西？什么东西？”

他看见白若琳口形变化，似乎说了句什么，但他没听清楚。

“你说什么，大声一点！”

白若琳的口形越变越夸张，好像在声嘶力竭地喊，可是吴凡却依然什么都听不见。

他想伸手去拉白若琳，可是却什么都没碰到，仿佛站在他面前的只是一个虚幻的影子。

他无比惊讶地望着白若琳，看着她的身形慢慢扭曲，变形，像油彩一样逐渐融化进透明的空气中，最后一点不剩，完全消失在眼前。

随后，他发现自己的身体也在融化，从手脚开始，一点点地融化不见……

他惨叫一声，拼命从沙发上爬起，又跌坐在地上。

疼痛让他清醒过来，他的手脚还在，可是眼前根本没有白若琳的身影。

再看大门紧闭，整个房间里只有他一个人。

他扶着沙发慢慢站起身，脑子里回想起刚才和白若琳的那番交谈，似乎做了一场离奇的梦，一切都不过是他的幻觉罢了。

可是，当他看见放在桌上的水杯，忍不住拿起来闻了闻，似乎想确认一下杯子里放没放药。

他接着又去翻箱倒柜，把自己穿过的衣服、裤子、皮带和鞋全都找出来，想检查一遍到底有没有窃听器。

一直忙活到天快黑了还是一无所获。

他不禁有些茫然，喃喃自语：“莫非真的只是一个梦？可是白若琳现在到底在哪里呢？”

他脑海中忽然一个闪念，想起了梦中白若琳最后对他说过的话。

她说现场应该还有其他东西，现场指的是哪里，难道指东方商业中心一楼的那个喷水池？

他一时间呆在那里，双眼茫然……